CONTENTS

© Kiyotaka Haimura

던전에서 만남을 추구하면 안 되는 걸까 외전

소드 오라토리아
Sword Oratoria

여기에 그려진 것은
우스꽝스러운 웃음을 띤
광대의 엠블럼.
하나의 '신'과 계약을 맺은
'파밀리아'의 증거.

오모리 후지노
OMORI FUJINO

일러스트 **하이무라 키요타카**
HAIMURA KIYOTAKA

캐릭터 원안 **야스다 스즈히토**
YASUDA SUZUHITO

김완 옮김

던전에서 만남을 추구하면 안 되는 걸까 외전

소드
오라토리아
Sword Oratoria

오모리 후지노 지음 | **하이무라 키요타카** 일러스트
야스다 스즈히토 캐릭터 원안 | **김완** 옮김

S NOVEL

커버 그림, 본문 일러스트 | **하이무라 키요타카**

첫 미궁담

한데 겹쳐진 포효가 거듭 울려 퍼졌다.

그 뒤를 이어 땅을 울리는 발소리가 황량한 지면을 짓밟는다.

산양처럼 뒤틀린 두 개의 거대한 뿔. 목 위쪽은 부풀어 오른 말상이라고밖에 표현할 수 없는 추악한 안면. 요란하게 뿜어내는 콧김과 호응하듯 시뻘건 안구가 뒤룩뒤룩 꿈틀거리며 사냥감들을 노려본다.

괴물이라 부르기에 충분한 시커먼 덩어리가 엄청난 숫자로 몰려들어선, 둔기를 쥔 굵은 팔을 머리 위로 높이 쳐들었다.

"방패, 들어——!!"

호령과 동시에 솟아나는 수많은 충돌성.

괴물들의 진격을, 수십 개나 되는 대형 방패가 받아낸다.

돌격의 위력을 말해주듯 방패를 든 자들의 뒤꿈치가 땅에 파묻혔다.

"전열, 밀집대형을 무너뜨리지 마라! 후열은 공격 속행!"

흉악 흉포한 괴물—— 몬스터에게 맞서 싸우는 무리는 온갖 종족, 휴먼과 데미휴먼으로 이루어진 부대였다.

거대 방패를 두 개나 든 근골 우락부락한 드워프, 화살이며 마법을 쉴 새 없이 쏘아대는 엘프와 수인. 갈색 피부의 아마조네스 자매는 전장을 누비고 아군의 사격을 피하며 몬스터를 베어댔다.

전후열로 양분된 부대 속, 진형의 중심에 한 깃발이 펄럭펄럭 나부끼고 있다.

여기에 그려진 것은 우스꽝스러운 웃음을 띤 광대의 엠블럼.

하나의 '신'과 계약을 맺은 '파밀리아'의 증거.

"─────────크윽!!"

초목 한 그루 돋아나지 않은 황량한 대지. 바위와 모래는 물론 모든 것이 적갈색으로 물든 광대한 공간.

피어나는 모래먼지로 뿌옇게 흐려진 경치 너머에는 아득한 상공에까지 이르는 **거대한 벽**, 그리고 하늘을 뒤덮은 **천장**.

수십이나 되는 계층으로 이루어진 '지하 깊은 곳'.

결코 지상에는 들리지 않을 포효를 올리며 인간과 몬스터가 전투를 벌이고 있다.

"티오나, 티오네! 서둘러 좌익 지원!"

이 전장에서 누구보다도 조그만 소년── 파룸 우두머리의 지시가 적확하면서도 재빠르게, 끊임없이 이어졌다.

싸움의 추세를 간파하는 통솔자의 목소리는 높고도 날카롭다. 어지러이 변화하고 기울어지려던 전황을 그의 지휘가 몇 번씩 다시 일으켜주었다.

"아앙~ 이젠 몸이 몇 개씩 있어도 모자라겠어~!"

"이러쿵저러쿵하지 말고 일해."

명령을 받은 아마조네스 자매가 질주해 세 마리의 몬스

터를 한순간에 베어 쓰러뜨렸다.

사실 악몽과도 같은 광경이었다.

어디서랄 것도 없이 나타나는 몬스터의 대군. 쓰러뜨려도 쓰러뜨려도 끊임없이 나타나 숫자로 집어삼켜버리고자 밀려든다.

한 마리 한 마리가 커다란 휴먼 어른의 몸을 거뜬히 능가하는 거구. 그런 몸으로 화석 뼈와도 같은 곤봉 형태의 둔기를 치켜들면 그때마다 최전선에서 방패를 든 자들의 얼굴은 고뇌로 일그러진다. 어깨를 나란히 한 밀집 방어선은 자꾸만 후퇴했으며, 반원을 그리는 진형은 점점 규모를 축소해나갔다.

데미휴먼들의 무리는 밀리고 있었다.

"리베리아~! 아직 멀었어—?!"

아마조네스 소녀의 목소리가 향한 곳, 전열이 에워싸고 있는 등 뒤쪽.

마법과 화살을 연발하는 마도사며 궁수의 중심에서 그 아름다운 목소리는 끊임없이 이어지고 있었다.

"【——머잖아 불을 뿜을지니】."

비취색 장발에 백색을 기조로 한 마술 의상. 살짝 수평으로 든 은백색 지팡이.

가늘고 뾰족한 귀가 달린, 절세의 미모를 가진 엘프.

"【밀려드는 전화(戰火), 면할 길 없는 파멸. 개전의 뿔피리는 드높이 울려 퍼지고 폭거의 쟁란이 사방을 에워싸노라】."

이 전장 속에서 누구보다도 아름답게 존재하는 그녀는 영롱한 목소리로 주문을 이어나갔다.

힘차고 유려한 음률을 띤 '영창'.

발밑에 전개된 마법원은 비취색으로 빛나며 무수한 빛의 입자를 피워냈다.

버들잎처럼 모양 좋은 눈썹을 곤두세우며, 그녀는 주문을 이어나가던 입술은 그대로 둔 채, 전방의 한 점을 강하게 응시하고 있었다.

"【이르라, 홍련의 불꽃, 무자비한 맹화】."

흐르는 영창을 들으며 모두가 힘을 쥐어짜냈다.

이제나 저제나 그 순간을 고대하듯 저마다 이를 악문다.

『──워우오오오오오오오오오오오오오오오오오오오오오오오오오오오!!』

한편으로는 몬스터── '포모르'가 울부짖었다.

무리 속에서도 한층 거구를 자랑하는 한 마리가 동료들마저 걷어차며 약진하더니 무기를 높은 상단으로 쳐들었다. 밀려드는 거대한 그림자에, 이를 정면으로 상대하게 된 전열 한 사람이 방패 틈에서 두 눈을 크게 떴다.

심상찮은 완력에서 뿜어져나온 일격은 정면으로 내민 방패에 파고들더니 주변까지 날려버리며 전선의 일각을 헤집어버렸다.

"──베이트, 구멍 메워!"

"쯧, 뭐 하고 앉았어!"

틈이 벌어진 방어선. 유격을 맡았던 워울프가 서둘러 달려갔지만 이미 늦었다. 몇 마리의 몬스터가 침입하고 말았다. 그때까지 전열의 보호를 받던 마도사들의 안색이 창백해지고, 포모르들의 공격이 작렬했다.

"레피야?!"

한 소녀가 뒤로 날아갔다.

직격은 면했지만, 지면을 분쇄한 둔기의 일격이 충격파를 일으켜 가녀린 몸을 날려버린 것이다.

"——아아……."

『후욱——……!』

지면에 쓰러진 소녀에게 시커먼 그림자가 겹쳐졌다.

흉악한 짐승의 얼굴을 가진 포모르. 조금 전 동료의 벽을 돌파했던 그 초대형.

자신을 내려다보는 시뻘건 눈알에 붙들려 소녀의 시간이 멈추었다.

그녀의 감벽색 눈동자에 허공으로 높이 올라가는 둔기가 비쳤다.

직후.

참격.

"에?!"

그녀의 시야를 금색과 은색 빛이 가로질렀다.

그 직후 포모르의 몸은 피보라를 뿜고, 허공으로 치솟았던 목은 지면에 떨어졌다.

"……."

넋을 잃은 소녀의 시선 끝.

긴 금발을 흩날리는 여검사가 말없이 은색 검을 휘둘렀다.

"아이즈!"

전열 방면에서 이 모습을 지켜보던 아마조네스 소녀가 환호했다.

아이즈라 불린 그녀는 엉덩방아를 찧고 있는 소녀의 무사를 확인하더니 즉시 그 자리를 떠났다.

바람 소리와 함께 은색 검광이 번뜩인다. 후방에 침입했던 나머지 몬스터에게 육박해 일격필살로 마도사며 아처의 눈앞에서 단숨에 포모르들을 전멸시켰다.

그리고 더욱 전진.

"저기, 아이즈, 잠깐?!"

제지하는 목소리를 뿌리치고 여전히 대거 몰려드는 포모르의 대군을 향해 돌진한다.

방패를 내민 전열 팀의 머리 위로 높이 몸을 날려 뛰어넘어서.

"……끝내준다."

그런 목소리가 누군가의 입에서 불쑥 튀어나왔다.

격렬한 검무가 펼쳐졌다.

참격에 이은 참격. 다가오는 몬스터를 모조리 단절해버리는 검격의 폭풍.

화려하면서도 잔혹한 일거수일투족이, 밀려드는 굵은 팔을 빠져나가며 몸통을, 머리를 잇달아 베어 날려버렸다.

전열까지 접근하는 몬스터들의 수가 잇달아 줄어드는 가운데.

수많은 자들이 경외심과 함께 【검희】의 모습에 넋을 잃었다.

"【그대는 업화의 화신일진저】."

"【모든 것을 일소하여 위대한 전란에 막을 내릴지니】."

그리고 후방에서 치솟는 막대한 마력.

마침내, 그동안 자아냈던 장대한 영창이 완성에 이르려 했다.

"아이즈, 돌아와!"

자신의 이름을 부르는 목소리에 소녀——— 아이즈는 뒤를 흘끔 보고, 몸을 날렸다.

노성을 지르는 몬스터들이 우러르는 가운데 허공에 큰 호를 그리며, 공중제비를 넘어 자신의 진영 중앙에 착지해 귀환에 성공했다.

"【불태워라, 수르트의 검——— 나의 이름은 알브】!"

다음 순간, 터져나가는 음향과 함께 마법원이 펼쳐지더니 아이즈 일행의, 모든 포모르들의 발밑으로까지 확대되었다.

모든 전역이 효과범위.

은백색 지팡이를 치켜들고 엘프 마도사, 리베리아는 자

신의 '마법'을 발동시켰다.

　"【레아 레바테인】!!"

　대염(大炎).
　지면—— 마법원에서 솟구친 무수한 불줄기.
　귀를 찢을 것 같은 굉음과 함께 불꽃의 분출이 아이즈 일행을 피해 방사형으로 잇달아 펼쳐졌다. 대공간의 천장까지 닿을 법한 불꽃의 기둥은 굵었으며 포모르들을 꿰뚫는 정도가 아니라 거구를 통째로 휩싸버렸다.
　겹화 너머에서 잇달아 몬스터들의 모습이 사라져가고, 절규가 겹쳐졌다.
　광범위 섬멸마법. 50이 넘던 몬스터의 대군은 순식간에 일소되었다.
　세상이 열기와 불똥으로 가득 차 작열에 휩싸였다.
　모두가 조용히 무기를 거두는 가운데.
　아이즈 일행, '모험자'들의 얼굴도 붉은색으로 물들고 있었다.

🔥

　세계에는 '구멍'이 있었다.
　대륙 한구석에서 오도카니 입을 벌렸던 거대한 구멍. 아득한 옛날, 인류의 눈으로 확인하기도 전부터 존재했던 그 '구멍'의 기원은 알 도리도 없다.

'구멍'은 무한의 괴물을 낳는 마굴이었다.

큰 구멍에서 범람한 온갖 기괴한 몬스터들은 지상에서 활개를 쳤으며, 숲을 산을 계곡을 바다를 하늘을, 이 세상의 온갖 영역을 석권했다. 한때는 속수무책으로 유린당했던 인류는 지상의 지배자였던 존엄을 되찾기 위해, 동포의 원수를 갚기 위해, 종족의 벽을 넘어 힘을 합치고 반격에 나섰다.

후세에 '영웅'이라 칭송되는 자들의 활약에 힘입어 몬스터와 일진일퇴의 공방을 거듭하던 인류는—— 이윽고 몬스터의 근원인 '구멍'까지 도달했다.

'구멍' 안쪽에는 지상과는 다른 이세계가 있었다.

수많은 계층으로 이루어진 '지하미궁'.

햇빛이 없어도 불가사의한 광원이 가득했으며, 본 적도 없는 풀꽃이 우거지고, 이곳에서밖에 채취할 수 없는 광물이 존재했다. 귀중한 자원도 그렇고, '마석'이 낳는 몬스터도 그렇고, 이 지하미궁—— 던전에는 분명 '미지'가 도사리고 있었다.

그리고 '구멍' 위에 '뚜껑'이라는 명목으로 탑과 요새가 세워지기 시작하고, 몬스터의 지상진출을 막고자 하는 자들이 뜻을 모으는 한편.

인류 가운데 '구멍' 너머의 세계, 지하에 펼쳐진 미개

척지를 개척하고자 하는 유별난 탐색자들이 나타나기 시작했다.

언제부터인가 '모험자'라는 말은.

'미지'의 유혹에 저항하지 못했던 그들을 가리키는 말이 되기 시작했다.

그로부터 시간은 흘러.

당시의 시대, '고대'의 말기에, 세계는 전환점을 맞았다.

'신들'의 강림.

문자 그대로 초월존재인 그들이 이 세계, '하계'에 현현한 것이다.

'천계'에서 유구한 세월을 보내는 데 지루함을 느낀 그들은, 수많은 문화를 함양하고 몬스터와 경합을 벌이던 자식들—— 하계인들의 모습에서 오락거리를 발견했다.

신들의 강림을 경계로 세계의 양상은 크게 바뀌었다.

하계 사람들에게 무한한 가능성을 가져다주는 신들의 '은혜'로 말미암아 인류는 급속도로 힘을 얻고 발전의 길을 나아가게 되었다.

지하에 몬스터의 소굴이 존재하는 그 땅도 예외는 아니었다.

미궁도시 오라리오.

과거 '구멍' 위에 세워졌던 요새가 성쇠를 되풀이하며 거듭 지어졌던, 대륙에서도 손꼽히는 대도시.

부가, 명성이, 무엇보다도 '미지'가 잠든 매혹의 땅.

욕망에 사로잡힌 무법자들이, '미지'에 애를 태우는 모험자들이, 그리고 오락을 추구하는 신들이 모여드는 이 세상의 중심.

수많은 이들의 마음과 이야기가 이곳에서 교차한다.

기도를 올리며 신에게 구원을 빌던 고대는 끝났다.

이제는 사람들이 신에게 소소한 도움을 청해, 그 한 조각을 손에 들고 자신의 바람을 이루는 시대.

부를, 명성을, 미지를.

아득한 높은 경지를, 갈망을—— 비원을.

때는 바야흐로 신시대(神時代)였다.

로키
파밀리아

Гэта казка Іншага сям`і.
Сям`я Локі

잡다한 소음이 흘렀다.

금속이 맞부딪치는 소리에 끊임없는 말소리가 얽혀드는 가운데, 수많은 사람들이 주위를 오가며 무언가 작업에 몰두하고 있다. 기재를 어깨에 짊어진 자, 지면에 쇠말뚝을 박는 자, 이리저리 뛰어다니며 메시지를 전하는 자, 각양각색이다.

중규모 정도 되는 야영의 풍경.

휴먼과 데미휴먼이 구별 없이 뒤섞인 그곳에 금색 장발이 나부꼈다.

푸른색 라이트아머를 입은 가녀린 몸. 피부는 고우면서도 생기가 넘쳤으며 섬세한 이목구비는 멀리서도 알아볼 수 있을 만큼 아름답다. 투명한 광채가 깃든 눈동자는 머리카락과 같은 금색이다. 성별을 불문하고 보는 이의 눈길을 빼앗는 아름다운 그 용모는 엘프에게도, 여신에게조차 뒤지지 않는다.

신비로운 분위기마저 느껴지는 금발금안의 소녀가, 오종종, 접어놓은 천을 끌어안고 걸어간다.

"아, 아이즈 씨!"

자신의 이름을 부르는 목소리에 그녀—— 아이즈가 발을 멈추었다.

돌아보니 선황색 머리카락을 뒤에서 한데 묶은 소녀가 서 있었다.

얼굴 양쪽에 늘어뜨린 머리카락 사이에서는 나뭇잎처럼

뾰족한 귀가 뻗어나와 있었다.

용모가 수려하기로 유명한 엘프 족이다.

"아, 아까는 구해주셔서, 정말 고맙습니다! 언제나 언제나 방해만 돼서…… 저기, 죄송합니다!"

"……다친 데는 괜찮아, 레피야?"

자기 자신을 부끄러워하듯 몇 번이고 고개를 숙이는 엘프 레피야에게 아이즈는 그렇게 물었다. 동작 하나하나에 긴장이 어린 그녀는 눈을 크게 뜨더니, 아무 문제도 없다며 몇 번이고 주장했다.

그녀, 레피야 비리디스는 바로 조금 전 펼쳐졌던 몬스터와의 전투 도중 아이즈가 아슬아슬하게 구해준 마도사 중 한 사람이다.

오밀조밀한 이목구비에는 어딘가 앳된 분위기도 엿보였지만 역시 종족 특유의 아름다움이 짙게 묻어났다. 그 우아한 용모는 지금 표정을 이리저리 바꾸고 있었다. 자신의 몸을 걱정해주는 생명의 은인에게 은혜와 감사의 마음이 겹쳐져서인지, 언제나 성실한 소녀는 민감하게 반응했다.

"……정말로, 죄송합니다. 보호받기만 해서는 안 되는데, 언제나 전……."

"……나는, 괜찮아."

문득 표정에 그림자가 드리워지며 분한 듯 고개를 숙이는 레피야.

아이즈는 속내를 있는 그대로 전했지만 후배 소녀는 고개를 들려 하질 않았다.

감정표현이 부족하다는 자각이 있는 아이즈는 난감해져서 생각하고 생각한 끝에, 천천히 손을 뻗었다.

직전까지 망설이며 오른손을 허공에서 잠시 멈추었지만, 천천히 레피야의 머리에 얹었다.

소녀가 어깨를 떠는 가운데, 매끄러운 선황색 머리카락을 뻣뻣한 동작으로 쓰다듬는다.

"괜찮아."

고개를 든 레피야의 눈동자에 확 물기가 맺혔다.

"제, 제가 들어드릴게요!"

"아."

한동안 그대로 머리를 맡기고 있던 그녀는 뺨을 살짝 물들이더니 힘차게 아이즈의 짐을 빼앗았다. 천막용 천이 아이즈의 품에서 사라졌다.

그때였다.

"──아~이~즈!"

"어?!"

"……음."

와락, 하는 가벼운 충격과 함께 등 뒤에서 튀어나온 팔이 몸을 휘감았다.

레피야가 놀라 고개를 조금 움직이니 한 소녀가 아이즈를 뒤에서 끌어안고 있었다.

Kiyotaka Haimura

"티오나……."

"뭐 해? 레피야 또 풀죽어서 아이즈에게 위로받고 있었어?"

"저, 저는 딱히, 위로해주셨으면 했던 건……?!"

티오나라 불린 소녀의 말에 레피야가 한층 얼굴을 붉혔다. 그 모습을 보며 깔깔 웃는 티오나. 두 사람의 그런 모습에 아이즈는 입가에서 살짝 힘을 풀었다.

건강한 갈색 피부. 얼굴에는 한 점의 그늘도 없어 그녀의 타고난 쾌활함이 배어났다. 복장은 아마조네스 특유의 댄서 같은 의상이라 노출도가 높다. 위쪽은 얄팍한 가슴둘레를 가린 천 한 장, 허리에는 긴 파레오를 감고 있다. 배꼽이며 나긋나긋한 팔다리를 아낌없이 드러내고 있다.

아이즈의 금색 눈동자와 눈이 마주치자 티오나는 해바라기처럼 밝게 웃었다.

"신경 쓰지 마, 레피야. 모이투라(대황야)에서 싸울 때면 원래 꼭 부상자가 생기게 마련이고. 일일이 사과하면 아이즈도 난감할걸? 그치~!"

"……응."

"우…… 아, 알았어요."

몸을 움츠리는 레피야를 보며 티오나는 다시 한바탕 웃더니 이번에는 아이즈에게 감았던 팔에 살짝 힘을 주었다.

"그래서 있지. 아이즈, 왜 그렇게 무리했어?"

"……."

"난 말렸는데. 벽만 유지하면 되고, 포모르들에게 쳐들어갈 필요까진 없었는데."

티오나의 목소리가 아주 살짝 힐난하는 분위기로 바뀌었다.

포모르와의 전투 도중 아이즈가 단독으로 돌격을 감행했던 것을 책망하는 듯했다. 아무 말도 할 수 없었던 아이즈는 그녀에게 걱정을 끼쳤던 것을 포함해,

"……미안."

그렇게 사과할 수밖에 없었다.

"나도 남말은 못하지만…… 아이즈는 너무 위험해보여."

잔소리와도 같은 중얼거림 어딘가에 물기를 머금으며 티오나는 더욱 팔에 힘을 주었다. 어깨에 얹힌 그녀의 무게를 느끼며 살짝 눈을 내리깔았다.

"그러니까 아이즈는~."

이윽고 티오나는 입술을 내밀며 고시랑고시랑 떠들어대기 시작했다. 아이즈는 저항하지 않고 그녀에게 몸을 맡긴 채 안겨 있었다. 한편 두 사람의 보통 아닌 사이를 눈앞에서 지켜봐야 하는 레피야는 조금 쓸쓸하게, 그리고 조금 부럽게 두 사람을 응시했다.

그때 옆에서 불쑥 튀어나온 긴 다리가 티오나의 허리를 걷어찼다.

"야, 기분 나쁘니 떨어져."

"아야앗——?!"

어느새 나타났는지 머리 위에는 짐승 귀, 허리에는 꼬리

가 돋아난 수인 청년이 눈을 흘기며 서 있었다. 날카로운 털결을 가진 귀와 꼬리는 워울프의 것이었다.

티오나는 노기를 터뜨리며 휘릭 몸을 돌리고 아이즈의 곁에서 떨어졌다. "너 뭐 하는 거야?! 엄청 아팠거든?!"

"내가 징그럽다고 했지. 소름 돋는다고. 이상한 거 보여 주지 마."

"말은 그렇게 하지만 그래~봤자~ 아이즈에게 찝쩍대고 싶어서 그러지, 이 허세쟁이!"

"뭣, 이게…… 지, 지금 시비 거냐?!"

"와~ 들켰지롱—! 바보늑대——!!"

"이 망할 년이이이이이이이이이이이이이이!!"

"저, 저기, 두 분, 싸움은……?!"

눈 깜짝할 사이에 발전된 베이트와 티오나의 격렬한 말싸움. 레피야가 안절부절 중재를 시도한다. 외야로 밀려난 아이즈는 오도카니 서 있었다.

"뭐 하는 거야……. 하기야 물어볼 필요도 없지만."

소란을 듣고 왔는지, 티오나와 같은 아마조네스 소녀가 아이즈 옆에 섰다.

"……티오네."

허리까지 늘어지는 긴 장발과 분위기, 그리고 일부 체형 —— 주로 가슴둘레 —— 을 제외하면 티오나와 판박이였다. 티오나의 자매, 쌍둥이 언니이기도 한 티오네가 한숨을 참으며 아이즈를 돌아보았다.

"아이즈, 단장님이 부르셔. 다녀와. 저건 내가 처리할 테니까."

"……미안."

"괜찮아. ──자자, 너희는 놀지 말고 야영 준비나 거들지?"

주의를 주는 티오네의 목소리를 등 뒤로 들으며 아이즈는 자리를 떴다.

띄엄띄엄 천막이 완성되어가는 야영지를 나아간다.

목적지는 시선 안쪽에 있는 한층 커다란 막사였다. 천을 펼쳐놓은 작은 숙소 옆에는 파벌의 엠블럼── 우스꽝스러운 광대가 새겨진 깃발이 세워져 있다.

【로키 파밀리아】.

아이즈나 레피야, 티오나 자매가 소속한 '신'의 파벌이다.

【파밀리아】란 하계에 내려온 신들을 중심으로 결성된 조직의 명칭이다.

신들 사이에서는 하계생활이라는 이름의 게임을 즐기기 위해 그들의 미학에 따른 규칙──전지전능한 '신의 힘' 아르카넘의 봉인──이 체결되었다. 말하자면 능력 제로인 몸으로 전락한 신들은 여기서 하계 사람들에게 '은혜'라 불리는 힘의 계기를 내려주고, 대신 그들의 공양을 받는 일종의 이해관계를 맺었다. 자신만의 도당을 세워 경쟁을 시키는, 신들의 오락거리 중 하나라 해도 과언이 아니다.

그리고 '은혜'를 입은 자들을, 신과 계약을 맺은 일파라는 의미에서 파밀리아(권속)라 부른다.

"핀."

"오. 왔어, 아이즈?"

수많은 신들이 강림한 이 하계에는 수많은 【파밀리아】가 존재하며, 주신의 의향에 따라 다종다양한 활동을 한다.

그중에서도 아이즈 일행이 속한 【로키 파밀리아】의 활동 목적은——'던전'의 공략 및 미답파계층 개척이다.

"으하하. 지금 마침 네 이야기를 하던 참이다, 아이즈."

"가레스…… 지금은 웃지 말아줘."

막사 입구를 들어서니 그곳에는 다리가 짧은 테이블을 에워싼 세 명의 데미휴먼이 있었다.

레피야와 같은 엘프 족 여성, 리베리아 리요스 알브.

다부진 몸집을 가진 드워프, 가레스 랜드록.

그리고 파룸 소년 핀 디무나.

이 세 사람이 【로키 파밀리아】의 중추를 짊어진 수뇌진이다.

"뭐, 사설은 됐으려나. 왜 불렀는지는 알겠지, 아이즈?"

"……응."

"그럼 이야기가 편하겠네. 왜 전선을 유지하라는 명령을 어겼어?"

아이즈의 배 정도까지밖에 안 오는 핀이 냉정한 어조로 물었다.

부드러운 황금색 머리카락에 호수처럼 푸른 눈. 외견은 누구보다도 앳되지만 깊은 지혜가 느껴지는 그가 바로 던전 공략에서 모든 지령과 판단을 내리는, 단원들의 우두머리다.

"아이즈, 너는 강해. 그렇기에 조직의 간부이기도 하고. 내용이 옳은지 그른지를 떠나서, 네 행동은 아랫사람들에게 영향을 미치는 거야. 그걸 기억해줘야 해."

"……."

"답답해? 지금 처지가."

"……아니. 미안해."

한순간 스쳐 지나간 마음의 동향을 간파당했다.

투명한 눈동자로 웃음을 짓는 핀에게 아이즈는 솔직하게 반성하고 사죄했다.

"뭐…… 그쯤 해두라고, 핀. 아이즈도 우리 전열의 부담을 덜어주려고 일부러 포모르들에게 돌진했던 거겠지. 하마터면 무너질 뻔했으니까."

"그렇게 따지자면 영창이 늦어졌던 나에게도 잘못이 있겠군."

변화가 별로 없는 표정으로 아이즈가 송구스러움에 눈썹 끝을 늘어뜨리고 있으려니 드워프는 눈을 슬쩍 활 모양으로 구부렸으며, 아름다운 엘프는 그 이상 아무 말도 하지 않고 눈을 감았다.

그 모습을 지켜보던 핀은 쓴웃음을 짓고, 잠시 후 아이즈를 올려다보았다.

"아이즈, **여긴 던전이야.** 무슨 일이 일어날지 몰라. 그리고 레피야를 비롯한 전원이 너처럼 활약하지는 못하고, 너처럼 싸우지도 못해. 그것만은 염두에 두었으면 좋겠어."

"……알았어."

"표정을 보니 이미 티오나한테도 한마디 들었겠지? 그만 가도 좋아."

이제는 할 말이 없다는 핀에게 아이즈는 꾸벅 고개를 숙였다. 리베리아와 가레스에게도 감사를 담아.

막사를 나온 아이즈는 핀이 마지막으로 한 말을 곱씹어보며 천천히 고개를 들었다.

하늘이 보이지 않는, 암벽에 가로막힌 돔 형태의 천장. 그 까마득한 높이의 원반에서 무수히 뻗어나온 기둥 형태의 돌기가 표면의 불가사의한 인광을 드문드문 빛내고 있었다.

던전.

미궁도시 오라리오의 땅속에 존재하는 광대무변한 지하미궁.

몬스터가 끊임없이 솟아나는 심대한 지하. 지금 아이즈 일행은 그런 곳에 있다.

【로키 파밀리아】가 거점을 둔 미궁도시 오라리오에는 세계에 단 하나뿐인 이 지하미궁을 목표로 수많은 모험자들이 도시의 문을 넘어서며, 매일 던전에 들어온다. 신들 또

한 자기 파벌의 세력확대와 전력증강을 위해 대부분 던전 탐색 계열 【파밀리아】를 운영하면서 미궁 탐색과 공략에 나선다.

아이즈 일행의 【파밀리아】도 그중 하나였다.

"야, 이 엉터리야!! 넌 왜 텐트 하나 제대로 못 치냐, 바보 아마조네스!"

"시, 시끄러워!! 베이트가 엉터리로 가르쳐주니 그렇지?! 난 잘못 없다 뭐!"

"레피야, 그쪽은 됐으니까 사람들 모아다 식사를 차려줘."

"아, 네."

현재 【로키 파밀리아】는 '원정' 중이다.

던전의 아득히 깊은 곳까지 내려가, 장기간에 걸쳐 미답파 계층으로 향한다. 지금은 베이스캠프를 설치하며 한동안 휴식을 취하려는 중이었다.

'원정' 중이라고는 해도 몬스터와의 치열한 일전을—— 고비 하나를 넘어선 후이기도 해서 그런지 단원들의 얼굴에는 어딘가 흥분과 달성감이 있었으며, 주위에는 좋은 의미로 느슨해진 분위기가 감돌았다. 화기애애하게 야영을 준비하는 동료들을 보며 아이즈는 어슬렁어슬렁 발을 옮겼다.

설치를 마친 여러 개의 텐트, 아무렇게나 놓인 물자운반용 카고, 수많은 기재 사이를 누비며 나아가자 복닥거리던 시야가 탁 트이더니 야영지 바깥쪽이 이어졌다.

그곳에선 지하라고는 여겨지지 않는 웅대한 광경이 펼쳐졌다.

회색으로 물든 나무들. 마치 재를 뒤집어쓴 것 같은 수목은 저 멀리 보이는 벽면, 계층 끝에 이르기까지 주위를 메우고 있었다. 수목 사이로 냇물이 잎맥처럼 흘렀으며 푸른 물줄기가 끊임없이 이어진다. 천장에서 빛나는 인광의 규모는 그리 강하지 않아 주위는 암흑에 가깝다.

설치된 야영지는 높이가 10M(메들) 정도나 되는 거대한 바위 위에 있었다. 아이즈는 그곳에서 눈앞의 경치를 바라보았다.

"……."

현재 위치, 던전 제50계층.

수많은 모험자와 【파밀리아】가 존재하는 미궁도시 오라리오에서도 공략최전선이나 마찬가지인 곳.

대부분의 사람들은 아직 본 적도 없는 광경―― 아득한 대지 밑에 잠든 회색 수목림을 아이즈는 혼자 선 채 한동안 바라보았다.

휴대용 '마석등'이 수많은 빛을 일렁이는 가운데 【로키 파밀리아】 멤버들은 식사를 시작하려 했다.

이곳 제50계층은 던전 내인데도 **몬스터가 태어나지 않**

는 귀중한 안전계층이기도 해 돌발적인 사고나 습격의 위험성이 매우 낮다. 던전 곳곳에 존재하는 이런 안전계층은 그들【로키 파밀리아】가 야영지로 골랐듯 모험자들 사이에서는 대규모 휴식지대로 이용되곤 했다.

"모이투라에서 싸울 때는 고생했어. 다들 애써준 덕에 이번에도 무사히 제50계층까지 도달했어. 이 자리를 빌려 감사를 전할게. 고마워."

"언~제나 49계층 넘어갈 때는 한 고생 한다니깐~. 오늘은 포모르도 좀 많이 나왔고."

"계층 터주인 발로르가 안 나와서 그나마 다행이었지."

"하하! 아무튼 건배하자. 술은 없지만. 그러면──."

"건배!"

아마조네스 자매의 말에 웃으며 핀이 선창하고 모두의 화창이 이어졌다. 던전 안이므로 모두들 마음속으로는 경계를 잊지 않는 가운데, 이 식사를 통해 그들은 아주 살짝 고삐를 풀었다.

설치가 끝난 야영지의 중심에는 대형 솥이 놓여 있으며 단원들은 그곳을 에워싸듯 앉았다. 솥의 내용물은 오면서 채취한 허브와 나무열매, 그리고 육과(肉果) 미르츠──말 그대로 고기 맛과 식감이 나는 과일──를 푹 끓인 수프다. 미궁산 나무열매나 미르츠는 몬스터의 먹이이기도 하지만 휴먼이나 데미휴먼이 먹어도 문제가 없기 때문에 다들 아무렇지도 않게 식용으로 쓴다.

여러 사정에 따라 던전 내의 식사는 휴대식 같은 조악한 것이 되기 십상이므로 지금 같은 식사는 진수성찬이라 해도 과언이 아니다. 사기도 고려한 핀의 배려로 단원들은 던전에서는 어지간히 맛볼 수 없는 요리에 입맛을 다시고 있었다.

"저기, 아이즈 씨. 정말 안 드셔도 괜찮으시겠어요?"

"응, 괜찮아……."

"그렇게 허세 부리면서 사실은 배가 꼬륵꼬륵 하는 거 아냐~? 봐라 봐라~?"

"……."

블록 형태의 휴대식량을 오물거리는 아이즈에게 레피야가 묻고, 티오나는 국물밖에 남지 않은 그릇을 들이밀었다. 식욕을 자극하는 그윽한 향기에 시선이 흔들렸지만 아이즈는 강철 같은 의지로 확 고개를 돌렸다. 과도한 식사는 전투 컨디션에 지장을 준다고 믿어 의심치 않는 그녀는 싱글싱글 웃음을 짓는 갈색 악마에게 끝까지 저항하는 데 성공했다. 너무 집요하게 굴던 티오나가 티오네에게 머리를 얻어맞은 것이다.

"그럼 향후 계획을 확인하지."

뒷정리를 마치고 솥도 치운 자리에서 핀이 입을 열었다.

보초 외에는 모두가 작은 원을 그리고 앉아 시선을 그에게 집중했다.

"'원정'의 목적은 미답파계층 개척. 이건 변함이 없어.

하지만 이번에는 59계층으로 향하기 전에 퀘스트를 수행하겠어."

퀘스트란 모험자에게 발주되는 의뢰의 총칭이다.

수주한 모험자는 의뢰를 달성하고 그 대가로 의뢰인에게 보수를 받는다.

주문을 한 의뢰인은 【파밀리아】나 상인, 혹은 미궁도시를 운영하는 길드 등 폭이 넓다.

"퀘스트…… 분명 【디안 케흐트 파밀리아】에서 온 것이었죠?"

티오네가 확인하자 핀이 고개를 끄덕였다.

"응. 내용은 51계층, '카드모스의 샘'에서 의뢰주가 원하는 양만큼 샘물을 채취하는 것."

그러자 언니 옆에서 티오나가 진저리난다는 목소리로 말했다.

"'카드모스의 샘'…… 으에~ 귀찮아~. 그런 건 왜 맡았어?"

"보수가 합당했으니까. 게다가 파벌 간의 교류도 있으니 소홀히 할 수는 없지."

리베리아의 대답에 베이트가 투덜거렸다.

"나 원, 그 인간들은 귀찮은 의뢰를 하고 앉았어……."

곳곳에서 불만이 일어났다가 가라앉자 핀이 이야기를 재개해 퀘스트 수행 계획을 전달했다.

"51계층에는 소수정예로 2개 파티를 보내겠어. 쓸데없이 무기나 아이템을 소모하지 않도록 신속하게 샘물을 확보한 후 이 캠프로 복귀할 거야. 질문은?"

"저요, 저요~! 왜 파티를 둘로 나눠?"

"주문받은 샘물의 양이 또 성가셨거든. '카드모스의 샘'
은 안 그래도 회수할 수 있는 물이 한정되어 있어서, 요구
량을 채우려면 샘을 두 곳 돌아야만 해."

핀의 설명에 가레스가 보충했다.

"식량도 포함해 물자에는 제한이 있으니 말일세. 퀘스트
를 수행한 후 59계층에 가기 위해서라도 너무 시간을 들일
수는 없네. 둘로 갈라져서 효율적으로 하자 이거지."

던전 심층으로 가는 '원정'은 시간과의 싸움이기도 하다.
이곳 제50계층까지 오는 데만도 최소 닷새는 걸리며, 지상
으로 돌아갈 때도 계산에 넣는다면 물자 소비는 최대한 억
제해야만 한다.

"게다가 '카드모스의 샘'은 많은 인원으로 이동할 수 없
는 곳에 있으니까. 전력분산은 좀 가슴이 아프지만, 기동
성을 살리는 편이 좋겠지. ······달리 질문은? 없으면 파티
멤버를 선발하겠어."

핀의 확인에 반대하는 목소리는 없었으므로 그대로 파
티 편성에 들어갔다. 그리고 이번에도 티오나는 금방 손을
들었다.

"저요~! 나 할래~! 아이즈도 같이 가자!"

"응."

"애초에 우리 제1급 모험자가 안 가면 누굴 보내겠어······.

소수정예가 무슨 말인지 알아?"

"그럼 티오네도 우리하고 가야겠네!"

"저기, 잠깐, 난 단장님하고……!"

티오나의 독재로 셋이 뚝딱 정해졌다.

"리베리아는 캠프에 남아줘. 퀘스트를 마친 다음을 생각해서라도 지금은 쉬고 소비된 마인드를 회복해줘야지. 거점 방어도 겸해서."

【파밀리아】 내에서도 최고위의 마도사인 리베리아에게 핀은 대기를 명했다.

"……어쩔 수 없지."

'마법'을 발동하기 위한 원천── 마인드를 조금 전의 싸움에서 대폭 소비한 리베리아는 그의 지시에 고분고분 따랐다. 대신 그녀는 고개를 들고 한 소녀를 바라보았다.

"레피야. 아이즈네 파티에 들어가라. 내 대신."

"네, 알겠……엑, 저기, 에엑?!"

"문제는 없겠지, 핀?"

"음─ 그러게. 언젠가 리베리아의 후임이 될 몸이니, 괜찮겠지."

"다, 단장님? 리베리아 님?! 저, 저는 아직──?!"

"자자 레피야도 이쪽—!"

"으아──?!"

티오나에게 붙들려 이의를 사전에 차단당해버린 레피야.

"이러면 나머지 한쪽도 제1급으로 편성해야겠구먼. 핀,

베이트, 나…… 그리고…….”

“야, 라울. 너 서포트로 이쪽에 들어와.”

“저, 저요?!”

“그럼 누가 있는데.”

이렇게, 금세 4인 2조 파티가 결정되었다. 편성은 아래와 같았다.

제1팀: 아이즈, 티오나, 티오네, 레피야.

제2팀: 핀, 베이트, 가레스, 라울.

“……야, 1팀 저거 괜찮은 거야?”

“음—…….”

편성이 지나치게 불안하다고 베이트는 의구심을 숨기지도 않고 물었으며, 핀도 조용히 생각에 잠겼다.

타고난 광전사인 아마조네스 티오나는 말할 것도 없고, 아이즈도 싸울 때의 모습 때문에 ‘전희(戰姬)’라는 비공식적인 별명을 얻을 만한 전투광이다. 티오네는 겉으로야 멀쩡한 척하지만 본질은 이들 둘 이상으로 흉포하다. 셋에 비해 한 수 떨어지는 레피야가 그녀들을 통솔할 수 있을 리만무하다.

한동안 침묵을 지키던 핀이 고개를 들었다.

“티오네, 너만 믿겠어. 내 신뢰를 배신하지 말아줘.”

앳된 외견의 단장에게 흠뻑 빠진 아마조네스 소녀는 그 말에 크게 환희하며 고개를 끄덕였다.

“——맡겨만 주세요오오!!”

"낡였네~."

빰을 붉히며 숨을 씩씩거리는 친언니에게 여동생이 눈을 흘기며 중얼거렸다.

결국 그대로 결정된 2개 파티는 몇 시간 정도 눈을 붙인 후.

단원들을 통솔한 리베리아에게 거점 방어를 맡기고 제 51계층으로 출발했다.

2장

미
궁
혼
미

Гэта казка іншага сям'і
лабірынт блытаніны

"간다아—!!"

기합과 함께 티오나가 뛰었다.

눈을 의심할 만한 크기와 질량을 자랑하는 대쌍인(大雙刃).

특별주문한 무기를 두 손으로 가볍게 휘두르며 질주해, 눈을 껌뻑거리는 몬스터를 향해 내지른다.

"다서엇!"

대절단.

있는 힘껏 휘두른 일격이 꽂혀 몬스터의 몸통을 가르고 날려버렸다. 시체에는 눈길도 주지 않고 마치 본능에 등을 떠밀린 듯 아마조네스 소녀는 다음 사냥감을 향해 달려들었다.

"아이즈, 저 바보 좀 보조해줘! 둘이 같이 쳐들어가진 말고!"

"알았어."

티오나의 뒤에서 날아든 참격이 그녀에게 무리지어 달려들려던 몬스터들을 베어버렸다. 금색 장발을 나부끼며 아이즈는 은색 세검을 한 차례 번뜩였다.

현재 위치 제51계층.

퀘스트를 위해 내려온 이곳에서 아이즈의 제1팀 파티는 몬스터와의 전투에 돌입했다.

제51계층은 '심층'에서는 보기 드물게 미로 구조를 띤다.

평면을 그리는 벽과 바닥, 천장. 계산한 것처럼 만들어진 규칙적인 지하 천연통로가 수많은 모퉁이며 교차로를 형성해 발을 들여놓는 사람들을 환혹시킨다. 돌인지 흙인지 혹은 다른 재질인지 알 수 없는 소재로 구성된 벽의 색은 짙은 흑연색이다.

머리 위에서 빛나는 인광을 받으며, 폭이 넓은 직선통로에서 아이즈 일행과 대치한 것은 우툴두툴 검은색으로 빛나는 피부조직을 가진 몬스터의 무리였다.

'블랙 라이노스'.

앞으로 구부정한 이족보행을 하는 코뿔소 형태의 몬스터. 키는 2M가 못 되지만 근육질인 체구는 대형이라 해도 통할 정도였다. 머리에는 개체에 따라 다른 길고 짧은 뿔이 두 개씩 돋아나 있다. 갑옷과 분간이 가지 않는 피부는 단단하고 두꺼워 49계층에서 교전한 '포모르'를 아득히 능가하는 경도를 자랑한다.

그러나.

『──?!』

"에이얏──!"

베어 날려버린다.

종횡무진 날아드는 거대한 쌍인에 블랙 라이노스의 무리는 참으로 쉽게 갈라져버렸다.

굵은 손잡이로 연결된 두 자루의 거검.

수많은 무기들 중에서도 초대형으로 분류되는 이 무기는 위력도 엄청났다. 지극히 넓고 두꺼운 검신은 몬스터의 단단한 피부를 무시하듯 숭덩숭덩 잘라내 몸을 분해해버린다.

가녀린 몸으로는 믿을 수 없을 만한 괴력을 발휘하며, 원을 그리는 움직임으로 마치 춤을 추듯.

티오나는 전용무기, 대쌍인 《우르가》를 구사했다.

"──흡!"

우르가를 휘두르는 티오나의 옆에서 아이즈 또한 몬스터에게 참격을 꽂아 해치워나갔다.

그녀의 장비는 한 자루의 세이버뿐. 자신의 몸보다도 더 큰 대형무기를 다루는 티오나에 비하면 그 은색 세검은 매우 빈약해 보이지만, 아이즈 자신의 기량과 무엇보다도 빠른 속도 덕에 적의 저항을 불허했다. 티오나와 비견할 만한 기세로 블랙 라이노스의 무리를 해치워나갔다.

그런 가운데 적을 몇 차례씩 베어도, 아무리 선혈을 뒤집어써도 은색 광택을 뿜어내는 세검이 흐려지는 일은 전혀 없었다.

'뒤랑달'── 불괴(不壞) 속성.

미궁도시 오라리오에서도 극히 드문 하이 스미스가 만들어낸, 속성을 가진 '수페리오르즈(특수무장)'.

'은혜'를 입은 스미스들이 신들의 무구에 다가선 고차원의 산물이며, 아이즈의 검은 희귀한 수페리오르즈 중에서도 '결코 망가지지 않는' 속성을 가지고 있었다.

위력 그 자체는 다른 일급품 장비보다 뒤떨어지지만 전투 중에 절대 파손이나 결손이 일어나지 않는다.

【고브뉴 파밀리아】에서 만든, 제1등급 수페리오르즈《데스퍼러트》.

한없이, 1초라도 오래 싸우고 또 싸우기 위해 아이즈는 이 무기를 애검으로 골랐다.

"아이즈, 난 오른쪽 맡을게!"

"응."

폭풍으로 변해 분방하게 싸우는 티오나와 장절한 기세로 적을 베어나가는 아이즈. 언뜻 제각각 싸우는 것 같으면서도 결코 적이 파트너의 등에 접근하도록 용납하지 않는다. 서로의 간격을 존중해, 때로는 도약하고 때로는 엇갈리며 적절한 위치로 자신의 몸을 미끄러뜨린다.

이심전심의 연계를 보이며 두 소녀는 별 어려움도 없이 시체의 산을 쌓아나갔다.

"오른쪽 통로에서 새 몬스터 넷! 안쪽에서도 합류! 레피야, 준비되는 대로 즉시 신호해줘!"

전열을 맡은 아이즈와 티오나가 몬스터를 모조리 끌어들여 막아내는 한편, 중열에 자리를 잡은 티오네가 지시를 날리고 이따금 투척 나이프로 지원했다.

여전히 끊일 줄 모르는 몬스터의 출현에, 지시를 받은 레피야는 대열 제일 뒤에서 지팡이를 들고 '영창'을 시작했다.

"【——약탈자 앞에서 활을 들라. 동포의 목소리에 호응하여 살을 시위에】."

심층에 서식하는 몬스터의 차원이 다른 위압감, 무엇보다도 선배들의 분투. 압도적인 광경 앞에서 긴장으로 떨리는 목소리를 가다듬으며 '마법'에 이르는 말을 자아내간다.

폭발 직전까지 드높아진 고동 소리가 레피야의 시야를 흔들고 있었다.

『──워어어어어어어어어어어어어어어어어어어어어어어어어어어어어어어어어!!』

"?!"

느닷없이 레피야 바로 옆의 벽이 **찢어졌다**.

파편을 뿌리며 작은 폭발과 함께 나타난 것은 붉은색과 보라색이 뒤섞인 거대 거미.

여덟 개의 다리와 겹눈을 가진, '데포르미스 스파이더'.

던전에서 **태어난** 거대 거미 몬스터는 벽면을 찢은 것과 동시에 레피야에게 달려들었다.

완벽한 기습. 시간이 멈춘 것처럼 레피야는 추악한 턱이 밀려드는 광경에 **뻣뻣**이 굳어버렸다.

그러나 회전하며 날아든 곡도가 몬스터의 기습을 저지했다.

『끼엑?!』

"영창 멈추지 마, 레피야."

"웃! 네, 네엣!!"

긴 흑발을 나부끼며 티오네가 레피야의 곁으로 달려들

었다.

투척하여 몬스터의 안면에 파묻힌 한 자루의 쿠쿠리 나이프를 뒤틀고, 쳐들고, 번뜩여, 순식간에 데포르미스 스파이더를 해체해버렸다.

"어, 으, 에, 에엑……?!"

동요가 가시지 않은 레피야는 의식을 재빨리 전환하지 못했다.

그리고 영창을 더듬는 동안, 마침내 전열에서는 아이즈 일행이 블랙 라이노스의 무리를 정리해버리고 말았다.

몬스터가 섬멸된 통로 안에 짧은 정적이 찾아왔다.

우르가를 짊어진 티오나와 검을 칼집에 거둔 아이즈가 돌아오자 레피야는 고개를 푹 숙이고 사과했다.

"죄, 죄송합니다…… 제, 제가…….."

"괜찮아, 레피야. 어쩔 수 없어, 어쩔 수 없어. 이럴 때도 있지, 있어."

주위의 경계를 태만히 하지 않으며 티오네도 그 자리에 합류했다.

공격 타이밍을 놓치고, 아이즈나 티오나와 전혀 맞추지 못했던 자신의 부족함을 레피야는 자책했다.

"안 되겠어요. 역시 Lv.3인 저는 여러분에게 방해만 되고……."

"진정해, 레피야."

완전히 의기소침한 후배의 어깨에 티오네가 손을 얹

었다. 조심스레 고개를 드는 소녀에게 티오나와 나란히 말을 걸었다.

"Lv. 적성이 낮아도 네 마법 실력이라면 여기 몬스터에게 통해. 리베리아가 보장했잖아? 자신을 가져."

"레피야는 '마력' 어빌리티가…… 어, 뭐였더라? 로키가 말한 거……. 그래그래, '몰빵'이라며! '스킬'도 있으니까 날리기만 하면 몬스터 같은 건 한 방이야!"

"그, 건……."

자신의 능력이 언급되자 레피야는 한순간 반론의 재료를 잃었다.

선황색 머리카락을 찰랑거리며 어깨 너머로 자신의 등을 잠시 쳐다보았다.

신에게서 '은혜'를 입은 권속들에게는 예외 없이 등에 【히에로글리프】── 신들이 사용하는 문자가, 마치 비문처럼 새겨진다. 그리고 그 문자 자체가 신들이 아이들에게 내린 '은혜'인 것이다.

신의 은혜, '팔나'── 또 다른 이름은 【스테이터스】.

온갖 사건과 현상으로부터 얻을 수 있는 【엑세리아】를 토대로 신들이 대상자의 능력을 끌어올리고 새로운 힘을 발휘하게 해주는 은총.

하계 사람들에게 '팔나'는 어디까지나 성장의 촉진제일 뿐이다. 그들은 몬스터와 전투를 하거나 해서 【엑세리아】를 쌓고, 이를 【스테이터스】의 조성으로 바꾸어 자신의 행동에 따라 자신의 능력을 강화해나간다. 말하자면 신들에게 받은 '은혜'는 하계 사람들의 가능성을 이끌어내는 씨앗이라고도 할 수 있다.

【스테이터스】는 주로 기준 어빌리티인 '힘', '내구', '기교', '민첩', '마력' 다섯 항목으로 이루어진 기초능력치, '마법'이니 '스킬' 같은 특수 및 고유능력, 그리고 그릇의 계위라고도 할 수 있는 Lv.로 구성된다. 그중에서도 심신의 '진화'라 불리는 Lv.의 상승――【랭크 업】은 어빌리티 보정이상으로 대상자의 힘을 크게 끌어올린다. 상위존재인 신에게 **한 걸음 다가갔다**는 표현이 가장 가깝다.

레피야의 【스테이터스】는 Lv.3. 여기에 '마법'에 관한 어빌리티인 '마력'에 특화된, 완벽한 후열 마도사 타입이다.

티오나의 말대로 '마법'의 위력을 높여주는 '스킬'의 보조도 있으므로 화력으로만 따지면 이 파티 내에서도 그녀가가장 강하다.

"하, 하지만, 저는 혼자선 제 몸 하나도 못 지키는걸요. 아까도 티오네 씨가 없었다면 역할도 다하지 못하고 헛되게 죽었을 텐데……."

반면 아이즈 일행은 Lv.5.

미궁도시 오라리오에서도 극소수인 '제1급 모험자'를 자청할 수 있는 초일류 최전선 전사다. 순수한 능력치, 나아가 백병전에서의 실력은 그녀들의 발치에도 미치지 못한다. 사실 이 계층에 출현하는 몬스터를 상대로 혼자 싸울 경우 레피야는 속수무책으로 유린당하고 말 것이다.

선배들이 격려해주어도 레피야는 필사적으로 부정하는 말을 늘어놓았다. 그때 아이즈가 입을 열었다.

"……레피야하고 우리는, 하는 일이 달라."

늘 조용하던 그녀가 대화에 끼어든 데에 레피야는 놀라 고개를 들었다.

"나도 리베리아에게 배웠어. 우리는 몬스터에게서 레피야 같은 마도사들을 지키고, 레피야는 우리를 몬스터에게서…… 그러니까, 음."

차츰 아이즈의 어조가 더듬더듬 어눌해졌다.

티오나와 티오네의 시선이 집중되는 가운데, 평소에도 별로 말을 별로 하지 않았던 폐해인지 의사소통이 원활히 이루어지지 않았다.

하고 싶은 말을 열심히 정리하려던 아이즈는 뺨을 살짝 물들이고 시선을 이리저리 굴리다가, 이윽고 결연히 말을 이었다.

"우리는 몇 번이고 지킬 테니까…… 그러니까, 위험해진 우리를, 다음엔 레피야가 구해줘."

자신을 바라보는 투명한 금색 눈동자와 동료로서 신뢰 해주는 그 말에 레피야는 눈을 크게 떴다. 말을 잃은 그녀 는 입술을 떨다가, 고개를 숙이고, 간신히 수긍했다.

훌쩍훌쩍 들려오는 작은 오열.

어두운 분위기가 사라지고 어딘가 부드러운 공기가 흘

렀다.

티오나는 만면에 미소를 머금으며 기쁜 듯 아이즈의 어깨를 끌어당겼다. 어리둥절해하는 아이즈를 보고 티오네도 살짝 웃었다.

"그럼 냉큼 '마석' 회수해버리자. 이렇게 많은 양을 레피야한테만 맡길 수는 없으니까."

잠시 후 티오네의 말에 아이즈 일행은 둘로 나뉘어 작업을 시작했다.

몬스터의 시체 앞에 쪼그리고 앉아 가슴에서 '마석'을 추출해 회수한다.

돌멩이만 한 크기를 가진 이 자청색 결정을 잃어버린 몬스터의 몸에서는 색소가 급속히 빠져나가고, 마지막에는 재만 남았다가, 아무것도 없었던 것처럼 사라져갔다.

"티오네, '드롭 아이템'은 남기고 왔는데 그래도 될까? 아깝지 않아?"

몬스터는 '핵'이 되는 '마석'을 잃으면 온몸이 재로 변해 사라진다. 그때 원형을 잃지 않고 남는 육체의 일부를 모험자들은 '드롭 아이템'이라 부른다.

이 '마석'과 '드롭 아이템'은 관리기관인 길드나 상업계【파밀리아】를 통하면 돈으로 바꿀 수 있으며, 던전 탐색의 주요 수입원이 된다.

"저렇게 커다란 뿔이며 가죽을 일일이 모았다간 금방 짐이 넘쳐날걸. 우리의 최우선목표는 샘물이야."

티오나의 질문에 어이없다는 투로 티오네가 대답했다. 아이즈 일행은 몬스터의 일부가 굴러다니는 통로를 떠나 출발했다.

"레피야, 짐은 괜찮아? 뭣하면 내가 들게."

"아, 아뇨, 괜찮아요. 이 정도는 제가 하게 해 주세요."

티오네의 청을 레피야는 고집스럽게 거절했다. 그녀는 무기인 지팡이 외에도, 어깨에서 허리춤에 걸쳐 띠를 메고 길쭉한 백팩을 등에 짊어졌다.

서포터라는 직업이 있다.

원래는 비전투원인 서포터는 '마석'을 비롯한 던전의 전리품을 회수해 지상으로 귀환할 때까지 확보하는 것이 역할이다. 파티의 무기나 예비 도구도 휴대해준다. 기탄없이 말하자면 결국 '짐꾼'이라고 할 수 있다.

하지만 모험자가 미궁을 효율적으로 탐색할 때는 반드시 필요한 존재라 해도 과언이 아니다. 보통 전문직 서포터가 없을 때는 【파밀리아】나 파티 내에서 능력이 낮은 사람이 맡게 된다. 지금도 후방지원을 맡아 기동성을 중시하지 않는 레피야는 스스로 지원해 서포터를 겸하고 있었다.

"……온다."

"어디야, 아이즈?"

"앞…… 그리고 뒤."

획일적인 통로를 한동안 나아갔을 때였다.

눈을 날카롭게 뜨며 중얼거린 아이즈의 목소리를 들은 것처럼 진로의 전방, 그리고 후방에서 쩌적, 쩌적 불온한 균열 소리가 들리기 시작했다.

그 직후, 조금 전 레피야를 습격했던 데포르미스 스파이더처럼 던전 벽을 뚫고 몬스터가 나타났다. 그것도 여러 마리가 한번에.

숨을 멈추는 레피야를 지키듯 진형을 짜는 가운데, 아이즈 일행은 다시 몬스터들과 교전에 임했다.

몬스터는 던전에서 태어난다.

알에서 깨어나는 병아리처럼, 안에서 벽을 부수고 미궁 곳곳에서 출현한다.

태어난 순간부터 몬스터는 몬스터이며, 즉시 전투가 가능한 성숙체로 탄생한다. 아래 계층에서 태어나는 몬스터일수록 강인한 힘을 가졌으며, 심층영역 정도 되면 위협도는 상상을 불허한다.

던전은 몬스터의 '모태'.

인류는 던전에 대해 그 정도로 인식할 뿐, 이 광대한 지하세계가 대체 무엇인지 전혀 모른다. 한 가지 확실한 것은 이 지하미궁이 인류나 몬스터와 마찬가지로 '살아있다'는 점이다. 예를 들어 벽을 물리적으로 부순다 해도 시간이 지나면 던전은 혼자 파손된 곳을 수리해 원래 구조체로 복원시킨다.

어째서 지하에 빛이 생겨나는가.

어째서 몬스터가 태어나는가.

어째서 미궁의 구조가 수리되는가.

아득한 태고 시절부터 지금에 이르기까지 던전에 관한 사항은 거의 아무것도 규명되지 않았으며, 엄연한 사실을 명확한 현상으로 그저 들이대고 있다.

하계에 강림한, 모든 지식을 관장하는 신들은 시치미를 떼는지, 정말 아무것도 모르는지 '자식'인 하계 주민들에게 아무것도 가르쳐주려 하지 않는다.

『던전은 던전이지. 던전에 뭘 바라는거냐던전.』

이 말은 신들의 명언이다.

던전의 수수께끼를 해명한다.

그것이야말로 '미지'를 추구하는 모험자들의 궁극적인 도달점일지도 모른다.

"어째 오늘은 몬스터랑 별로 만나질 않네."

"피할 수 있으면 그거보다 좋을 게 없잖아. 싸우지 않고 지나가면 바라던 바지."

"그런 게 아니고 말야…… 으음."

그로부터 몇 차례 아이즈 일행은 몬스터와 조우해 전투를 치렀다. 현재는 순조롭다고도 할 수 있는 속도로 제 51계층을 나아가고 있다.

티오나를 선두로 아이즈, 레피야, 그리고 후방을 경계해

최후방에 선 티오네. 넷이 일렬로 대열을 짜고, 그녀들은 던전 특유의 긴장감에 몸을 맡겼다.

몬스터가 모습을 보이지 않는 던전은 침묵을 머금었으며 동시에 그 조용함이 으스스하기도 했다. 언제 무슨 일이 일어날지 알 수 없는 미궁구역은 곳곳에 험악한 기척을 감추고 있었다.

울퉁불퉁하며 거대한 단차, T자 교차로, 세 갈래 네 갈래로 갈라진 길, 꼬일 대로 꼬인 미로.

수상쩍은 조짐을 놓치지 않도록 모든 방향에 의식의 그물을 펼치며, 지도에 의존해 목적지까지 최단경로로 나아갔다. 다음 계층—— 제52계층 계단으로 이어지는 정규 루트에서 벗어나 계층 안쪽으로 안쪽으로 나아갔다.

"거의 다 왔구나……. 샘에 도착하기 전에 주의사항을 확인해두자."

폭이 넓던 통로가 점점 좁아지자 티오네가 말을 꺼냈다.

걸음은 멈추지 않고 아이즈 일행은 퀘스트의 요점을 서로 확인했다.

"어디까지나 우리가 할 일은 샘물을 확보하는 것……. 하지만 아마 카드모스하고는 싸워야만 할 거야."

"저기, 카드모스란 건, 저기……."

"응. 엄청, 강해……."

"힘만 따지면 계층 터주 '우다이오스'보다 셀걸~."

특정한 계층에서만, 또한 반드시 한 마리밖에 나타나지

않는 거대 몬스터를 모험자들은 두려움을 담아 계층 터주라 부른다. 길드에서 붙인 정식 명칭은 '몬스터렉스'.

몬스터의 두목이라고도 할 수 있는 계층 터주는 해당 충역에서는 누구보다도 강하다. 미궁을 공략할 때의 가장 큰 난관이며 수많은 모험자가 힘을 모아 토벌해야 하는 존재다.

그런 계층 터주 중에서도 Lv.6에 해당하는 강적의 이름이 나오자 레피야는 목을 꼴깍 울렸다.

"아, 안 싸우고 보낼 수는, 없나요?"

"무리야. 그 강룡(强龍)이 샘을 파수꾼처럼 지킬 동안에는. 샘물만 회수해 도망칠 생각을 하다간, 죽어."

"나는 펑 날아가서 온몸이 꾸깃꾸깃해진 적도 있었지~."

깔깔 웃으며 말하는 티오나에게 결정타를 맞은 것처럼 레피야는 핏기를 잃었다.

"카드모스를 해치워 안전을 확보한다. 샘물 채취는 그다음."

"아, 알았어요……."

"티오네…… 작전은?"

"정석대로 가자. 아이즈랑 티오네, 내가 모조리 달려들어서 카드모스를 붙잡아둘 테니 레피야는 마법을 쏴줘. 큰 놈으로. 놈이 움츠러들면 그 다음엔 우리가 단숨에 해치울게."

"레피야, 이번엔 확실하게 부탁해~!"

"네, 네엣."

이윽고 아이즈 일행은 발을 멈추었다. 조금 전부터 외길이었던 통로는 이제 바로 코앞에서 끝나고 탁 트인 공간으로 이어진다. '룸'이라 불리는 공간이다.

이 룸에 '카드모스의 샘'이 있다.

"……"

티오네가 말없이 일행에게 시선을 보냈다. 고개를 끄덕인 셋은 티오네를 선두에 두고 대열을 재편성했다.

발소리를 죽이며 얼마 남지 않은 거리를 나아갔다. 티오네가 손을 들어 일행에게 정지 신호를 보내고, 천천히 통로 앞쪽을 살피려 했다.

그녀가 신호를 보내면 여기서 일제히 돌입할 것이다. 모두가 숨을 죽이고, 파티 전체에 찌릿찌릿한 긴장감이 생겨났다. 입술을 꾹 다문 레피야는 지팡이를 힘껏 움켜쥐었고, 티오나도 평소의 장난기 어린 태도를 지웠다. 아이즈는 전방만을 강하게 노려보았다.

몸을 낮추고, 그녀들은 티오네의 신호를 기다렸다.

"……?"

이변, 아니, 위화감을 제일 먼저 깨달은 것은 아이즈였다.

의아한 듯 눈썹을 찡그리면서, 스스럼없는 동작으로 자리에서 일어난다.

"자, 잠깐, 아이즈!"

"……이상해."

"네?"

"너무 조용해."

레피야의 중얼거림에 반사적으로 대답하며 아이즈는 앞으로 나아갔다.

룸을 엿보려던 티오네마저도 앞질러 그 너머로 발을 들였다.

그 순간 그녀는 눈을 크게 떴다.

"뭐야, 이게……."

황급히 아이즈의 뒤를 따라 들어온 나머지 사람들도 아연실색해 발을 멈추었다.

"쑥대밭이잖아……?"

룸에는 숲이라고는 할 수 없는 밀도로 나무들이 자생하고 있는데, 하나같이 무참히 꺾이거나 짓밟힌 후였다. 주위의 지면이며 벽도 무언가가 날뛴 것처럼 금이 가고 박살이 났으며 수많은 파편이 흩어져 있었다.

무엇보다도 이러한 광경의 곳곳에는 녹은 것 같은 흔적이 보였다.

일부분이 진한 보라색으로 변색된 수목에서는 지금도 까만 연기와 함께 형언할 수 없는 악취가 피어났다.

"냄새……."

티오나가 얼굴을 찡그리며 코를 팔로 가렸다.

곤혹스러운 표정을 지으며 일행은 룸 안쪽으로 나아

갔다. 이제까지보다도 더 신경을 곤두세우고 경계하며 쓰러진 나무들 사이를 지나갔다.

구석구석 철저히 파괴된 광경 속에서 그곳만은 성역처럼 보호받고 있었다.

아름다운 푸른색 수면이 일렁이는 깨끗한 샘.

룸 가장 깊은 곳에 위치했으며, 벽에 생겨난 균열── 조그만 암굴에서 미미한 양의 물이 부정기적으로 솟아난다. 푸른 광채를 머금은 신비로운 샘물은 풀꽃이 펼쳐진 오목한 곳에 서서히 차오르는 참이었다.

그리고 그런 아름다운 샘 앞에 높다랗게 쌓인 엄청난 양의 재.

"이건……."

"……카드모스의, **시체?**"

티오네가 흘린 중얼거림이 공연히 크게 울려 퍼졌다.

그 막대한 재는 기억에 남은 용의 거구와 거의 비슷한 규모였다. 룸의 주인을 잃고 정적에 잠긴 주위의 상황과 비교해보더라도, 틀림없이 이것은 강룡 카드모스**였던 것**이다.

마석을 잃은 몬스터의 말로를 내려다보며 아이즈 일행은 조용히 서 있었다.

"……우리 말고 다른 【파밀리아】가 카드모스를 쓰러뜨린 걸까요……?"

조심스레 레피야가 입을 열었다.

제일 먼저 생각할 수 있는 의견에 티오네는 완만한 동작으로 고개를 가로저었다.

"이렇게 깊은 계층까지 올 수 있는 파티는 얼마 안 돼. 특정한 【파밀리아】가 우리와 원정기간이 겹쳤다니, 그런 말은 들어보지 못했어."

"……게다가."

아이즈가 중얼거리며 작은 사막으로 변한 발밑의 재에 무릎을 꿇었다.

그녀가 내민 손이 재를 털어내고 그 안에 묻혀 있던 어떤 물체를 들었다.

"드롭 아이템을, 회수하지 않았어……."

그녀가 꺼낸 것은 금색으로 빛나는 날개의 피막 일부분이었다.

'카드모스의 피막'.

강룡을 격퇴해도 어지간해서는 나오는 경우가 없는 희귀한 드롭 아이템이다. 이것을 돈으로 바꾸면 대규모 파티의 장비를 모두 맞춰줄 만큼 막대한 자금을 얻을 수 있다.

한번 미궁에 내려오기만 해도 적지 않은 돈을 써야 하는 모험자가, 이 엄청난 전리품을 회수하지 않고 방치해두었다고는 생각하기 힘들다.

"어, 그럼, 어떻게 된 거지?"

"**무언가**가 있었던 거야, 여기. 카드모스를 죽일 수 있는, 모험자가 아닌 **무언가**가."

침묵이 생겨났다.

질문을 던진 티오나도 대답한 티오네도 입을 다물었으며, 아이즈는 금색 피막에 어렴풋이 비친 자신의 얼굴을 바라보았다.

레피야가 모두의 심정을 대변하듯 가녀린 팔을 문질렀다.

"……불길한 예감이 드는걸. 얼른 돌아가자."

티오네의 말에 이의를 제기하는 사람은 없었다.

핀에게 이곳에서 본 것을 전하기 위해 '카드모스의 피막', 그리고 변색된 물 일부를 회수했다. 아이즈 일행이 작업을 하는 동안 백팩을 진 레피야는 안에서 병을 꺼내 웅덩이에서 샘물을 떴다.

원래 같으면 솟아나자마자 카드모스가 물을 마셔버리기 때문에 샘물의 회수는 매우 느린 작업이 되지만 이번에는 정작 그 용이 없었다. 너무 쉽게 퀘스트 요구량을 달성해, 레피야는 무어라 형언할 수 없는 표정을 지으며 병에 뚜껑을 닫고 백팩에 담았다.

룸을 떠나 왔던 길을 서둘러 돌아가며, 레피야가 억지로 만든 것 같은 쓴웃음을 지었다.

"샘을 두 곳이나 돌 필요도 없었네요."

"그러게……."

아이즈는 무언가를 생각하듯 앞을 본 채 고개를 끄덕였다.

그 바로 앞에서는 그녀들보다도 앞장서서 아마조네스 자매가 그 룸의 참상에 대해 대화를 나누고 있었다.

"저기저기, 어떻게 생각해?"

"평범하게 생각하면 다른 몬스터의 소행이겠지만……."

곁에서 따라오는 동생의 물음에 티오네는 그 뒷말을 흐렸다.

샘 주변을 영역으로 삼는 강룡 카드모스는 계층 내에서도 숫자가 적은 '레어 몬스터'인 동시에 강력한 샘의 파수꾼이기도 하다. 능력은 제51계층 최강. 다른 계층에서 출현하는 계층 터주를 제외하면 현재 발견된 몬스터들 중에서도 틀림없이 피라미드의 최상위에 군림할 것이다. 블랙 라이노스나 데포르미스 스파이더가 떼로 덤벼들어도 절대 이기지 못한다.

'……비상사태…… '이레귤러'.'

티오네와 티오나의 대화를 들으며, 아이즈는 주신이 곧잘 사용하는 말버릇을 가슴속으로 중얼거려보았다.

그로부터 한동안 전진해.

『──아아아아아아아아아아아아아아아아아아아아아아아아아악!!』

느닷없이.

뱃속에서부터 치밀어오른 것 같은 절규가 아이즈 일행

에게 들려왔다.

사태의 중대함을 직감케 하는 처참한 비명. 복잡하게 얽힌 미로에 잇달아 메아리치며 고막을 모든 각도에서 몇 번이고 두드려대는 사람의 비명이었다. 귀에 익은 그 목소리에 번쩍 고개를 든 아이즈 일행은 단숨에 가속해 달려나갔다.

"저 목소리는!"

"라울……!"

몬스터들을 억지로 떨어내며 통로를 여러 차례 구부러진 아이즈 일행의 시야에 그것이 나타났다.

"뭐야 저게?!"

"애, 애벌레……?!"

티오나, 레피야의 목소리가 울려 퍼지는 가운데 아이즈는 금색 두 눈동자를 크게 떴다.

거대한 몬스터였다.

온몸을 덮은 색은 황록색. 투실투실 부푼 부드러운 녹색 표피에는 군데군데 농밀한 극채색이 새겨져 있어 기이하게 독살스러웠다. 두께가 없는 납작한 기관——아마도 팔——이 좌우에서 튀어나와 있다. 끄트머리는 네 개로 갈라져 손가락처럼 보이기도 했다.

던전 심층까지 탐색했던 아이즈 일행조차 한 번도 본 적이 없는 몬스터.

——신종 몬스터?

진행에 맞춰 위아래로 진동하는 몬스터의 거구가 높이 4M은 될 법한 천장과 몇 번이나 부딪치고 쓸렸다. 몸의 폭도 길 양쪽에 거의 닿을 정도여서, 통로를 가득 메운 채 이쪽으로 밀려드는 그 광경은 아이즈에게 전차라는 단어를 연상케 했다.

"단장님?!"

티오네가 비명에 가까운 고함을 질렀다.

얼마 떨어지지 않은 곳에서 몬스터에게 쫓기는, 핀의 제2팀 파티.

아이즈 일행보다 뛰어나면 뛰어났지 못하지는 않은 제1급 모험자들이 전투를 포기하고 몬스터에게 등을 돌린 채 전력으로 도주하고 있었다.

"흡!"

가장 먼저 움직인 것은 티오나였다. 눈꼬리를 곤두세우고 아이즈 일행의 곁에서 뛰어나간 그녀는 적의 진격을 막고자, 쫓기는 핀 일행과 엇갈려 몬스터에게 달려들었다.

"관둬, 티오나!"

핀의 제지도 듣지 않고, 접촉.

육박하는 티오나에게 몬스터는 안면으로 보이는 위치에서 쩌억, 불길한 소리와 함께 입을 벌렸다. 다음으로는 힘차게, 엄청난 양의 액체를 방출했다.

보라색과 검은색이 뒤섞인 끔찍한 마블링의 액체. 하지만 티오나는 별 어려움 없이 회피하고 놈의 품으로 뛰어들며 텅 빈 동체에 우르가를 꽂았다.

『——————————우우!!』

"웃?!"

몬스터의 고통 어린 외침, 깨진 종을 두드리는 것 같은 울음소리가 울려 퍼지는 가운데 티오나의 눈도 경악으로 크게 뜨였다. 적의 상처에서 조금 전과 같은 색의 액체가 솟아나 눈앞으로 튀어오른 것이다. 고개를 틀어 아슬아슬하게 피했지만 조그만 한 방울이 머리카락 하나에 닿자 ——— 치익 소리를 내며 **녹았다.**

오싹 오한이 내달려, 티오나는 땅을 박차고 그 자리에서 이탈했다.

"엑……?!"

후방으로 착지한 순간 티오나는 자신의 눈을 의심했다.

우르가의 한쪽 검신이, 사라지고 없었다.

아니, 그게 아니었다. 우르가도 녹았던 것이다.

적의 몸속에 박히면서 체액에 침식당해, 형체도 없이.

눈 바로 옆의 머리카락과 우르가가 연기를 내고 있다. 용해된 것 같은 흔적을 남긴 검신의 단면을 보며 티오나는 말을 잃었다.

생각지도 못했던 무기파괴.

『——————————————————아아!!』

몬스터가 격분의 포효를 지르며 다시 입에서 액체를 쏘아냈다.

티오나는 황급히 몸을 날리고, 아이즈 일행도 이쪽으로 날아온 보라색 액체를 회피했다. 액체의 직선이 통로를 내달리더니 눈 깜짝할 사이에 지면을 녹였다.

"저런 말은 못 들어봤다고!! 왜 안 가르쳐줬어—?!"

"그래서 핀이 말렸잖아, 이 멍청녀야!!"

핀 일행과 함께 도주에 가담한 티오나가 울부짖자 바로 옆에서 뛰던 베이트가 매도와 함께 사실을 지적했다.

티오나를 비롯한 제2팀, 그리고 몬스터. 밀려드는 광경에 말없이 시선을 맞춘 아이즈와 티오네, 레피야 또한 휘릭 몸을 돌려 일제히 뛰었다.

정예집단 전 멤버가, 설마 줄행랑을 치게 될 줄이야.

"저거 뭐야, 핀?! 장난 아닌데! 어떡해 내 무기~!"

울컥울컥 자루까지 녹아버린 우르가를 버리고, 심지어 아직까지 연기를 피우던 머리카락까지 쑥 뽑아버려 눈물을 짓는 티오나에게 핀이 도주하면서 대답했다.

"모르겠어. 우리도 갑자기 습격당했어."

아이즈 일행과 마찬가지로 '카드모스의 샘'에 도착해 용을 쓰러뜨린 그들은 돌아오는 도중에 그 몬스터의 떼와 맞닥뜨렸다고 한다. 한 번은 싸웠지만, 조금 전의 티오나와 마찬가지로 무기를 잃고 어쩔 수 없이 도주를 선택했다고, 간결하게 설명해주었다.

"떼라니, 저 말고 똑같은 몬스터가 또 있다고?!"

"제대로 좀 봐라. 저 커다란 놈 뒤에 드글드글 따라오고 있잖아."

"으엑~!"

"단장님 일행은 다치지 않으셨나요?"

"우린 괜찮지만 라울이 좀 위험해. 그 공격에 제대로 맞았어."

"얼른 치료해주지 않으면 큰일이 날지도 모르네!"

티오네의 물음에 핀이, 그리고 라울을 어깨에 짊어진 가레스가 절박한 목소리로 말했다.

드워프의 굵은 왼쪽 어깨에 얹힌 휴먼 청년은 지금도 연기와 악취를 뿜고 있었다. 두 팔을 힘없이 축 늘어뜨린 채 이따금 희미하게 갈라진 신음소리를 낸다. 피부는 몸에 두른 라이트아머와 함께 녹아버렸으며 거무스름한 보라색으로 변색되기까지 해서 끔찍한 몰골이었다. 동료의 처참한 모습에 레피야의 얼굴이 창백하게 물들었다.

문득 뒤를 돌아본 티오나가 외쳤다.

"어? 잠깐…… 저 몬스터, 블랙 라이노스를 공격하고 있는데?!"

아이즈 일행이 이미 지나쳐왔던 십자 교차로에서, 옆쪽 길로부터 나타난 블랙 라이노스를 애벌레 몬스터가 다짜고짜 공격하고 있었다. 부식 체액으로 몸을 녹여 움직임이 멈추었을 때 거대한 입을 벌려 상반신을 통째로 삼켰다.

"저 몬스터는 우리가 됐든 다른 몬스터가 됐든, 근처에 있는 것에는 전부 반응해 공격하던걸."

"가리는 게 없다는 말인가요?"

"아니, 글쎄. 단정할 수 있는 단서는 적지만…… 몬스터를 먼저 노리는 경향이 있는 것 같아."

뒤를 돌아보며 눈을 가늘게 뜨는 핀.

황금색 머리카락을 찰랑이는 그를 내려다보며 티오네는 품에서 나뭇조각을 꺼냈다.

"단장님, 사실은 저희가 이곳에 오기 전에 '카드모스의 샘'이 난장판이 된 것을 발견했습니다. 카드모스는 재가 되어 드롭 아이템만이 남았고요. 이 나뭇조각도 같은 장소에서 발견했습니다."

"음…… 그럼 확실하군. 카드모스를 쓰러뜨리다니."

나뭇조각을 받아 바라보며 핀은 결론을 내렸다. 색깔이 변색된 나뭇조각에는 몬스터의 액체에 접촉한 것과 같은 부식 흔적이 있었다.

"동족상잔하는 몬스터라니. 헹, 이러니까 괴물들은……"

"한참 아래쪽 계층에 서식하는 놈이 올라왔든가, 아니면 던전이 신종 몬스터를 낳았든가……. 어느 쪽이든 성가시게 됐구먼."

베이트는 모멸을 감추려고도 하지 않았고 가레스는 추측과 함께 탄식했다.

"핀, 저 몬스터는 잡을 수 있을까?"

일제히 달려가는 중에 아이즈가 그런 말을 꺼냈다.

동료들 사이에서 태어난 한순간의 침묵.

약간 전방에서 달리며 얼굴만 이쪽으로 돌리는 아이즈에게 핀은 간격을 두고 대답했다.

"공격을 해보면 효과가 있기는 해. 하지만 일격을 날릴 때마다 무기를 하나씩 희생해야 하지. 조금 전의 티오나처럼 말이야. 채산이 너무 안 맞아."

"……."

"게다가 저만한 숫자의 떼를 상대하려면 더 힘들지. 다만."

핀의 말이 이어졌다.

"마법이라면 꼭 그렇지만도 않아. 이 상황에서는 어려울지 몰라도, 어떻게든 영창 시간을 확보해 **무리를 섬멸할 만큼 강력한 마법**을 쏠 수 있다면……."

핀의 분석이 끝났다.

그리고 말이 끝나자마자 아이즈의, 그 자리에 있던 전원의 시선이 어떤 인물에게 쏠렸다. 반쯤 죽어가며 가레스의 어깨에 얹혀 있던 라울조차도 흘끔 눈길을 보냈다.

"에? 에?"

자신의 얼굴에 집중된 주위의 시선에 레피야는 고개를 두리번거렸다.

"윽! 앞에서도 나왔어!"

전방에서 밀려드는 황록색의 거구.

티오나가 경고한 것과 동시에 핀도 지시를 내렸다.

"모두 오른쪽 옆길로 뛰어들어!"

방향을 바꿔 유일하게 남은 통로로 아이즈 일행은 몸을

비집고 들어갔다.

그때까지 나아가던 길보다도 폭이 좁아진 외길을 한 줄 혹은 두 줄로 뛰어간다.

"티오네, 무기랑 아이템 스톡은?"

"어…… 아, 네. 소비된 건 없습니다. 티오나의 무기 말고는 전부 무사해요."

"좋아. 가레스에게 무기를 줘. 이 앞쪽 룸은 막다른 곳이 야. 너는 라울을 데리고 안쪽 깊이 물러나 아이템으로 치료해줘."

도시 규모와 같거나 그 이상이라는 제51계층의 구조를 맵도 보지 않고 완전히 파악하는 파룸 단장에게 감탄하면 서 티오네는 즉시 지시에 따랐다.

핀을 비롯한 제2팀은 서포터였던 라울이 공격당했을 때 짐도 함께 녹아버리는 바람에 무기는 모두 망가지고 말 았다. 따라서 레피야의 길쭉한 백팩에 수납된 예비 검과 나이프를 꺼내 장비했다.

"야, 이딴 걸 줘서 뭐 어쩌라고?! 어차피 녹을 거 아냐!"

원래 자신이 쓰던 무기가 아닌 쿠쿠리를 들고 베이트가 목소리를 높였다.

핀은 오른손 엄지를 날름 한 차례 핥았다.

"엄지가 시큰거리는걸. ──아마도 **그게 오지 않을까.**"

의미심장한 중얼거림이 가라앉자, 곧 널찍한 막다른 곳 이 보였다. 현재 진행하는 통로밖에 출입구가 없는, 정사각형의 룸이었다.

그리고 모두가 그 공간에 발을 들인 순간 세 방향——정면 및 좌우—— 벽 전체에 **균열이 일어났다.**

"!!"

베이트를 비롯한 모두의 낯빛이 싹 바뀌었다.

이제 와서 못 알아볼 리가 없다. 몬스터가 미궁에서 태어나는 전조.

그것도 대규모. 룸 전체에서 몬스터가 출현할 것이 분명했다.

'몬스터 파티'.

돌발적인 몬스터의 대량발생. 통로 방면을 제외한 ㄷ자 형태의 포위망. 모험자를 절망의 늪에 빠뜨리는, 악랄한 던전 기믹.

마치 미리 짰던 것처럼 던전이 부조리한 함정을 작동시켰다.

이 사태를 미리 내다봤는지 핀이 명령을 내렸다.

"베이트, 가레스, 티오나! 라울을 보호하면서 적을 물리쳐! 저 신종은 나랑 아이즈가 맡겠어—— 공격!"

지침을 얻어 혼란에서 벗어난 일행은 반격을 위해 단숨에 벽을 향해 달려나갔다.

이에 연동하듯.

흉악한 산성(産聲)을 지르며 서른 마리도 넘는 블랙 라이노스가 벽을 뚫고 나타났다.

"레피야, 후퇴해서 영창을 시작해. 이 전투는 너에게 달렸어. 서둘러줘."

"……! 알겠습니다!"

레피야 또한 주어진 역할에 고개를 깊이 끄덕였다. 감벽색 눈에서 부담의 그림자도 망설임도 떨쳐내고 후방으로 물러났다.

그 뒷모습을 지켜보지 않은 채 핀은 마지막으로 금발 소녀의 곁에 나란히 섰다.

"아이즈."

"알고 있어."

눈짓하는 핀에게 아이즈가 고개를 끄덕였다. 요란한 진동이 울려 퍼지는 통로 쪽을 노려보며, 한마디.

"【눈을 뜨라, 폭풍】."

지극히 짧은 영창을 방아쇠 삼아 '마법'을 발동한다.

"【에어리얼】."

바람이 태어났다.

형태를 눈으로 인식할 수 있을 만한 대기의 흐름이 춤을 추듯 아이즈의 몸을 감쌌다.

사금과도 같은 빛을 뿜어내는 금발이 바람을 머금고 물결쳤다.

【에어리얼】.

아이즈가 사용할 수 있는 유일한 마법.

몸이나 무기에 바람의 힘을 둘러 대상을 지키고 공격을

보조하며 속도를 높여주는 '바람'의 인챈트(부여마법).

미궁의 탁한 공기를 밀어내는 청량한 바람의 가호를 받으며 아이즈는 허리에 찬 검을 뽑았다. 하지만 장비하지는 않고.

"핀."

곁의 소년에게 맡겼다.

"'뒤랑달'이란 말이지……. 의심하는 건 아니지만, 통할까?"

"아마……."

"믿음직스럽지 못한걸."

쓴웃음을 지으며 핀은 자신의 키 정도 되는 《데스퍼러트》를 들고, 대신 예비 한손검을 아이즈에게 주었다.

아이즈가 검을 받아들고 앞을 본 것과, 전차와 분간이 가지 않을 거구가 입구를 파괴하며 돌파한 것은 동시였다.

『─────────────────────────!!』

깨진 종을 두드리는 것 같은 포효를 지르며 몬스터는 눈 없는 얼굴을 아이즈 일행에게 돌렸다.

생리적인 혐오감을 느끼게 하는 그 황록색 체구는 몸체에서 질컥질컥 연신 체액을 뿜어내, 구물구물 다가오면서 발밑의 지면을 녹이고 있었다. 티오나가 무기와 맞바꾸어 부상을 입혔던 그 대형 몬스터였다.

"바람으로 저 부식 체액을 막아내지 못하겠다면 무리는 하지 말아줘. 레피야가 준비를 갖출 때까지 시간을 벌면 그것만으로도 족하니."

"응."

"쓸데없는 걱정이라고는 생각하지만."

애벌레 몬스터가 잇달아 룸으로 밀려 들어왔다.

몸의 구조에는 다소 차이가 있었으며 조금 전의 대형 같은 개체도 있는가 하면 핀 정도 크기밖에 안 되는 것도 있었다.

티오나를 비롯한 몇 명이 이미 전투에 들어간 가운데 끔찍한 몬스터의 대군을 향해 아이즈는 검을 휙 휘둘렀다.

바람이 출렁였다.

"——먼저 갈게."

땅을 박찼다.

폭풍을 방불케 하는 소리와 모래먼지를 휘감으며 아이즈의 모습이 사라졌다.

온몸에 부여한 바람의 힘으로 얻은 맹렬한 가속.

문자 그대로 질풍이 되어 아이즈는 몬스터의 무리를 향해 일직선으로 뛰어들었다.

『!』

그 고속의 돌진에 반응할 수 있었던 것은 선두의 대형종뿐이었다.

몬스터는 힘차게 입을 벌리고, 상대가 이미 지근거리까지 다가왔음에도 부식 체액을 방출했다.

아이즈는 대각선 아래에서 검을 올려베었다.

신속의 검광이 검신에 두른 바람의 파도를 방패삼아 보

라색 체액을 튕겨냈다.

　방어가 불가능한 적의 공격을 은색 궤적이 갈라버렸다.

『──.』

　육박한다.

　베여나가는 부식 체액의 틈을 가르고, 적에게 다음 행동을 허락하지 않은 채 아이즈는 놈의 품으로 뛰어들었다.

　경직된 몬스터에게 대각선베기. 바람의 보호를 받은 검은 동체를 깊이 베어냈지만 녹지는 않았다. 다음 순간 상처에서 체액이 치솟았지만 아이즈의 몸을 에워싼 기류가 이를 모두 날려버렸다. 공방일체의 바람 갑옷은 넘어설 수 없었다.

　금색 두 눈이 가늘어졌다.

　칼자루를 쥔 오른손이 잔상을 일으켰다.

　──'아이즈 발렌슈타인'.

　최강의 일원으로 이름 높은, 금발금안 소녀의 본명.

　미궁도시 오라리오에서도 손꼽히는 검사들 중 하나인 제1급 모험자.

　별명은【검희】.

『────────────────────────────?!』

　가차 없는 연속공격.

　무시무시한 속도와 예리함, 칼놀림으로 몬스터를 난도질했다.

베여나간 몬스터는 절규를 지르며 마블링 무늬의 체액을 곳곳에서 분출하며 쓰러졌다. 그리고 육체의 균형을 잃었는지 황록색 표피가 부글부글 끓어오르더니, 요란하게 터져나갔다.

"위험해!!"

『오오오오오오오!!』

폭탄처럼 부식 체액이 주위로 터져나갔다.

아이즈, 핀과 떨어진 위치에서 교전하던 티오나의 곁에까지 튀었고 액체를 뒤집어쓴 블랙 라이노스가 비명을 지르며 발버둥 쳤다.

"이거야 원. 해치우면 해치운 대로 폭발이라니."

한숨을 쉬며 핀도 애벌레 몬스터에게 접근했다.

중형이라 할 수 있는 크기의 상대는 몸통을 구불거리며, 가오리같이 생긴 넓고 평평한 팔로 상대를 쓸어버리려 했지만── 핀은 조그만 몸집을 살려 쉽게 회피하고.

몸에 달아놓은 허리띠를 나부끼며, 땅에 엎드리는 듯한 자세로 간격을 좁히더니 아이즈의 《데스퍼러트》를 놈의 복각(腹脚)에 꽂았다.

"좋아, 괜찮겠어."

몬스터의 비명과 함께 솟아나는 체액을 완벽하게 간파해 피한 후, 녹지 않은 검을 보고 고개를 끄덕였다.

체액을 뒤집어쓴 《데스퍼러트》는 검신에서 연기를 내고는 있지만 칼날은 조금도 무뎌지지 않았다. 몬스터의 부식 체액에도 견뎌내는 수페리오르즈에 웃음을 보이며 핀은 다시 참격을 퍼부었다.

땅딸막한 여러 개의 다리에만 조준을 맞추고 두셋을 절단했다. 한쪽 절반의 복각이 사라지자 몬스터는 균형을 잃고 지면에 쓰러졌다.

마법의 은혜를 입은 아이즈만은 못하지만 핀의 동작은 준민하면서도 요령이 좋았으며, 무엇보다도 한 점의 군더더기도 없었다. 행동에 나설 때 망설임을 보이지 않는 것이다. 그것은 자신보다도 거대한 상대를 쓰러뜨리기 위해 익힌 지혜와 용기였다.

적을 무력화하는 것만 염두에 두고 파룸 소년은 전장을 누볐다.

"합!"

한편 아이즈는 몬스터를 연신 격파했다.

【에어리얼】로 바람을 둘러 위력을 높인 참격은 한 번이나 두 번 휘둘러 적의 숨통을 끊기에 충분했다. 몬스터들은 더욱 날카로워진 검을 막아내지 못했다. 부식 체액도 검의 풍압에 밀려나고, 때로는 도로 튕겨나가 오히려 자신의 몸을 녹였다.

애초에 몬스터의 공격은 이 질풍의 몸을 포착할 수 없었다. 이따금 모습을 놓치고 팔을 뻗었다가는 헛손질하며, 엇갈려 지나갈 때면 검에 베이기까지 했다.

한 줄기 바람이 되어 종횡무진 질주하는 소녀는 너무나

도 빨랐다.

"아이즈!"

"!"

정면에서 달려오는 핀과 연계해 유달리 커다란 몬스터를 협공했다.

핀에게 발을 잘려 균형을 잃은 적에게 허공으로 솟구치며 참격.

베어낸 검에서 느껴지는 살짝 단단한 촉감.

멋지게 '마석'을 포착한 일격이 몬스터를 잿더미로 바꾸었다.

"라울! 라울, 정신 차려!"

"무리예요, 티오네 씨. 저 이제 틀렸어요. 이대로 죽어야겠네요."

"그딴 소리 지껄일 거면 내가 숨통 끊어버린다?! 네가 다 나아야 단장님을 구하러 갈 수 있다고!"

"죄송합니다, 죽이지 마세요……."

라울을 바닥에 눕히고 포션과 해독약으로 치료에 착수한 티오네의 노성을 등으로 들으며, 전황을 가늠한다.

통로에서 나타난 몬스터는 겨우 끝을 보이려 했다.

아이즈와 핀은 적을 압도하고 있지만 숫자의 열세는 뒤집지 못한 채 아직까지 속단을 허용하지 않았다.

전투를 오래 끌면 그만큼 천칭은 몬스터들에게 기울 것

이다.

"【숭고한 전사여, 숲의 궁수대여. 밀려드는 약탈자 앞에서 활을 들라. 동포의 목소리에 호응하여 살을 시위에】."

아이즈 일행의 전투가 벌어지는 아득한 전방을 향해 레피야는 영창을 이어나갔다.

그녀의 눈동자는 사명감에 불타고 있었다. 긴장이나 두려움은 물론 있다. 그러나 그보다도, 몰래 동경을 품고 있던 소녀가.

다음에는 구해달라고 했다.

호응해야만 한다. 그녀들의 활약에 호응해, 이번에야말로. 이 '마법'으로 그녀들을 구하는 것이다.

마음을 굳게 먹은 레피야는 자신의 목소리를 힘차게 이어나갔다.

"【머금어라 불꽃, 삼림의 등화. 쏘아라 요정의 불화살】."

투명한 옥음이 이어지면서 발밑에 전개된 마법원은 광채를 더해갔다.

기본 어빌리티에서 파생된 발전 어빌리티, '마도(魔導)'.

마법을 마스터한 자가 【랭크 업】을 통해 발견할 수 있는, '스킬'과는 다른 마력 특화항목. 위력강화, 효과범위 확대, 마인드 효율화. 마법을 사용하는 데에 온갖 보조를 가져다주는 마법원은 '마도' 어빌리티를 얻은 상위 마도사의 증거이다.

그렇게 구축되어가는 여러 겹의 원과 복잡한 체계의 문양.

솟아나는 선황색 빛이 레피야의 아름다운 용모에 반사되었다.

"【빗발처럼 쏟아져 야만의 무리들을 불태우라】."

마지막 영창문을 읊자 마력이 폭발적으로 강해졌다.

레피야는 두 눈을 부릅떴다.

"쏘겠어요!"

외친 것과 동시에 조준, 라울이나 티오네가 대기하는 후방을 제외한 룸 전역.

물러나는 아이즈, 핀, 그리고 티오나 일행을 본 레피야는 지팡이를 들고 마법을 행사했다.

"【퓨절레이드 팔라리카】!!"

어마어마한 화염의 비를 연발했다.

타오르는 화살촉 모양의 마력탄은 허공에 포물선을 그리며 몬스터를 향해 쇄도했다. 불이 피어나는 소리와 바람 가르는 소리를 요란하게 울리며 적에게 명중해, 깊이 박혀, 타오른다. 빗나간 화살은 지면을 산산이 부수며 암반을 들어냈다.

수백 수천을 헤아리는 불화살에 몬스터들의 절규도 삼켜져버렸다. 폭격이라 해도 과언이 아닌 광범위 마법에 룸이 시뻘겋게 물들고, 눈 깜짝할 사이에 불바다가 태어났다.

블랙 라이노스가, 애벌레 몬스터가, 재조차 남지 않고 타버렸다.

"거 봐, 역시 통하잖아! 한 방이야, 한 방! 레피야 대단해!"

"오, 온 마인드를 다 쏟아부어서요, 그게……."

"죽여주는데. 리베리아도 그렇고 엘프란 것들은…… 아, 망할! 털 탔잖아!"

"크하하, 이거 시원해졌면."

레피야와 티오네, 라울을 지키기 위해 삼각형을 이루었던 티오나, 베이트, 가레스가 돌아왔다. 마법의 범위 밖에 있던 후방의 적은 가레스가 모조리 쓰러뜨린 후였다.

적을 일망타진해 티오네에게 있는 대로 칭찬을 받고 있으려니, 이윽고 아이즈와 핀도 돌아왔다.

감정이 희박한 얼굴에 아이즈는 또렷한 웃음을 지었다.

"……고마워, 레피야."

"아…… 네, 네엣!"

그 조그만 웃음과 말에 레피야는 눈을 크게 뜨고, 이내 감개무량해져 환한 웃음을 지었다. 감벽색 눈동자에 눈물을 글썽이다 살짝 눈가를 닦아냈다.

아주 잠시, 룸은 승리를 축하하는 분위기에 물들었다.

"……."

"단장님? 왜 그러세요?"

아직까지 불똥이 흩날리는 가운데, 입을 다물고 있는 핀에게 티오네가 다가갔다. 한구석에서는 목숨을 건진 라울이 배를 쓰다듬고 있다.

"이 룸으로 도망치기 전에…… 하마터면 협공당할 뻔했

을 때, 몬스터들은 앞쪽에서 오고 있었지. 그리고 그 길은 50계층으로 갈 수 있는 정규 루트였어."

"……설마."

"쓸데없는 걱정이라면 좋겠지만…… 그렇게 생각할 수만도 없겠지."

불길한 예감을 느낀 것처럼 자신의 오른손 엄지를 내려다보는 핀.

날름 손가락을 핥은 그는 놀라 가만히 서 있는 티오네를 올려다보았다.

"사람들을 모아줘. 전속력으로 캠프까지 돌아가야겠어."

🔥

제50계층과 제51계층을 잇는 길은 가파른 경사를 이루는 암벽이다.

제50계층 서쪽 끝 벽에 커다란 구멍이 뚫려 있으며, 그 너머로 거의 절벽에 가까운 언덕길이 이어진다. 제51계층으로 갈 때는 한달음에 뛰어내리면 그만이지만 귀환할 때는 조금 수고를 들여 올라가야만 한다.

암벽 곳곳에 들러붙은 황록색 점액에 위기감을 느끼며, 아이즈 일행은 손을 쓰지 않고 연속도약으로 언덕을 뛰어올랐다.

구멍에서 뛰어나오자마자 들려온 것은 사람들의 기합성

과 요란한 작렬음이었다.

"캠프가……!"

회색 숲을 빠져나가며, 티오나는 야영지 방향에서 피어나는 시커먼 연기에 흠칫 반응했다. 아이즈 일행은 속도를 한층 높여 대삼림을 주파했다.

"리베리아! 다들……?!"

숲을 빠져나간 곳에 나타난 것은 탁 트인 평지, 야영지를 세운 거대 암반, 그리고 암반으로 다가가는 거대한 애벌레의 무리였다.

몬스터들은 그 많은 다리를 바위에 붙이고 기어올라, 꼭대기에서 방어를 맡은 리베리아 일행에게 부식 체액을 퍼붓고 있었다. 절벽 밑에서 부식 체액을 막아낸 단원들은 순식간에 녹아버리는 방패를 버렸다.

"화살을 쏴라!"

"이게 마지막이에요!"

"상관없으니 쏴!"

리베리아의 호령에, 기어 올라오던 몬스터를 향해 몇 명의 궁수가 얼마 남지 않은 화살을 쏘았다. 명중한 순간 화살이 부식해 부러졌지만 공격을 받은 몬스터들은 벽에서 휘청 발이 떨어지더니 아래쪽의 몇 마리를 함께 깔아뭉개며 지면에 처박혔다.

"아직도 저렇게……!!"

"캠프가 포위당하지 않은 게 그나마 다행이군."

레피야가 비명을 지르고, 핀은 냉정하게 상황을 보았다.

이 몬스터는 지능이 낮은지, 굵은 열을 지으며 한 방향에서 바위를 기어오르려고만 했다. 진격하는 장소가 집중된 덕에 캠프 팀의 다른 단원들은 리베리아의 지휘 아래 거점을 방어할 수 있었다.

"큭!"

동료의 위기를 본 아이즈가 뛰어나갔다. 단독으로 선행해 몬스터의 대열을 옆에서 기습했다. 마법을 발동해 바람을 두르고 검을 뽑는다.

몬스터를 한 마리 해치운 것과 동시에 동료들이 술렁거렸다.

"아이즈?!"

바위 위에서 리베리아가 외치고, 다른 단원들의 얼굴에 한 줄기 희망의 빛이 드리워졌다.

아연실색한 그들이 내려다보는 가운데 아이즈는 몬스터들과 교전에 돌입했다.

"야, 가자!"

"응!"

"죄송합니다, 단장님!"

베이트, 티오나, 티오네가 금세 뒤를 따랐다. 한 발 늦게 레피야와 라울도 따랐다.

"이보게, 핀……."

지시를 기다리지 않고 뛰어나가는 어린 단원들을 보며

핀은 어쩔 수 없다는 듯 말했다.

"이렇게 되면 쟤들은 못 말리잖아. 가레스는 레피야와 라울을 지켜줘."

"음, 알았네."

그러나 동시에, 핀은 이래도 괜찮다는 것을 느끼고 있었다.

던전은 철저히 지식과 경험에 근거한 이론적인 행동이 요구되지만, 지금 이 경우에 한해 말하자면 그들의 열기에 찬물을 끼얹는 것은 분명 쓸데없는 짓이리라. 분노와 선혈에 등을 떠밀려 역습에 나선 그들은 아마 백 번의 지휘를 따르게 하는 것보다도 더 효과적으로, 유효하게, 힘으로 밀어붙여 현재의 정황을 뒤집을 것이다.

지나치게 혈기왕성한 것이——항상 폭주하기 쉬운 것이——근심거리이기도 하지만.

이미 각자의 방법대로 설쳐대는 그들을 보며 핀은 생각을 그만두고 검을 장비했다.

"반격하자."

쐐기처럼 몬스터의 무리에 돌격한 아이즈 덕에 전투의 양상은 돌변했다.

바위를 향해 진군하던 몬스터들은 무시무시한 기세로

동포를 베어 죽여나가는 여검사에게 몸을 돌리고, 숫자로 밀어붙이고자 일제히 몰려들었다.

이때를 놓치지 않고 베이트와 아마조네스 자매가 참전했으며, 여기에 레피야의 마법이 날아드니 몬스터는 통제가 되지 않았다.

다가오는 적에게 있는 대로 반응하는 몬스터를 교란시키듯 이리저리 움직이는 모험자들.

적과 아군이 뒤섞여 눈 깜짝할 사이에 혼전의 양상을 띠려 했다.

"이봐! 무기 아직 있어~?!"

몬스터의 공격을 뚫으며 바위로 향한 티오나가 소리를 질렀다. 잠시 간격을 두고 바위 꼭대기에서 동료의 목소리가 돌아왔다.

"아, 네! 아직 있습니다!"

"그럼 창 줘, 창! 두 자루 부탁해!"

"아, 알겠습니다!"

바위에 도달하자 머리 위에서 주문했던 무기가 날아들어 티오나는 웃음과 함께 이를 붙잡았다. 약 3M이나 되는 긴 무기를 두 손에 든 티오나는 다시 시작해보자는 듯 몬스터에게 향했다.

"야~! 이쪽이야—!"

폴짝폴짝 뛰듯 몬스터와 몬스터의 사이를 누비며 도발.

촐랑촐랑 돌아다니는 소녀에게 애벌레 몬스터들은 부식

체액을 쏘아댔다.

"웃차!"

『───────?!』

순식간에 부식 체액을 피하자 몬스터들의 비명이 터졌다.

주위는 몬스터뿐이다. 일부러 무리 속에 뛰어들어 부식 체액을 쏘게 하면 쉽게 오인사격을 유발할 수 있다.

계획대로 주위의 적을 줄여놓은 티오나는 사납게 씨이이익 웃으며 남은 놈들에게 창을 꽂았다.

"가안다아아아아────!"

혼신의 찌르기.

표피를 꿰뚫린 반동에 몬스터의 거구가 지면에서 떨어지며 한순간 허공에 떴다.

긴 창의 간격 덕에 상처에서 튀어나오는 체액도 티오나에게는 닿지 않았다. 체내에 있는 마석이 뚫린 감각에 환호. 몬스터의 거구는 금세 재로 변했다.

"다으음~!"

끄트머리가 녹은 창을 내팽개치고 티오나는 다른 표적을 점찍었다.

이미 몬스터를 스무 마리쯤 베어버렸을 때쯤일까.

시체며 부식 체액이 사방으로 흩어지는 한곳에서, 발을 멈추고 잠시 숨을 돌리는 아이즈의 곁에 척 착지하는 소리가 들렸다.

돌아보니 꼬리와 회색 머리카락을 찰랑거리며 베이트가 다가오는 참이었다.

"야, 아이즈. 절반까지도 필요 없으니까 바람 좀 내놔."

"……."

무슨 말인지 깨달은 아이즈는 그의 발치에 시선을 보냈다.

무릎 끝까지 덮은 메탈 부츠. 방어구가 아니라 무기의 방향성을 띤 은백색 부츠는 날카로운 곡선미를 자랑했으며 일정한 견고함을 유지하면서도 슬림한 인상이 강하다. 정강이 한복판에는 토파즈가 박혀 있다.

아이즈는 부츠에 살짝 손을 내밀었다.

"바람이여."

아이즈의 뜻을 받아 흔들린 바람의 흐름이 눈 깜짝할 사이에 토파즈에 빨려 들어갔다. 토파즈는 찬란하게 빛나며 부츠 전체에 바람의 파동을 퍼뜨렸다.

【헤파이스토스 파밀리아】에서 만든 제2등급 수페리오르즈, 《프로스빌트》.

외부의 마법효과를 흡수해 일시적으로 특성공격력을 갖추는 수페리오르즈였다. 메탈 부츠 그 자체의 타격력과 합쳐져 위력은 크게 향상되었다. 소재는 마력전도율이 뛰어난 금속인 '미스릴'. 은백색 메탈 부츠는 아이즈의 마법을 먹고 바람의 힘을 얻었다.

"고맙다."

미형이라고도 할 수 있는 얼굴이 티오나보다 더하면 더 했지 못하지 않은 광포한 미소를 머금었다.

쩌엉. 풍압으로 지면을 박차고 베이트는 뛰쳐나갔다.

"——밟아죽여주마아아아아아아아아아아아아아아아아!!"

질주하며 아무렇게나 날아차기를 꽂는다.

머리 위에서 쏟아진 바람의 발차기는 몬스터의 옆머리 를 부수고, 아이즈의 검이 그러했듯 체액이 다가오지 못하 도록 날려버렸다. 더 이상 적의 성가신 성질에 고민할 필 요가 없다.

그동안 쌓인 울분을 풀려는 듯 강렬한 족도(足刀)를 몬스 터들에게 잇달아 날려댄다.

마음껏 유린하며 베이트는 포효를 질렀다.

마지막 쿠쿠리가 녹았다.

"……큭."

뿜어져나오는 부식 체액을 피하며 착지. 재빨리 손을 돌 렸지만 잡히는 것은 아무것도 없었다. 남은 투척 나이프는 0. 무기가 떨어졌다.

'이 자식들…….'

생각보다도 속을 썩이는 애벌레 몬스터에게 티오나는 미간에 주름을 잡았다.

무기 손실도 아까웠으며, 막상 치명상을 입히려고 일격

을 날려도 적의 내구력은 제법 높아 행동불능에 빠뜨릴 수가 없었다. 상처를 입힌 곳에서 귀에 거슬리는 소리와 함께 체액을 뿜어내는 몬스터는 집요하게 티오네를 쫓아왔으며 그것이 그녀의 짜증에 한층 박차를 가했다.

동생 티오나의 행동을 흉내 내 적을 유도하고자 촐싹거리며 돌아다니는 자신의 모습에 구역질이 났다. 아이즈는 그렇다 쳐도, 남의 속도 모르고 낄낄 웃으며 몬스터들을 물리치는 저 망할 늑대에게도 속이 끓는다. 잘게 채썰어버리고 싶었다.

아무튼 무기를 보충해야 한다. 아니, 레피야 같은 후열을 지원하러 가는 편이 나으려나. 별로 잘 하지는 못하지만 이렇게 되면 영창을 해서 마법을——

여기까지 이성적이었던 티오네는 요란하게,

"쳇."

혀를 찼다.

"——열라 귀찮네."

가면이 툭 떨어졌다.

본성의 일말을 내비친 티오네는 단숨에 뛰어나가, 몬스터의 정면으로 쳐들어가—— 밑에서 퍼올리듯 힘에 의존한 오른손 주먹을 날렸다.

쩌걱, 하는 기이한 충격성. 권타가 적의 몸을 관통했다.

몬스터의 체내에 박힌 팔이 녹아들었다. 상처에서 왈칵 넘쳐나온 부식 체액이 티오네의 온몸을 뒤덮어 갈색 피부를 태웠다. 풍만한 상반신을 가리던 얼마 안 되는 의상도 녹아 떨어졌다.

그런 것들에도 아랑곳 않고 티오네는 눈꼬리를 곤두세 운 채 오른손을 더욱 깊이 찔러넣어, 몬스터가 절규하든 말든 손으로 붙든 마석을 뚜두두둑 단숨에 뽑아냈다.

혼절하듯 몸을 떨고 재로 변하는 몬스터.

시커먼 연기와 악취를 뿜는 자신에게 침을 뱉으며, 티오 네는 그 후로도 같은 행동을 두 번 세 번 반복했다. 자신의 몸을 돌아보지 않고 몬스터를 주먹으로 발로 죽였다.

레피야와 합류했을 때는 반쯤 폐수에 찌든 것 같은 몰골 이었다.

"티, 티오네 씨……."

"……레피야, 엘릭서 있어?"

머리부터 부식 체액을 뒤집어썼으며, 젖은 까마귀 깃털 색을 했던 아름다운 장발은 타서 문드러졌다. 갈색 피부도 지금은 거무죽죽한 보라색으로 바뀌었고 이러는 동안에도 소리를 내며 녹아들었다. 오른쪽 눈은 꽉 닫혀버렸고 그나 마 무사한 왼쪽 눈이 시선을 보내고 있다. 낯빛이 창백해 진 레피야는 황급히 조그만 병에 담긴 엘릭서를 꺼내, 그 야말로 집어던지듯 그녀의 온몸에 끼얹었다.

"티오네!"

"단장님……."

핀이 그녀들에게 달려왔다.

손으로 부식 체액을 닦아 떨궈가며 몇 병이나 되는 엘릭서를 사용한 후에야 겨우 몸의 원형을 되찾아가기 시작한 티오네는 멋쩍은 듯 몸을 꼬았다. 의상을 잃어 훌렁 드러난 커다란 두 융기가 출렁거렸다.

이때만큼은 눈썹을 곤두세우며 분노를 드러내던 핀은, 이내 무언가를 꾹 참듯 크게 숨을 내뱉었다.

"무모한 짓 하지 마."

"아……."

핀은 몸에 걸쳤던 허리띠를 풀어선 떠넘기듯 건네주었다. 가리라고, 아무것도 걸치지 않은 상반신을 가리키며 침묵으로 말했다.

받아든 허리띠를 가슴에 감은 티오네는 뺨을 붉게 물들였다.

"단장니임……!"

"얘기는 이 상황이 끝난 다음에 할 거야. 각오해."

"네에……!"

감격한 소녀의 눈빛을 보내고 있는 티오네에게 등을 돌린 핀은 한숨을 꾹 참고 진저리가 난다는 표정을 지었다. 레피야도 쩔쩔 매며 티오네의 곁에서 거리를 벌렸다.

"왜 티오네 씨는 그걸 맞고도 태평하죠……?"

"자네가 근성이 부족한 것뿐일세."

"죄, 죄송합니다……."

티오네 일행을 지켜보며 가레스의 대답에 저도 모르게

사과하는 라울. 그를 감싸며 싸웠던 가레스는 폭음과 함께 지면에 처박힌 무기를 별로 힘도 안 들이고 뽑았다.

그것은 바위 위에서 집어던진 예비 전투도끼였다. 초중량 무기를 어깨에 지더니, 중장갑옷에 걸친 망토를 흩날리며 지면을 깎아낼 듯이 도끼를 휘둘렀다.

"흐읍!"

지반을 파헤치는 각도로 전투도끼를 내리치자 솟아나는 바위조각의 산탄.

힘을 자랑하는 드워프만이 가능한 원거리 공격에 몬스터들의 몸이 터져나가고 부서졌다.

"【종말의 전조여, 흰 눈이여, 황혼 앞에 바람을 일으켜라】."

아이즈 일행이 분전하는 광경을 내려다보며 수많은 영창이 겹쳐졌다.

광대한 바위 위, 몬스터의 습격에 드러나 피해를 입었던 야영지. 그중에서도 전장을 한눈에 내려다볼 수 있는 암반 끝에 모인 엘프 단원을 중심으로 마도사들이 **일제포격**을 준비했다.

"【닫혀버린 빛, 얼어붙은 대지. 휘몰아쳐라, 세 차례의 엄동── 나의 이름은 알브】!"

선두에 선 리베리아의 영창 완성을 시작으로 마도사들이 잇달아 마법 행사과정을 마쳤다. 여러 개의 마법원이 전개되는 가운데 마력의 연동이 지금 당장 대피하라고 외치듯 아래에서 싸우는 아이즈 일행에게 경종을 울려댔다.

거미 새끼를 풀어놓은 것처럼 제1급 모험자들이 몬스터와의 전투를 중지하고 이탈했다.

"【윈 핌불베트르】!!"

장절한 엄호사격이 전장을 뒤덮었다.

얼음, 불꽃, 벼락. 여러 종류의 공격마법이 빗발치듯 대지에 박혔다. 몬스터들이 체액을 흩뿌리며 산산이 부서지거나 불타거나 감전되었다. 무수한 폭발이 이어졌으며 마법의 잔재가 주위에서 춤을 추었다.

"어때! 봤냐!"

반쯤 괴멸된 몬스터의 대군을 향해 마도사들이 잇달아 환호성을 질렀다. 흥분에 휩싸인 그들을 흘끔 쳐다보며 리베리아는 살짝 숨을 내쉬었다.

몇 시간 전에 기습을 당한 야영지의 피해는 막대했다. 물자의 손실과 소모도 그렇지만 무엇보다도 초기에 많은 단원이 적과 접촉하면서 방어가 불가능한 부식 체액에 희생되었다. 방어를 다지려다 오히려 화근이 된 셈이었다.

눈 깜짝할 사이에 퍼진 혼란도 한몫해 리베리아는 지휘에 전념할 수밖에 없었으며, 자신이 선두에 나서 마법을 구사하는 것도——이제까지 공격에 나서는 것도——불가능했다.

잔류부대를 맡았으면서도 면목이 없다고 그녀는 조용히 탄식했다.

"아무튼 대충 정리가 됐군……."

암반 끝에서 몸을 내밀어 전장을 부감했다.

조금 전의 엄호사격이 결정타가 되었다. 남은 몬스터도 아이즈 일행에게 섬멸되고 있었으며, 황록색 덩어리는 이제 헤아릴 정도밖에 남지 않았다. 수단을 가리지 않는 티오네 같은 이들의 분전에는 리베리아도 핀과 마찬가지로 머리가 아팠지만 이제 귀찮은 일은 우두머리인 그에게 떠넘기기로 했다.

'하지만 그 몬스터들은 대체······.'

카고를 절벽 쪽으로 운반해 티오나 일행의 요구대로 무기를 떨어뜨려주었던 서포터들이 손을 맞잡는 모습을 곁눈질하며 리베리아는 생각에 잠겼다.

아이즈 일행의 격퇴 솜씨를 보면 그녀들도 제51계층에서 같은 몬스터에게 습격을 받았던 것이리라. 처음 확인하는 신종, 나아가서는 안전계층에 대군으로 밀려든 그 기이한 행동에 리베리아는 이제까지 맛본 적이 없는 위화감을 느낄 것 같았지만······ 이내 고개를 가로저었다. 생각해봤자 소용없다. 지금은 달리 해야 할 일이 있다.

부상자 치료에도 인원을 할애해야겠다고 전투 뒤처리로 의식을 전환하고 그 자리에서 발을 돌리려 했을 때——느닷없이 그 비취색 눈동자가 시야 멀리 한 점에 머물렀다.

"뭐지, 저게······."

얇은 입술에서 그런 중얼거림이 무의식중에 새나왔다.

"끝났다아ー!"

아이즈가 마지막 몬스터를 베어버리고, 그녀들 외에는 움직이는 것이 모두 사라졌다.

몬스터가 쓰러지는 모습을 지켜본 티오나가 떠들어대는 가운데, 마법을 해제한 아이즈는 꼭 쥔 한손검을 내려다보았다.

핀에게 맡겼던 애검과는 달리 날은 이미 너덜너덜해졌으며 당장이라도 부러질 것처럼 마모되었다. 아이즈의 검술과, 무엇보다도 바람의 출력에 견디지 못했던 것이다. 그녀의 마법은 활용성이 높은 만큼 무기나 방어구에 강한 부담을 주고 마는 것이 결점이었다. 시큰시큰 통증을 호소하는 온몸은 여느 때처럼 모른 척했다.

"애먹이고 앉았어…… 캠프에 남은 놈들은 무사하겠지."

"어라~ 베이트? 리베리아네를 걱정하는 거야? 웬일이래~!"

"시꺼! 그 자식들이 짐을 안 지켜주면 당장 돌아가야 하잖아! 착각하지 마!"

여느 때처럼 티오나와 베이트가 말다툼을 시작하는 가운데 느슨해진 공기가 흘렀다.

핀에게 달라붙어 떨어지지 않는 티오네, 축 늘어진 라울의 등을 두드려주는 가레스, 그리고 웃으며 달려오는 레피야. 모두 무사했으며, 긴장으로 굳었던 표정은 한껏 풀어지고 있었다.

동료들을 둘러본 아이즈는 야영지를 확인하려고 바위 방향으로 돌아서려 했다.

그 직후.

"――!"

소리가 들렸다.

나무를 단숨에 꺾어버리는, 멀리서 울려온 파쇄음이.

모두가 그 방향을 돌아보았다. 각자 무기를 재장비하고 다시 임전태세를 갖춘다.

나무들의 비명은 여전히 울려 퍼졌다. 바위 위, 높은 곳에서 이미 소리의 정체를 눈으로 보았을 리베리아의 침묵이, 목소리를 잃은 듯한 정적이 무기를 들고 자세를 잡은 아이즈 일행의 불안과 긴장을 자극했다.

얼마나 기다렸을까.

어쩌면 그리 오랜 시간이 지나진 않았을지도 모른다.

방심하지 않고 음원 방향을 바라보던 아이즈 일행의 시야에, 이윽고, 그것이 나타났다.

"……저것도 아래쪽 계층에서 올라온 거야?"

"미로를 부수면서 전진하면…… 어떻게든?"

"말도 안 되는 소리 마…….."

반쯤 넋이 나간 듯한 아마조네스 자매의 대화가 침묵에 잠긴 공간에 흘렀다.

약 6M.

조금 전까지 싸웠던 대형 개체보다도 훨씬 크다.

황록색 체구에 납작한 팔은 애벌레 몬스터의 형상을 물려받은 모습이기는 했지만 전체의 구조가 크게 달랐다.

"인간형……?"

애벌레를 방불케 하던 하반신은 변함이 없다. 다만 작은 언덕만큼 부풀어오른 상반신은 매끄러운 곡선을 그리며 인간의 상체 모양을 하고 있었다.

가오리 혹은 부채와도 비슷한 모양의 두께 없는 팔은 네 개. 뒷머리에서는 몇 가닥이나 늘어진 관 같은 기관.

황록색 피부에는 예의 그 극채색이 도료를 뒤집어쓴 것처럼 무질서하게 번들거려 마치 정체 모를 독에 침식된 것처럼 보이기도 했다.

농후한 색채가 묻어난 얼굴 부분에는 눈도 코도 입도 없었지만, 어딘가 선이 가녀린 것이 여성을 연상케 했다. 그러나 크게 부푼 아랫배가 여성적인 요소를 전부 망쳐버리고 있었다. 임산부라 부르기에 그 배는 윤곽이 둥그스름하지 않았으며, 무엇보다도 지나치게 추악하고 거무죽죽하다.

"저렇게, 커다란 놈을 해치웠다간……."

──어마어마한 양의 부식 체액이 주위로 터져나간다.

계층 터주에도 필적할 만한 거구와 그 체액이 담긴 것처럼 시커먼 복부를 보며 라울은 경악했다.

이제까지 겪은 전투를 돌이켜 봐도 애벌레 몬스터는 대부분 힘이 다한 순간 파열되며 숨이 끊어졌다. 저 몬스터도 만약 죽을 때 몸에 담긴 체액을 송두리째 사방에 부린다면.

격파한다 해도 주위 일대에 있는 모든 자들이 길동무가 된다.

모두가 최악의 광경을 뇌리에 상상했다.

"저 거구를 보면 마석만 깔끔하게 노리기도 어렵겠구먼."

"애초에 어디 파묻혀 있는데…….'

가레스가 눈가 깊이 뒤집어쓴 투구를 들어올리고, 베이트는 씁쓸하게 내뱉었다.

회색 수목림을 파괴하며 모습을 완전히 드러낸 몬스터는 아이즈 일행으로부터 크게 거리를 남겨둔 채 멈추었다.

정면에서 새삼 쳐다보니 그 모습은 켄타우로스, 아니, 허리 아래가 뱀인 몬스터 라미아에 가까웠다.

거대한 여체형 몬스터와 평지를 끼고 대치했다.

『…….』

여체형 몬스터가 천천히 움직였다.

마치 사랑하는 이를 가슴에 끌어안으려는 것처럼 네 개의 부채 모양 팔을 확 펼친다.

춤추는 빛. 일곱 색의 입자들.

인분, 혹은 꽃가루였을까. 극채색의 미세한 빛알갱이가 아이즈 일행에게 날아들었다.

그 순간 등줄기가 부르르 떨렸다. 제1급 모험자들은 직감에 등을 떠밀려 즉시 그 자리에서 대피했다.

그 직후, 무수한 폭광이 연속으로 번뜩였다.

"꺄아아아아아아아아악!!"

"큭……!"

사방팔방 흩어져 남아 있던 부식 체액과 함께 지면이 터져나갔다. 레피야의 찢어지는 비명이 울려 퍼지고 무시무시한 열기가 뺨을 후려쳤다.

꽃가루 따위 어정쩡한 것이 아니었다. 대기 속에 흩뿌린 그 조그만 한 알 한 알이 흉악한 폭탄이었다.

요란한 초연이 피어나는 가운데 폭풍에 날아갔던 아이즈 일행은 태세를 가다듬었다.

"전원 후퇴."

핀이 지시했다.

수많은 이들의 눈이 휙 돌아보는 가운데 그는 방심하지 않고 여체형 몬스터를 노려보았다.

"신속히 캠프를 포기할 것. 최소한의 물자만을 휴대하고 이 자리에서 이탈한다. 리베리아네에게도 전해."

"야, 핀! 도망치겠다고?!"

"저 몬스터를 내버려둘 거야?!"

베이트와 티오나가 대들었다. 제1급 모험자의 긍지가, 무엇보다도 미궁도시 최대 파벌 로키파밀리아의 긍지와 책임감이 눈앞의 몬스터를 내팽개쳐두는 것을 용납하지 않았다.

이 안전계층에 나타난 것처럼, 어쩌면 저 몬스터는 앞으로도 더욱 위쪽 계층으로 올라갈지 모른다. 그때는 수많은 모험자들이 희생될 것이다.

"나도 정말 애석해. 하지만 **저 몬스터를 물리치면서** 피해를 최소한으로 억제하려면 이 방법밖에 없어. 진부한 표현이라 미안하지만."

이제부터 자신이 전할 내용에 진저리를 치듯.

핀은 표정을 지우고, 금발금안 소녀를 돌아보았다.

"아이즈, 저 몬스터를 물리쳐줘. 혼자서."

파룸 소년은 그녀의 얼굴을 올려다보며 그렇게 말했다.

"잠깐만요, 단장님?!"

누구보다도 먼저 레피야가 비명을 지르듯 외쳤다.

티오나나 다른 사람들도 즉시 힐난하려 했지만── 폭격.

여체형 몬스터가 움직였다.

팔을 벌리고, 꿈틀거리듯 수많은 복각을 움직여 진행을 개시했다.

"……시간이 없어. 라울, 리베리아에게 철수 신호를 보내!"

"저기, 잠깐만, 핀?! 왜 아이즈 혼자만 남기겠다는 거야?! 나도 갈래!"

"여자한테 꽁무니를 맡기겠다니, 무슨 장난하자는 것도 아니고?!"

"단장님, 저도 부탁드립니다. 재고해 주세요."

폭풍에 휩쓸리면서도 여전히 끈덕지게 매달리려 하는 젊은 단원들. 그러나 핀은 한마디로 반론을 완전히 차단해버렸다.

"두말하게 만들지 마라. **서둘러.**"

목소리가 냉혹한 폭군처럼 위압을 띠었다.

이 조그만 소년에게 아무도 거역할 수 없었다. 이렇게 되면 핀에게는 아무도 말대답을 하지 못한다는 것을 동료들은 뼈저리게 잘 알고 있다.

고개를 숙이고, 혹은 분함을 참으면서 젊은 단원들은 철수 준비에 들어갔다.

"……하, 하다못해, 하다못해 지원이라도 붙여주세요!!"

그 자리에 남은 레피야가 마지막까지 매달리려 했지만.

그 가녀린 어깨를 뒤에서 붙잡아 살짝 떼어놓는 손이 있었다.

"레피야…… 괜찮아."

"――."

아이즈가 엇갈리듯 앞으로 나서서 가볍게 가슴을 밀어냈다.

결국 마지막에는 밀쳐내듯.

지나치게 강한 그녀는 레피야를 곁에서 떼어냈다.

"…….."

엘프 소녀는 한순간 시간이 멈춘 듯 아무 반응도 보이지 못하다가, 눈꼬리에 글썽 눈물을 머금고는 티오나 일행의 뒤를 따라갔다.

아이즈는 멀어져가는 뒷모습을 조용히 바라보고, 금세 앞을 향했다.

"미안하다, 아이즈."

"아냐."

파벌의 우두머리로서 때로는 비정한 명령을 내리는 핀이 이러한 자리에서 사과를 하는 일은 드물었다.

아마도 한나절 전에 아이즈에게 설교했던 책무의 지론과 지금의 지시가 괴리된 것을 본인 스스로가 떨쳐내지 못했기 때문이리라. 그야말로 이렇게 단둘만 남았을 때 사과해버릴 만큼. 아이즈도 그의 처지는 이해했으므로 고개를 가로저었다.

핀이 최선이라고 한다면 그것이 최선이다. 티오나나 다른 사람들도 사실은 잘 안다.

저 몬스터를 상대하는 데에는 누구보다도 아이즈가 적임자임을.

"여기서 충분히 멀어지면 신호를 보낼게. 그때까지만 시간을 벌어줘."

"알았어."

핀은 재빨리 지시하고, 자신이 해야 할 일을 위해 자리를 떴다.

떠나면서 건네준 《데스퍼러트》를 장비하고 아이즈는 혼자서 여체형 몬스터와 대치했다.

땅을 기는 수많은 다리. 출렁이는 여러 개의 팔. 극채색으로 물든 괴물 같은 위용.

밀려드는 거대한 적을 앞에 두고, 겁을 먹거나 조마조마해하지도 않은 채, 그저 조용히.

금색 눈을 강하게 부릅뜨고, 중얼거린다.

"【눈을 뜨라, 폭풍】."

바람이 소환되었다.

퓨욱. 아이즈가 팔을 휘두르자 애검이 바람 소리를 냈다.

『──!』

여체형이 몸을 떨었다.

솟아난 바람에 반응하듯, 아이즈만을 표적이라 간주하고 상반신을 뒤로 젖힌다. 밋밋하던 안면 부분에 가로로 균열이 일어나더니 입을 크게 벌렸다.

급류 같은 기세로 발사되는 부식 체액.

양과 속도 모두 조금 전의 전투와는 비교도 되지 않았다. 아이즈는 회피를 선택하고 옆으로 뛰었다.

바닥이 녹는 요란한 소리가 그 뒤를 이었다. 그녀가 서 있던 지면을 끈적끈적하게 파헤치고 나아가 그 너머에 있던 바위까지도 꿰뚫었다.

암벽이 비명을 지르며 무너지고 순식간에 변색해 새까만 연기가 요란하게 피어났다.

'유인해야겠다.'

핀의 말대로 우선 일행이 철수할 시간을 벌어야만 한다. 동시에 이쪽에게 유리한 지형으로 적을 유도한다.

다행히 저 몬스터는 자신을 노리고 있다. 일정한 거리를 유지하면 쫓아올 것——이라는 아이즈의 의도는.

반쯤 맞았고, 반쯤 배신당했다.

『!』

네 개의 팔이 가슴 앞에서 ×자를 그리더니 크게 휘둘러졌다.

눈을 의심할 만큼 엄청난 양의 빛 입자가 아이즈의 머리 위를 뒤덮었다.

"——."

반짝거리는 극채색 입자의 무리가 아이즈를 중심으로 광범위하게 확산되어 쏟아졌다.

주위 일대를 초토화할 규모였다. 몬스터를 끌어들이고자 질주했던 그녀는 이탈이 불가능하리라 판단하고 바람의 기류를 온몸에 둘러쳐 방어를 다졌다.

즉시 귀를 찢는 폭발과 굉음이 엄습했다.

폭풍의 여파에 휘말려들었다. 여러 겹으로 바람을 전개한 덕에 직격이야 면했지만 충격이 가녀린 몸을 후려쳐 청각 기능도 잠시 잃어버렸다.

피부와 라이트아머가 불타는 감각에 이를 악물며 견디고 있으려니, 갑자기.

피어나는 연기를 뚫고 불쑥 황록색 거구가 나타났다.

"크윽!"

공간째 갈라버리며 날아드는 펑펑한 팔. 후퇴와 도약을 구사해 세 번까지는 피했다. 그러나 몬스터의 네 팔이 자아낸 4연격 중 마지막 한 발에 포착당했다. 경이로운 반사 신경을 발휘해 재빨리 공격궤도에 검을 넣어 방어했으나 그 수평 후려치기 공격에 아이즈는 둑이 터진 듯한 기세로 날아가버렸다. 시야가 마구 흔들렸다. 바람의 가호가 없었다면 몸이 산산이 부서졌을 일격이었다.

시커멓게 불탄 평지에서 한번 구른 다음 손과 발을, 아울러 바람까지도 이용해 즉시 자세를 회복했다. 지면을 드드드득 깎으며 정지하고 아이즈는 순식간에 《데스퍼러트》를 상단으로 들었다.

추격타를 날리려는 듯 일직선으로 날아드는 부식 체액의 포격을 향해 검을 전력으로 내리쳤다. 마블링 무늬 부식 체액과 은색의 참격이 충돌했다. 부식 체액이 바람을 두른 검을 중심으로 갈라져 아이즈의 시야 좌우로 지나갔다.

엄청난 광경이었다. 한 명의 모험자가 단 한 자루의 검으로 몬스터의 포격을 막아내는 것이다.

여체형은 힘으로 밀어붙이고자 체액 방출량을 두 배로 늘렸지만 금색 눈동자를 곤두세우고 액체를 계속 갈라나가는 아이즈의 검은 꼼짝도 하지 않았다.

먼저 밀린 쪽은 몬스터였다. 입에서 부식 체액을 토하는 것을 멈춰 포격을 중지했다. 검을 내리친 아이즈는 땅을 박차고 적을 향해 돌진했다.

'거리를 벌려서는 안 돼!'

몬스터는 분명 아이즈를 노리고 있지만 유인은 불가능하다. 마음만 먹으면 저 폭발 가루는 주위를 초토화할 수도 있다. 여체형은 쫓아가지 않고도 아이즈를 폭격할 수 있는 것이다.

반면 폭발 가루는 자멸을 피하기 위해서도 근거리에서는 쓰지 못한다. 따라서 안전권은 적의 품속뿐이었다.

유도는 포기하고 핀 일행의 피난은 그들 스스로에게 맡겼다. 아이즈는 여체형 몬스터와의 전투에 집중하기로 했다.

『!』

접근하는 아이즈에게 네 개의 팔로 반격하려는 몬스터.

역시 거리를 좁히면 폭발 가루는 사용하지 않는다. 아이즈는 급제동과 급가속을 이용해 수평 휘두르기를 피하고 품으로 파고들며 후방을 점해 거구를 지탱하는 짧은 복각을 노렸다.

하지만 여체형의 반응속도도 빨랐다. 네 개의 팔 중에서 아래쪽에 달린 두 개를 내밀어 아이즈의 공격을 방어했다.

──사각이 없어?

여체형은 몸집에서는 상상도 할 수 없을 만큼 기민했으며, 또한 가동범위가 넓은 팔은 전후좌우 모든 방향의 습격에 대응할 수 있는 것 같았다. 적의 후방으로 돌아가봤자 수많은 복각을 어지러이 놀려 금세 방향을 바꾼다. 대형 몬스터에게 흔히 보이는 기동성 저하도 없었다.

아이즈는 적의 정보를 시시각각 갱신하며 몇 번이고 몇 번이고 참격을 날렸다.

"……큭!"

【에어리얼】을 구사해 검에 강풍을 부여하고 몬스터의 공격을 쳐내며 버틴다.

강력한 바람의 은혜 덕에 세검으로 적의 커다란 팔을 막아낼 수도 있다. 전열 전문 모험자들이 보면 졸도할 만한 광경이지만, 마법과 뒤랑달을 이용해도 이 정도밖에 안 되니 아이즈는 순수한 신체능력과 검기로 적과 호각을 이루지 못한다는 데에——한 명의 검사로서——답답함을 느꼈다.

보아하니 저 넓적한 팔은 황록색을 띤 앞면은 내구성이 높고, 극채색을 띤 뒷면은 예의 그 폭발 가루를 담아놓고 있는 모양이었다. 얕은 찰과상밖에 입지 않은 팔의 앞면과 《데스퍼러트》를 두세 차례 맞부딪치며 정면공격은 피했다. 저 파괴력 있는 팔을 쳐내는 것은 한 번에 두 방 정도가 한계였다.

한동안 전투가 고착상태에 빠져 인내심 대결이 이어지는 가운데.

여체형의 어떤 행동 때문에 상황이 변화했다.

"?!"

적의 측면 혹은 후방을 점하고자 교란에서 이어지는 우회를 몇 번이나 시도했는지 알 수 없었을 때.

뒷머리에서 돋아난 여러 개의 관이 의지를 가진 것처럼 꿈틀거리더니 아이즈를 향해 부식 체액을 쏘아냈다.

──어. 치사해.

경계하지 못했던 머리 위에서의 사격.

몇 줄기나 되는 부식 체액이 쇄도하는 광경에 아이즈는 몸에 두른 기류만으로는 방어하지 못하리라 판단하고 검을 휘둘러 베어냈다.

적의 품에서 멀어지는 것이 아까워 재빨리 회피하지 않았던 것이 화근이 되었다. 여체형은 이제까지 보여준 움직임을 웃돌 만큼 민첩하게 우반신을 뒤틀더니 두 개의 팔을 휘둘렀다.

아래쪽에서 튀어나온 오른팔 일격을 받아낸 아이즈는 멀리 튕겨나갔으며, 이 기회를 놓치지 않고 위쪽 오른팔이 극채색 입자를 퍼뜨렸다.

아이즈를 포위한, 헤아릴 수도 없는 숫자의 빛 알갱이.

끝장을 내려는 것인지 이제까지 보지 못했던 양의 폭발가루가 쏟아졌다.

부식 체액 포격까지 준비하려고 몸을 젖힌 여체형──그러나 다음 순간 몬스터는 시간이 멈춘 것처럼 굳어버리고 말았다.

"바람이여."

아이즈의 몸을 지키던 바람이 갑옷을 풀고 펼쳐져 폭발 가루를 주위로 날려버린 것이다.

그녀에게서 멀어진 빛알갱이의 무리는 한 박자 뒤늦게 발버둥을 치듯 작렬했다. 그 폭풍을 거의 받지 않은 소녀를 중심으로 방사형의 붉은 꽃이 흐드러지게 피었다.

——폭발하기까지 3초.

이미 세 차례, 아이즈는 이 빛알갱이 공격을 보았다.

팔에서 살포되어 폭발하기까지 걸리는 시간은 3초. 다시 말해 3초 이내에 바람으로 빛알갱이를 날려버리면 피해는 최소한도로 그친다. 【파밀리아】의 선배들에게 철저히 훈련받은 모험자의 통찰력은 처음 접촉한 몬스터에 대한 정보 수집을 결코 태만히 하지 않았다.

여체형 몬스터에게 바람 마법을 다루는 아이즈는 유일한 천적이었다. 원래는 방어가 불가능한 부식 체액이나 대규모 공격이 가능한 폭발 가루—— 대부분의 모험자들에게는 위협이 되고도 남을 그 능력은 그녀의 【에어리얼】에 모조리 허사로 돌아갔다. 핀이 아이즈 한 사람에게 몬스터 토벌을 명령한 것도 모두 이를 내다봤기 때문이었다.

이윽고,

퍼엉.

폭발의 꽃에 에워싸여 연기와 미미한 불똥이 소리를 내며 일렁이는 가운데, 아득한 상공에서 섬광이 터졌다.

대피 완료 신호. **목표 파괴 허가.**

아이즈는 삐걱거리는 몸을 무시하고 이제까지보다도 더 강한 바람을 둘렀다.

그 직후 가볍게 앞으로 몸을 숙이고, 질주.

『——.』

몬스터의 반응속도를 앞질렀다.

이제까지와는 차원이 다른 가속으로 적의 오른쪽 옆을 빠져나가, 지면에 달라붙은 수많은 복각을 수평으로 한 차례 그어 한꺼번에 베어냈다.

『?!』

한쪽 다리가 모두 사라져 균형을 잃은 몬스터. 오른쪽으로 기울어지는 거구를 창졸간에 오른쪽 두 팔로 짚어 지탱했다.

다리를 노려, 자세를 무너뜨린다. 계층 터주 및 대형급 몬스터를 대처할 때의 정석.

아이즈의 움직임은 멈추지 않았다. 적의 바로 뒤에서 재빠르게 방향을 전환해, 땅을 박차고 폭풍을 일으키며 몬스터의 하반신에 올라타 질주한다. 뒷머리에서 돋아난 관도 스쳐 지나가며 베어버리고 어깻죽지에서 뻗어나온 넓적한 팔을 절단했다.

요란하게 솟구치는 체액. 다리에서, 관에서, 어깻죽지에서 힘차게 뿜어져 나온다.

본체에서 잘려나간 팔은 기관 제어가 잘못되었는지 땅

에 떨어진 충격에 극채색의 입자들을 확 흩뿌렸다.

　3초 후, 폭발.

『_____

—아아아아?!』

　품에서 솟아난 폭발의 연쇄에 여체형 몬스터는 절규
했다.

　자폭이 자폭을 불러, 몇 가닥 남은 관 모양 머리카락과
팔을 요란하게 휘두르며 괴로워했다. 몬스터에게서 떨어
진 정면 위치에 가볍게 착지한 아이즈는 아직까지 폭발의
소용돌이에서 몸부림치는 여체형을 보고, 다음 공격으로
결판을 내고자 허공에 애검을 소리 높여 휘둘렀다.

　무릎에 힘을 주어 가볍게 구부리고, 연속 백 텀블링.

　한 번의 회전으로 무시무시한 거리를 확보하며 땅을 잇
달아 박차고, 춤추는 깃털처럼 후방으로 나아간다. 스커트
자락이 팔랑거리며 나긋나긋한 허벅지가 몇 번이나 드러
났다.

　그리고 등 뒤에 우뚝 솟아 있던 바위의 윗부분 벽면에,

착벽.

　벽에 발을 댄 자세로, 무럭무럭 연기가 피어나는 목표를
금색 눈동자로 포착한다.

　최대 출력.

　이제는 폭풍이라 해도 과언이 아닌 바람의 기류를 온몸
에 두르고, 아이즈는 검을 쳐들어 힘을 주었다. 이 자세에

서 터져나갈 바람은 강력한 공격마법에 필적하는 일점돌
파형 태풍이다.

『——아이쭈, 필살기 이름을 외치면 공격의 위력도 올
라가는 거 모르나?!』

……라는 명목으로 자신의 주신에게 속고 있던 그녀는.

조용히, 그 이름을 입술에 실었다.

"릴 라파가."

주신이 명명해준 일격필살의 기술명과 함께 아이즈는
바람의 화살이 되었다.

『!!』

섬광과도 같이, 신속의 기세로 급속 접근하는 바람의 나
선화살. 상처 입은 여체형 몬스터는 공격당하기 바로 직전
에야 반응해 나머지 세 개의 넓적한 팔을 한데 겹쳐 방패
삼아 쳐들었지만.

바람을 두르고 날아든 은색 검은 한순간의 저항도 허용
하지 않았다.

『————————————————————
————————————— .』

방패와 함께 몬스터의 몸이 꿰뚫렸다.

치명적인 바람구멍이 뚫린 여체형은 경직되었다가, 눈
깜짝할 사이에 온몸을 팽창시키더니.

부풀어오른 몸은 단숨에 터져나갔고, 여기에 폭발가루

© Kiyotaka Haimura

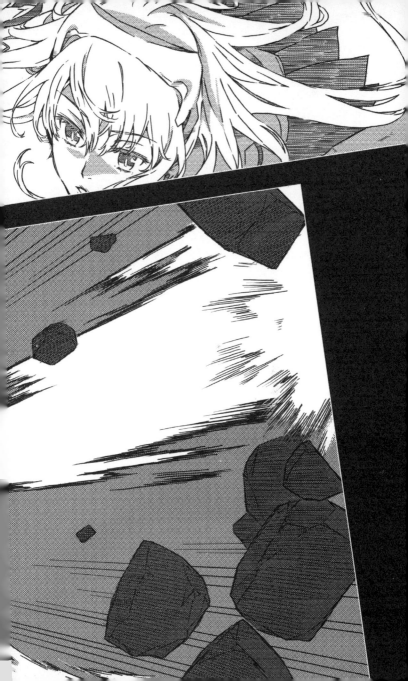

와 부식 체액 사이에 특수한 반응이 발생했는지—— 이제
까지와는 차원이 다른 대폭발이 일어났다.

🔥

"아이즈 씨?!"

레피야가 비명을 터뜨렸다.

멀리서 거대한 화구가 돔을 이루고 주위 일대의 것들을
날려버렸다.

몬스터의 자폭을 회피하기 위해 핀의 지시대로 충분한
거리를 두고 아이즈의 전투를 지켜보던 그들【로키 파밀리
아】가 있는 곳까지 폭발의 여파가 미쳤다. 밀려드는 열풍
과 충격에 모두가 눈을 감았다.

시야가 작열에 휩싸였으며 모든 광경이 붉게 물들었다.
폭심지에는 불꽃의 바다가 펼쳐졌으며 그 기세는 수그러
들지 않았다. 회색 숲으로 불이 번져 곳곳에서 불길이 일
어났다.

"아이즈……."

불꽃에 붉게 물든 얼굴로 티오나는 시선 너머의 광경을
가만히 바라보고 있었다.

다음 순간, 그녀의 눈이 크게 뜨였다.

불꽃이 일렁거렸다. 안쪽부터 밀려나는 것 같은 움직임
으로 불의 벽이 흔들리더니, 다음에는 바람의 흐름을 타고

좌우로 갈라졌다.

갈라지는 불꽃의 바다. 걸어나오는 사람의 모습. 반파된 방어구에 번쩍이는 검의 광채.

솟아오르는 불꽃을 등지고, 금발금안의 소녀가 천천히 귀환했다.

대환성.

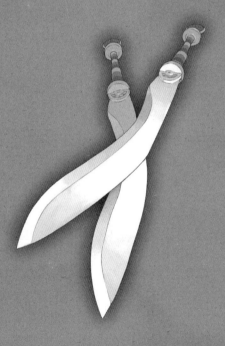

3장 White Rabbit

던전은 정해진 계층 영역마다 지형이 크게 바뀐다.

지상에 직결된 제1계층에서 빈번히 볼 수 있는 표준적인 미로 구조를 비롯해 숲, 호수, 황야 등 다양한 지형이 존재하며, 땅속이라고는 생각할 수 없는 작은 세계가 계층 내에 펼쳐진다. 하층으로 나아갈수록 그러한 자연환경의 변화는 현저하다.

이들【로키 파밀리아】가 지금 나아가고 있는 곳은 바위 굴이다. 바위를 통째로 깎아 만든 듯 통로는 무질서하게 뚫린 수평굴 외에 수직굴도 존재해 천연동굴과 거의 다르지 않았다. 벽면 위쪽에 빛나는 인광은 화톳불처럼 흔들리며 어스름한 미궁 내부를 비춰주었다.

심층보다도 훨씬 지상에 인접한 중층 영역, 제17계층.

"한참 더 갈 수 있었는데~. 더 놀고 싶었는데~."

"너 집요해, 티오나. 그만 좀 해."

"그치만 겨우 50계층에서 물러나다니~."

제50계층에서 벌어진 전투 후【로키 파밀리아】는 미답파 계층 진출을 포기하고 지상으로 귀환하기로 행동방침을 바꾸었다. 다시 말해 사실상 이번 '원정'은 끝났음을 뜻했다.

입술을 비죽거리며 투덜거리는 티오나를 티오네가 나무랐다.

"단장님이 벌써 몇 번씩 설명하셨잖아? 그 몬스터에게 당해 물자가 불안해졌다고."

"먹을 건 미궁에서 조달하면 어떻게든 되잖아······."

"무기나 아이템은 어떻게 하려고? 특히 무기는 거의 다 녹아버려서, 우리가 가진 거라곤 내려갈 때 휘두르다 마모된 것뿐인데. 게다가 넌 아예 예비 무기도 없잖아."

무기며 방어구는 당연히 소모품이다. 연마사나 스미스가 정비해주지 않으면 날이 무뎌져 공격도 둔해지고——방어구라면 손상이 쌓여 내구성이 떨어지고——마지막에는 파손된다. 일부 불괴속성을 제외하면 아무리 뛰어난 무구라 해도 오랜 시간의 전투에는 견뎌내지 못한다. 모험자의 체력이 아무리 남아돈다고 해도 장비가 없어지면 몬스터와의 전투에도 지장이 온다.

"우우~ 분해라~. 기껏 고생해서 50계층까지 갔는데에~!"

우두머리인 핀의 결정으로 심층에서 퇴각을 실시한 지 이미 엿새.

몇 번이고 똑같은 내용을 논파당한 티오나는 뒷머리에 손을 깍지꼈다. 장비가 하나도 없는 그녀는 곁에서 오종종 걷는 아이즈를 부럽다는 듯 바라보았다. 반짝거리는 애검이 담긴 칼집을 찬 소녀는 그 시선을 느꼈는지 고개를 갸웃했다.

"그 몬스터 때문에······. 결국 뭐였담, 그거."

티오나의 의문에 티오네는 어떻게 알겠냐며 어깨를 으쓱했다.

"미확인 몬스터라고 할 수밖에. ······분명 이상한 점은 있었지만."

그렇게 말하며 티오네는 가슴께에 손을 뻗었다. 거봉처럼 풍만하게 결실을 맺은 가슴 사이에 손가락을 넣어 몬스터의 '마석'을 꺼냈다. 자신에게는 한 점도 존재하지 않는 깊은 계곡을 본 티오나는 이번에는 원망스러운 눈으로 친언니를 노려보았다.

"근데 그거, 혹시 그 몬스터한테 나온 마석이야? 어떻게 찾았어, 티오네?"

"손 쑤셔박아서 직접 뜯어냈는데."

애벌레 몬스터는 하나같이 쓰러뜨리면 흘러나오는 부식 체액으로 자신의 온몸을 녹여버렸다. 체내에 있던 마석도 함께. 고생해서 그렇게 많은 수를 격파했음에도 일행은 마석을 한 개도 회수하지 못했다. 손이 녹는 것도 아랑곳 않고 무모한 전법을 취했던 티오나만이 막무가내로 마석을 입수했던 것이다.

"와, 뭐야 그거. 색깔 이상해."

"응⋯⋯. 평범한 마석하고는 좀 다르네."

몬스터의 가슴께에 숨겨진 마석은 크기나 형태에 차이는 있을지언정 색깔은 하나같이 자청색이다. 반면 티오네의 손에 들린 돌멩이만 한 마석은 중심부가 극채색, 나머지 부분이 자청색인 처음 보는 광채를 뿜고 있었다.

티오나가 옆에서 들여다보는 가운데 티오네는 마석을 머리 위로 들고 일렁일렁 타오르는 인광에 비춰 눈을 가늘게 뜨고 바라보았다.

이윽고 일행은 넓은 룸에 도착했다.

심층영역에 비해 길이 좁은 이곳 제17계층에 올라오기 전에 【로키 파밀리아】는 부대를 둘로 나누었다. 집단의 규모가 너무 크면 움직이기 어려워지며 몬스터의 습격에도 대응할 수 없기 때문이다. 리베리아가 맡은 선행부대는 티오나 등을 포함해 십여 명 정도의 단원들이 있다. 핀이나 가레스는 후속부대였다.

원정을 마치고 돌아가는 길이기도 해서 단원들, 특히 짐을 운반하는 서포터를 맡은 하급단원들에게서는 피로의 기색이 짙었다.

"……리네, 도와줄까?"

"네? 아, 괘, 괜찮아요!!"

아이즈가 말을 걸자 휴먼 소녀는 당치도 않다는 듯 힘차게 거절했다. 제1급 모험자에게 짐을 들게 할 수는 없다는 의식이 엿보였다.

거의 명목상이라고는 해도 간부인 아이즈에게는——어딘가 초연한 분위기도 있고 해서——대부분의 단원들이 이처럼 깍듯한 태도를 보였다.

"관둬라, 아이즈. 피라미들한테 상관하지 마."

이 모습을 지켜보고 있던 수인, 워울프 베이트가 끼어들었다.

180C(셸티)에 이르는 장신의 소유자이며, 특히 다부진 두

다리는 늘씬하고 길다. 왼쪽 뺨에서 턱에 걸쳐 번개 모양의 푸른 문신을 새겨놓아 곱상한 얼굴에 거친 인상을 덧씌워주고 있었다.

그는 쫓아내듯 서포터 단원을 가볍게 걷어차고 아이즈를 쳐다보았다.

"그렇게 강한 주제에 아직도 모르냐, 넌? 약한 놈들한테는 상관해봤자 시간낭비야. 절대 도와주고 그러지 마."

"……."

"한껏 얕잡아보라고. 넌 강하니까 강한 채로 있으면 돼."

코웃음을 치며 입술을 치켜올리는 베이트에게 아이즈는 침묵했다.

베이트 로가.

【로키 파밀리아】의 제1급 모험자이며 전형적인——아니, 과도하다고도 할 수 있는——실력주의자다. 검사로서 일류인 아이즈에게는 경의를 표하는 눈치다.

나쁜 사람은…… 아닐 거라고 아이즈는 생각했다.

의견 대립 때문에 곧잘 정색을 하고 말다툼을 벌이는 리베리아가 투덜거린 말이지만, '오해를 사야만 직성이 풀리는 남자'라는 비아냥에 가까운 평가도 있다. 티오나하고 곧잘 티격태격하는 것 또한 어디까지나 고고한 늑대인 그의 성격 탓인지도 모른다.

"못써, 아이즈. 베이트가 하는 말 들어주면! 시간낭비니까!"

"나가 죽어버려, 멍청녀. 너야말로 저놈들 잡무나 도와

주지 그래? 무기도 잊어먹었잖아. 얼간이같이."

"시끄럽거든——?!"

아니나 다를까 티격태격하기 시작한 베이트와 티오나.
그러나 이내.

그 말다툼은 중지되고 말았다.

『——부워어.』

진행 중인 룸으로 사나운 기척과 거친 숨소리가 다가
왔다.

여러 개의 출구 너머에서 수많은 몬스터들이 모습을 나
타냈다.

『부부워어어어어어어어어어어어어어어어어어어!!』

바위굴을 뒤흔드는 포효가 울려 퍼졌다.

웬만한 모험자라면 맨발로 도망칠 만한 박력을 가진 그
몬스터는 로프처럼 팽팽한 어깨 근육과 팔을 불끈거렸다.
한 걸음을 내디디자 지면이 발굽 모양으로 함몰되었다.

근육질의 거대한 몸에 적동색 가죽.

몬스터의 대표격이라고도 하는 우두인신(牛頭人身) 괴물,
'미노타우로스'였다.

"거봐, 베이트가 시끄럽게 구니까 미노타우로스가 나타
났잖아!"

"상관없거든?! 쯧, 드글드글 몰려나오고 앉았어……."

미노타우로스의 무리는 룸으로 속속 진입해 아이즈 일
행을 포위하려는 듯 원을 그렸다.

핏발 선 눈으로 노려보는 맹우 몬스터들은 숨을 쉴 때마다 몸을 들썩이며 흥분하고 있었다.

"리베리아, 이렇게 수가 많으니 우리까지 가세해도 되겠지?"

"그래. 상관없지. 라울, 핀이 시킨 대로 후학을 위해 지휘는 네가 맡아라."

"네, 네엣!"

관리기관인 길드가 계층영역마다 설정해놓은 위협평가에서 별 셋으로 규정된 중층 최강의 몬스터를 상대하면서도 아이즈 일행은 태연했다. 이미 이곳 제17계층과는 30계층 이상 떨어진 곳을 탐색하는 그들과 미노타우로스 사이에는 넘을 수 없는 벽이 존재했다.

원래 비교적 얕은 계층에서는 하급단원들에게 【엑세리아】를 쌓게 하기 위해서라도 아이즈 같은 제1급 모험자들은 함부로 나서지 않는 것이 원칙이다. 아무리 하급이라도 이 자리에 있는 단원들은 모두 중견 【파밀리아】의 모험자들보다도 훨씬 뛰어난 실력자들이기도 하므로 중층에 나타나는 몬스터에게 뒤질 일은 없다.

그러나 이번에는 숫자가 숫자였다. 티오네의 제안에 아이즈 일행도 전선에 가세했다.

『부워어어어어어어어어어어어어어어어어어어어!』

그리고 그 후의 전투는 누구도 예기치 못했던 방향으로 흘러갔다.

『부워어어어어어어어어어어어어어어어어어?!』

눈 깜짝할 사이에 절반의 미노타우로스를 섬멸했을 때였다.

너무나 압도적인 전력 차이에 겁을 먹었는지 미노타우로스 한 마리가 아이즈 일행에게 등을 돌렸다.

그리고 마치 그에게서 공포가 전염된 것처럼, 남은 몬스터 전체가 발을 모아, 단숨에.

생각지도 못한 집단도주를 개시했다.

"에엑?!"

"야, 얀마?! 늬들 몬스터잖아?!"

그 광경에 티오나와 베이트가 경악했다.

앞을 다투어 엄청난 기세로 몬스터들이 룸을 뛰쳐나가 통로 안으로 사라져갔다. 아이즈도 황금색 눈을 크게 떴다.

"너희들, 어서 추격해!"

동요를 억누른 리베리아의 호령이 떨어졌다.

한순간 움직임이 멈추었던 아이즈 일행은 튕겨나가듯 미노타우로스의 무리를 뒤따라갔다.

"원정 마치고 돌아가는 길인데……!"

"저기, 전 백병전은 잘 못해서……?!"

"지팡이로 패 죽이면 되잖아! 얼른 못하냐!"

"네, 네엣……!"

티오네가 씁쓸한 표정을 짓고, 베이트의 질타가 레피야

를 후려쳤다. 모두 표정에는 여유가 없었다.

던전에는 당연히 아이즈 일행 외에도 모험자가 있다. 이곳 중층에 맞는 실력으로 미궁을 탐색하는 그들의 입장에서는 밀려드는 미노타우로스의 무리란 악몽 그 자체다. 【로키 파밀리아】가 놓친 몬스터 때문에 다른 많은 모험자들이 불귀의 객이 되고 만다면 길드나 다른 파벌에서 규탄이 쏟아질 것이 분명하며, 무엇보다 그 전에 꿈자리가 뒤숭숭할 것이다.

"잠깐만, 그쪽은?!"

미노타우로스들이 제16계층으로 이어지는 계단을 뛰어올랐다. 티오나의 비명도 허무하게 몬스터의 무리는 위쪽 계층으로 사라져갔다.

"귀찮은 예감밖에 안 드는구만……!!"

요란한 발소리를 내며, 피해를 내지 않겠노라 계단을 뛰어올라 마구 달렸다.

아이즈 일행은 죽을 둥 살 둥 미노타우로스를 쫓아갔다.

한 층, 그리고 한 층, 또 한 층…….

맹우 몬스터의 폭주는 파죽지세로 이어졌다. 계층 내를 무작정 뛰어다니고 때로는 집단에서 벗어난 미노타우로스가 뿔뿔이 흩어지기도 해서, 결과적으로는 아이즈 일행의 추적을 혼란에 빠뜨렸다. 그녀들에게 무엇보다 비운이었던 것은 몬스터들이 상부 계층으로 이어지는 연결통로를 모조리 돌파해 위로 위로 진출했다는 점이었다. 베이트의 불길한 예감이 멋들어지게 적중하고 말았다.

각 계층으로 흩어진 미노타우로스를 처리하기 위해 한 사람, 또 한 사람 단원들이 추적대에서 모습을 감추었다. 중층을 넘어 '상층'──지상과 곧바로 이어진 제1계층에서 제12계층까지를 말하는 층역──에 돌입해 제6계층에 도달했을 무렵에는 이미 아이즈와 베이트 외에 미노타우로스를 쫓는 자들의 모습은 없었다.

"흐악?!"

"비켜어!"

모험자들에게 달려들려던 미노타우로스를 베이트가 아슬아슬하게 쓰러뜨렸다.

'상층'은 지상에 가장 가까운 층역이다. 출현 몬스터는 저급이라 불리는 약한 것들뿐이며 신참을 비롯한 하급 모험자들의 영역이기도 하다. 그들이 미노타우로스와 대치하게 된다면 한순간도 저항하지 못한 채 끔찍하게 죽음을 당할 것이다.

이제는 언제 희생자가 나와도 이상하지 않을 상황이다.

'놓쳤어……!'

아이즈도 다른 미노타우로스를 격파하는 데 성공했으나, 남은 마지막 한 마리를 놓치고 말았다.

길이 몇 갈래나 되는 미궁 속에서, 감정표현이 희박한 표정 밑에서 초조함이 고개를 들었다.

"따라와, 아이즈!"

코를 한 번 울리고 망설임 없이 뛰어나가는 베이트. 수인 종족인 그는 후각이 매우 뛰어나다. 아마 미노타우로스의 냄새를 맡았을 것이다.

뒤를 따라 통로를 질주하자 이윽고 근골 우락부락한 적동색 등이 보였다. 마지막이라는 양 속도를 높였지만 결국 상층으로 도주해버리고 말았다.

"……!"

제5계층.

계단을 뛰어오르자 그곳은 룸 중앙으로 통하고 있었다. 연녹색 벽면으로 구성된 미궁은 마치 폭풍전야처럼 고요했다. 직사각형 방에서 뻗어나간 통로는 각 변마다 하나씩 존재해 합계 네 개. 다른 사람의 모습은 보이지 않았다.

귀를 기울이고 재빨리 주위를 둘러보니,

『부우워어어어어어어어어어어어어어어어어어어어엌!!』

"흐와아아아아아아아아아아아아아아아아아아아아아아앎?!"

들렸다.

그 목소리가.

"웃!"

단숨에 주파했다.

베이트보다도 먼저 뛰어나가 비명과 포효가 뒤얽힌 방향으로 몸을 날렸다.

미노타우로스와, 그리고 그 인물은 금방 눈에 들어왔다.

막 내린 눈을 연상케 하는 새하얀 머리카락. 지금 당장이라도 눈물이 배어나올 것 같은 눈동자 색은 루벨라이트. 언뜻 보면 토끼 같은 외견을 가진 휴먼 소년.

그 뒤를 쫓는 붉은 맹우에게 등을 돌린 채 목숨을 건 도주를 되풀이하고 있다.

"저거 완전 초짜 아냐?!"

빈약한 방어구는 언뜻 봐도 길드 지급품임을 알 수 있었다. 도주 하나를 봐도 동작 곳곳에서 서툰 초보자 티가 났다.

신출내기 중에서도 신출내기.

미노타우로스에게는 사냥감 정도가 아니라 그냥 좋은 먹잇감이다.

아이즈는 발에 힘을 주고 적과의 거리를 좁히고자 질주했다. 그리고 흰 토끼를 따라잡았다.

『부움머어어!!』

"뜨엑?!"

미노타우로스의 발굽.

등 뒤에서 날린 일격은 그 가녀린 몸을 맞추지는 못했지만——아니, 아슬아슬하게 회피했다——흙으로 된 지면을 무너뜨렸으며, 마침 소년이 디디려던 곳까지 말려들었다.

발을 헛디디는 바람에 데굴데굴 던전 바닥을 굴러가는 소년.

"──."

아이즈의 모습이 잔상을 일으켰다. 베이트를 내버려둔 채 가볍게, 소리도 없이 시선 너머의 광경을 향해 가속했다.

룸 한구석에 몰린 소년은 미노타우로스의 거구를 올려다보며, 웃음이라고 부르기에는 너무나도 뻣뻣한 표정으로 입가를 실룩거리고 있었다.

먼지투성이 백발, 눈물샘이 고장 난 듯한 빨간 눈동자. 치켜든 굵은 팔이 떨어지기를 기다리기만 하는 가엾은 토끼.

강한 기시감을 느끼며── 아이즈는 그 광경으로 뛰어들어, 검을 번뜩였다.

"엥?"

『부오?』

소년과 미노타우로스의 얼빠진 목소리.

등 뒤에서 음속의 참격을 꽂아, 손을 멈추지 않고 무수한 선을 몬스터의 온몸에 새겼다.

마지막 검광에서 은색 광채가 번뜩였다.

『그푸억?! 부, 부움머어어어어어어어어어어어어어──
──!!』

원형을 유지했던 거구가 마치 뒤늦게 생각났다는 듯 참격의 궤적을 따라 떨어졌다.

단말마와 함께 피보라를 일으키며, 미노타우로스는 수많은 고깃조각으로 변해 무너졌다.

그리고 눈과 눈이 마주쳤다.

아연실색 크게 뜨인 루벨라이트색 눈동자와 투명한 광채를 띤 금색 눈동자.

무너진 미노타우로스의 몸 너머에서 나타난 소년과 해후를 이루었다.

지면에 주저앉아 시간을 멈춰버린 그와 마주하며 아이즈는 조용히 말을 걸었다.

"……무사한가요?"

정면에서 내려다보는 꼴로 아이즈가 물었지만 소년은 꼼짝달싹하지 않았다.

언어를 잊어버린 것처럼 아이즈를 조용히 올려다본다.

조금 당황한 그녀는 다시 한 번 물었다.

"저…… 괜찮은, 건가요?"

반응은 돌아오지 않았다.

아이즈는 비록 표정으로는 드러내지 않았지만 지극히 난감해져서, 주저앉은 소년을 다시 바라보았다.

미노타우로스의 유혈을 그대로 뒤집어써버린 몸은 피투성이라 한없이 미안해졌다. 잠시 눈물이 가셨던 두 눈은 다시 축축해졌고, 아이즈를 똑바로 올려다보는 얼굴도 열

병처럼 조금씩 조금씩 붉은 기운을 띠기 시작했다.

열이 난 것처럼 보이기도 하는 소년이 걱정되어, 아이즈는 검을 칼집에 거두고 손을 내밀었다.

"설 수 있겠어요?"

마침 무언가를 말하려던 소년의 입술이 우뚝 멈추었다.

내민 손에 한순간 시선을 멈추었다가, 다시 아이즈의 고운 얼굴을 우러러본다.

눈 깜빡할 사이에 귀와 목을 비롯해 피부란 피부는 모조리 홍조를 띠었다.

"뜨."

"뜨?"

아이즈가 고개를 갸웃할 틈도 주지 않고 소년은 벌떡 일어났다.

다음 순간.

"뜨아아아?!"

온 힘을 다해, 아이즈에게서 도망쳤다.

"……."

멍청히, 아이즈는 눈을 크게 뜨고 서 있었다.

도망친 통로 안쪽에서 소년의 괴성이 메아리쳐 들려오는 가운데 그녀는 누구에게도 보여준 적이 없었던, 얼빠진 표정을 짓고 있었다.

© Kiyotaka Haimura

"······흐, ······으흑, ······큭큭!"

뒤를 돌아보니 떨면서 배를 움켜쥔 베이트가 필사적으로 웃음을 참고 있었다.

뒷머리가 보일 정도로 몸을 꺾고 히익히익 숨을 헐떡인다.

"············."

뺨을 붉힌 아이즈는, 마치 또래의 평범한 소녀처럼.

눈을 부릅뜨고 수인 청년을 노려보았다.

우여곡절은 있었을지언정.

아이즈 일행의 긴 원정은 이렇게 막을 내렸다.

미궁도시 오라리오.

광대한 면적을 자랑하는 원형의 도시는 견고한 시벽(市壁)에 에워싸여 있다.

여기저기 보수한 흔적에서도 알 수 있듯, 외적의 공격을 도외시한 이 설계는 방벽이 가진 본래의 목적과는 달리 내부에서 넘쳐난 몬스터를 상대하기 위해 쌓아놓은 장벽이라는 증거였다. 긴 세월이 느껴지는 말없는 거대 석벽은 '고대' 당시 던전 요새로 지어졌던 흔적을 남기고 있다.

바깥세계와 차단된 시벽의 안쪽은 크고 작은 다양한 건

물이 늘어섰으며, 도시 중앙에는 하늘을 찌르는 백색 거탑이 서 있다.

땅속에 뚫린 거대한 구멍, 던전의 출입구를 막는 '뚜껑'으로 지어진 마천루 시설 '바벨'.

이 바벨, 다시 말해 던전을 중심으로 오라리오는 오늘도 번영을 누린다.

땅거미가 지기 시작하는 도시는 미궁에서 돌아오는 모험자들로 넘쳐났으며 그들의 생환을 축하하고 접대하는 주점의 소란으로 가득했다. 많은 휴먼과 데미휴먼이 어깨를 나란히 술잔을 기울이고, 흥이 오른 일부 신들은 술잔을 한 손에 들고 난입한다. 종족의 벽도, 경외의 마음도 잊고 그들 사이에 울려 퍼지는 웃음소리가 이 도시의——이 세계의 축소도였다.

퐁퐁 불이 켜지기 시작하는 가로등, '마석등' 불빛이 소란이 끊일 일 없는 도시를 물들여나갔다.

"드디어 돌아왔다아⋯⋯."

도시 북부, 북쪽 번화가에서 벗어난 길가.

주위 일대의 건물과 비교해 두드러지게 높고 장대한 저택이 있었다.

고층 탑이 여럿 겹쳐진 저택은 병사들이 창을 세우고 도열한 것 같기도 하고, 적동색 외견과 맞물려 타오르는 불꽃처럼 보이기도 했다. 탑 중에서도 가장 높은 중앙탑에는 광대의 깃발이 펄럭였으며 지금은 꼭두서니색으로 물들어 있었다.

【로키 파밀리아】의 본거지, 황혼관.

"아~ 지쳤다~. 고기 잔뜩 먹고 싶다아~."

"난 얼른 샤워 하고 싶어."

"아하하……."

티오나 자매의 말에 레피야가 쓴웃음을 지었다.

던전에서 지상으로 귀환한 아이즈 일행은 홈을 앞에 두고 있었다. 서른 명 규모의 한 무리가 각자 물자를 안고 끌며 정문 앞에 도착했다.

남녀 두 명의 단원, 문지기들이 그들에게 경례를 보냈다.

"지금 돌아왔어. 문 열어줘."

핀의 말에 문이 열렸다.

좁은 부지 면적에 세워진 홈은 옆이 안 된다면 위로 올리겠다는 양 길게 뻗은 모양이었으므로, 당연히 문을 지나면 나오는 정원도 그렇게 넓진 않다. 문과 저택 사이의 공간을 이용한, 정말로 최소한도의 정원이었다. 얼마 안 되는 나무와 형형색색의 꽃들이 바람에 흔들렸다.

핀을 선두로 아이즈 일행은 우르르 부지 안으로 발을 들였다.

"——어서 오그래이이이이이이이이이이이이이이!"

그리고 느닷없이.

아이즈 일행이 마당으로 들어서는 타이밍을 쟀던 것처

럼 저택 쪽에서 뛰어오는 그림자가 있었다.

주황색 머리카락을 찰랑거리는 그녀는 남성진들에게는 눈길도 주지 않고 아이즈를 비롯한 여성진들에게 쏜살같이 달려왔다.

"느그 다 무사했나~?! 아이고매~ 내 참마로 쓸쓸했데이~"

두 손을 내밀며 뛰어드는 그녀를 아이즈, 티오나, 티오네가 휙 휙 휙 쉽게 회피했다. 제일 뒤에 있던 레피야는 생각지도 못한 폭탄을 끌어안은 꼴이 되었다.

"어, 저기, 꺄악—!"

비명을 지르며 끌어안긴 채 얽혀 쓰러져버리는 레피야.

"로키, 이번 원정에서 희생자는 없었어. 도달 계층도 늘리지 못했지만. 자세한 내용은 나중에 보고할게."

"움움–…… 알긋다. 어서 오그라, 핀."

"그래. 다녀왔어, 로키."

엘프 소녀의 몸을 탐닉하던 여성은 고개를 들고 헤죽 웃었다.

보는 이에게 황혼녘을 연상케 하는 주황색 머리카락. 살짝 가느다란 눈은 지금은 활처럼 구부러졌으며 고운 얼굴과 함께 웃음을 짓고 있다. 핀에게 보내는 눈빛은 자식의 무사함을 기뻐하는 신의 눈빛 그 자체였다.

천계의 타락한 생활에 질려 오락거리를 찾아 하계에 내려온 변덕쟁이 신들 중 하나.

인류와도 몬스터와도 차원이 다른 초월존재, 데우스데아.

그녀가 바로 아이즈 일행과 계약을 맺은 【파밀리아】의 주신, 로키였다.

　"로키~ 레피야가 난처해하니까 좀 놔주지 않겠어~? 꽤 피곤하거든."

　"아이고마, 미안하데이, 레피야. 마 감격히가꼬 내도 모르게."

　"아, 아뇨……."

　"근데…… 쿠후후, 가슴 좀 커진 거 아이가?"

　"아, 아니거든요?!"

　음흉하게 웃는 자신의 주신에게 레피야가 얼굴을 붉히며 소리를 질렀다.

　분위기는 인간의 것과는 다른 신위(神威)를 띠었으면서도 어딘가 음흉한 아저씨 같은 언동이 모든 것을 망쳐버린다. 하계 사람들이 선망하는 완벽하게 아름다운 얼굴도 지금만큼은 눈을 돌리고 싶을 정도로 못났다.

　로키에게는 여신이면서 여자를 좋아한다는 성가신 기호가 있다.

　그녀의 스카우트를 통해 지금의 규모에 이른 【로키 파밀리아】는 남성 단원은 그렇다 쳐도 미녀 미소녀만 모인 여성 단원은 이 취미가 크게 반영되었다고 할 수 있다.

　"근데 티오네, 니 가슴에 감은 기…… 핀 허리띠 아이가?! 설마, 설마 니 던전에서 홀링 해뻔 기가?! 응? 우째된 기고?!"

"시끄럽게. 후덥지근하니까 달라붙지 마."

눈을 벌겋게 뜨며 티오네를 힐문하는 로키에게는 아랑곳 않고 단원들은 각자 행동에 착수하기 시작했다. 이 푸대접에 숭배의 감정은 조금도 드러나지 않아 그녀가 신으로서 공경을 받지 못한다는 점은 일목요연했다.

전지전능의 힘을 봉인했다고는 하지만 나이를 먹지도 않고 기력이 쇠하지도 않는, 인간의 지혜를 초월한 그녀에게 보이는 감정은 오히려 가족으로서 느끼는 편안함과 애정이었다.

자신의 집에 돌아왔다는 기분에 모두가 피로에 찌든 표정을 자연스레 풀고 있었다.

"아이즈도 어서 오그래이~"

"다녀왔어요, 로키……."

천천히 고개를 돌리는 로키에게 아이즈도 또박또박 말했다.

어딘가 기뻐하며 볼우물을 짓고 여신은 실눈을 살짝 떴다.

"뭐꼬? 니 몸이 마 시큰거리나 비네. 지대로 쉬야 한데이."

"……"

마법의 혹사로 신음하는 몸의 상태를 금세 간파해버렸다.

모든 것을 꿰뚫어보고 있는 듯한 주황색 신안(神眼)은 그 이상 아무 말도 하지 않았다. 입을 다문 아이즈에게 한 번

웃고는 등을 돌린 후, 그녀는 다시 다른 단원에게 걸어갔다.

"아이즈, 왜 그래? 또 로키가 이상한 짓 했어?"

"아니…… 아무것도 아냐."

티오나의 물음에 대답하며, 민폐 끼치지 말라는 표정을 짓는 리베리아에게 달라붙는 주신의 모습을 바라보고 아이즈는 그 자리를 떠났다.

저택에 남아 있었던 단원들이 원정팀이 가지고 돌아온 짐을 받아 운반해갔다.

"어서 오십시오!"

엇갈려 지나가는 단원들에게 활기찬 인사를 받는 가운데 아이즈 일행은 저택 안으로 들어갔다.

입구 홀은 없는 공간을 억지로 이용해 넓게 설계했으므로 개방감이 있다. 그만큼 다른 방과 통로가 좁아지기는 했지만 아이즈는 어딘가 비좁고 잡다한 이 홈의 구조가 싫지 않았다.

손이 빈 사람들부터 입욕을 마치라는 지시가 내려왔다. 암묵적인 동의 아래 아이즈나 티오나를 비롯한 제1급 모험자 일행이 제일 먼저 양보를 받았다. 이래저래 우대를 받는다는——위치를 생각해보면 당연하다고 할 수 있겠지만——찜찜함이 적잖이 있지만 욕실도 효율적으로 사용하지 않으면 차례가 돌아오기까지 한참 기다려야 하므로 고맙게 받아들이기로 했다.

잠깐 자신의 방에 돌아가 애검과 방어구를 벗어놓은 아이즈는 티오나 일행에게 이끌려 위층의 욕실로 향했다.

"……아이즈 옷은, 상당히 대담하네."

티오나의 말에 아이즈는 옷을 벗으며 눈썹 끝을 늘어뜨리고 대답했다.

"안 입으면 혀 깨물겠다고, 로키가 그래서……."

등이 크게 파인 얇은 옷은 갑옷을 벗어버리면 가슴으로 이어지는 겨드랑이 선까지 생생한 피부가 그대로 보였다. 아이즈의 성격과는 전혀 어울리지 않는 노출도 높은 옷에 의문을 느꼈던 티오나는 그 대답만으로 그런 거냐고 수긍해버렸다. 주신이 귀찮은 집착을 품으면 단원이 고생하는 것은 어느 【파밀리아】나 마찬가지다.

"레피야, 얼른 벗어. 다들 차례 기다리고 있으니까."

"아, 네……."

전혀 사양하지 않고 알몸이 된 티오네와는 달리 레피야는 우물쭈물 옷을 벗고 있었다. 부끄러움이 전혀 없는 아마조네스와 최대한 남들 앞에 피부를 드러내지 않으려는 엘프의 종족적 성질 차이가 여실히 드러난다. 이 또한 온갖 종족이 한 지붕 아래에서 공동생활을 하는 【파밀리아】의 광경 중 하나다.

아이즈는 이를 바라보며 재빨리 속옷을 발에서 빼내고 자신도 욕실로 향했다.

욕실이라 해봤자 열 명 들어가면 포화상태가 되는 실내

는 거의 샤워실이나 마찬가지였다. 안쪽에 석조 욕탕이 있기는 하지만 그것도 몇 명밖에 쓸 수 없다.

"아이즈는 어쩐지 풀이 죽은 것 같네?"

"……?"

"어째~ 미노타우로스 떼를 쫓아다닌 후부터, 분위기가 어두워진 것 같아서."

티오나의 지적에 아이즈는 내심 놀랐다. 그렇게 얼굴에 드러났던 걸까 싶기도 했다.

……솔직히 말하자면, 조금 풀이 죽기는 했다.

베이트에게는 시종 웃음을 샀지만, 도와준 상대가 비명을 지르며 전력질주해 도망친 것은 아이즈도 처음 겪는 일이었다. 베어버린 적이 꼬리를 말고 도망친 경우는 헤아릴 수 없을 정도로 많지만……

미노타우로스를 갈기갈기 베어버린 자신이 그렇게 무서웠던 걸까—— 하는 생각에 조금, 아주 조금 슬퍼졌다.

비유가 아니라 새빨갛게 물들었던 토끼 같은 소년의 얼굴——어쩌면 충격에서 헤어나지 못했던 표정——이 눈꺼풀 뒤에서 떠나질 않았다.

샤워꼭지 앞에 서서 힘차게 뜨거운 물을 뒤집어써 피부가 벚꽃색으로 물드는 가운데, 아무에게도 들키지 않도록 살짝 조그만 한숨을 쉬었다. 수많은 물방울이 매끄러운 맨살을 타고 흘러내려 가녀린 목덜미며 잘록한 허리, 나긋나긋한 허벅지를 타고 떨어졌다.

한동안 네 개의 물줄기 소리가 울렸다.

"……우우웅."

"왜 끙끙거리는데."

언니의 목소리를 무시하고 티오나는 샤워를 하며 자신들의 가슴께를 응시했다.

대, 중, 소.

오른쪽부터 순서대로 티오네, 아이즈, 자신으로 이어지는 그 가슴둘레의 격차에 끙끙끙 신음소리를 냈다. 흘끔 왼쪽을 보니 딱 좋은 용량을 가진 레피야의 가슴이 팔을 씻는 동작에 맞춰 몰캉몰캉 모양을 바꾸고 있었다.

"레피야 이 배신자……."

"네에?!"

"무시해, 레피야."

티오나의 원망 섞인 목소리가 들리는 가운데 이번에는.

갑자기 문이 드르륵 열리더니 짐승 같은 그림자가 튀어나왔다.

"우오오──!! 맘 푹 놔삐라 티오나! 내사 쭈물러가꼬 크지게 해주꾸마──!!"

"오늘 저녁은 뭘까~."

등 뒤에서 날아든 기습을 쉽게 피하며 발을 번뜩이는 티오나. 눈에도 들어오지 않을 만한 속도의 발 후리기에 걸려버린 습격자는 머리부터 타일 바닥에 처박혔다.

"커흑…… 마, 마이 늘었네, 티오나."

"로키, 거치적거려."

"크으윽, 뭐고 이 대접은——! 레피야 내 좀 위로해도오
오오오오오오오!!"

"에, 저기, 꺄아아아아아아아아아아아아아아악?!"

이미 익숙해진 대응으로 아이즈 일행은 욕실을 나갔다.

옷을 벗을 틈조차 아쉬워하며 침입했던 여신에게 다소
의 위기감을 느끼고 후배를 제물 삼아.

고혹적인 목소리와 함께 도움을 청하는 비명이 울려
퍼지는 가운데, 아이즈 일행은 서둘러 옷을 갈아입었다.

"너무해요오……."

"미안미안, 우리도 로키 상대하는 게 귀찮아서~."

직사각형의 긴 식탁이 여럿 늘어선 대식당.

몸을 씻고 잠시 자기 방으로 돌아간 후 아이즈 일행은
저녁을 먹고 있었다.

로키의 '밥은 있는 사람들이 전부 같이 먹는다'는 방침
아래 아침저녁 식사는 보초 이외의 단원이 모두 모인 다음
에야 시작되므로 식당은 매우 붐볐다. 의자와 의자 사이를
지나 이동하는 것만도 고생이다.

원정 귀환 직후이기도 해서 소란을 떨 만한 기력은 없
었지만 대망하던 술과 식사를 탐닉한 단원들은 끊임없이
북적거렸다. 잔류팀 사람들에게 이번 원정의 무용담을 들
려주는 등 어느 테이블에나 화제가 꽃을 피웠다.

모두가 겨우 마음에서 어깨에서 힘을 뺐다.

"티오네, 밥 먹고 나서 혹시 회의 같은 거 있어?"

"단장님이 오늘은 푹 쉬라던걸. 내일부터 하자고."

"역시 핀이야!"

식사를 마친 사람부터 식기를 정리하고 띄엄띄엄 대식당을 나가는 가운데.

반주를 들던 로키가 생각났다는 듯 일어났다.

"말하는 거 이자뿠다. 오늘 안으로 【스테이터스】 갱신할 라는 아는 내 방으로 온나. 내일 몰아서 해도 피곤하니까. 어데 보재이, 오늘은 선착순 열 명!"

변덕쟁이 신답게 계획도 뭣도 없이 되는 대로 발표한 그 말에 새삼 불만을 제기하는 사람은 없다.

로키를 돌아본 레피야는 일행의 얼굴을 보았다.

"여러분, 오늘은 어떡하시겠어요?"

"난 관둘래. 푹 쉬려고."

"나는 어쩔까~. 할 일도 없지만 【스테이터스】가 쭉~쭉 올라갈 만큼 【엑세리아】를 벌었다는 느낌은 없고……. 내 키면 가볼까? 레피야는?"

"저도 오늘은……."

"아이즈는…… 물을 필요도 없겠네."

"응."

가볍게 돌아본 티오네의 시선에 수긍한 아이즈는 그녀들에게 양해를 구하고 혼자 식탁에서 일어났다. 로키가 어느 샌가 사라진 것을 확인하고 식당을 나섰다.

【로키 파밀리아】의 홈은 여러 개의 탑으로 이루어져 있다. 아래쪽이 이어진 탑은 위층에서는 석조 구름다리가 뻗어나가 서로를 보완하고 있다. 상하좌우로 복잡하게 얽혀 질서가 없다.

안뜰을 내려다볼 수 있는 밋밋한 구름다리를 나아가며 아이즈는 가녀린 턱을 들었다. 이미 저녁놀은 사라지고 푸른 밤하늘에는 한가득한 별과 금색 달이 떠 있었다. 시내 방향을 보면 눈부신 빛이 건물과 건물 사이에서 넘쳐났으며 동시에 즐거운 소란이 현악기의 음색에 실려 잔잔하게 전해졌다.

로키의 방은 다른 탑에 에워싸인 중앙탑 최상층에 있다. 내부의 나선계단을 끝까지 올라가 방 앞에 도착한 아이즈는 문을 가볍게 두드렸다.

"들어온나~."

나무문을 열고 입실한다.

로키는 방을 정리하는 중이었다. 둥근 의자를 들고 웃으며 말했다.

"미안, 쫌만 기다리라."

실내는 잡다한 물건으로 넘쳐났다. 가장 많은 것은 방 한구석에 소형 보존고까지 마련된 술이었다. 방 어디에 눈길을 주어도 술병이 보인다. 형태도 색도 다양하다. 개중에는 마시다 만 것도 있었다.

책상 주변에는 값나갈 것 같은 깃털 펜이며 담담한 일곱 색을 띤 크리스탈. 벽에 걸어놓은 것은 낡은 신발과 모자. 잔뜩 쌓인 두꺼운 책이며 단검 같은 것도 있고, 심지어 침대 위까지도 물건으로 뒤덮였다. 희귀한 아이템이 한둘쯤 섞여있어도 이상하지 않을 것 같다.

"인자 댔다."

로키는 말한 대로 금방 준비를 끝냈다. 침대에 앉아선 손짓을 해 아이즈를 둥근 의자에 앉혔다.

"역시 아이쭈가 일등이네~. 다들 사양을 해서 그러나."

"그런, 걸까요."

"함 확인해봐라, 직접. 그기 다 커뮤니케이션이다. 고마, 옷 벗그래이."

로키에게 등을 돌린 아이즈는 시키는 대로 윗옷을 벗었다.

허리까지 닿는 금발을 정리해 어깨 너머 몸 앞으로 늘어뜨린다. 흉터 하나 없는, 고운 살결의 아름다운 등이 로키의 눈앞에 드러났다.

"흐히히, 클났다. 내 쫌 취해가꼬, 손이 막 미끄러질라카……!"

맨살 위를 기어다니는 시선. 까닥까닥 꿈틀거리는 두 손. 불온한 기척에 아이즈는 미리 슬쩍해두었던 단검을 칼집에서 반쯤 뽑아 날카로운 소리를 냈다.

"아입니더, 안 취했심더. 지 이제 개안심더."

"빨리 해주세요."

"그라지예."

땀을 뻘뻘 흘린 로키는 즉시 작업에 착수했다.

침대에 놓인 기구 세트에서 바늘 하나를 꺼내 검지를 찌른다. 빨간 피가 맺힌 손가락으로 아이즈의 등, 목 언저리 주변을 매만진다. 다음으로는 익숙한 손길로 손가락을 움직이기 시작했다. 마치 사인을 그리듯 피의 궤적을 아이즈의 등에 미끄러뜨리고, 마지막으로는 "호잇!" 하는 기합성과 함께 세로 일직선으로 놀렸다.

그 순간 자물쇠가 풀리듯.

아무것도 없었던 아이즈의 등에 비문을 방불케 하는 주황색 문자열이 스윽 떠올랐다.

"록 걸어놨다 캐도, 신들 말고도 이코르 써가꼬 피킹하는 새이들 있다 카이, 함부로 등짝 비주고 그라믄 안 된데이? 내사 만날 입이 닳도록 말한다만은."

"네."

"마, 아이쭈니까 개안나."

가로쓰기 형식으로 이어진 복잡한 문자열.

석비에도, 문장에도 보이는 그 각인이 권속들에게 새겨진 신들의 '은혜' —— 【스테이터스】다.

신들이 다루는 【히에로글리프】를 신의 피 '이코르'를 매개체로 새겨 다양한 능력을, 가능성을 명확한 현상으로 발현시킨다. 예외 없이 등에 새겨지는 【스테이터스】는 권속의 능력을 나타내는 생명줄이기도 하므로 【파밀리아】의 주신들은 그 정보 은닉에 여념이 없다.

"하계에 인자 막 내려온 신들은 록 방법도 지대로 몰르는 얼라들이 있다 캐도, 그기 등짝만 보면 한 방이데이. 글마네 아들도 참 불쌍타 아이가? 아이쭈는 내가 주신이라 다행이제~"

"【히에로글리프】읽을 수 있는 사람, 얼마 안 되잖아요……."

"아, 그도 기다."

아이즈를 지루하게 만들지 않으려고 입을 움직이며 로키는 작업을 해나갔다.

이코르를 다시 한 방울 등에 스며들게 하자 그곳에서 비유가 아니라 정말로 고리를 그리며 파도—— 파문이 생겨나 스테이터스의 각인 전체로 퍼져나갔다. 등에 늘어선 【히에로글리프】가 희미해진 것을 확인하고 로키는 다시 새로운 문자로 덧씌워나갔다.

신들은 아이즈를 비롯한 권속들에게 쌓인 【엑세리아】를 추출한다. 이를 토대로 새겨진 【히에로글리프】가 【스테이터스】의 조성이 되어 성장의 초석으로 바뀌는 것이다.

주로 '【스테이터스】갱신'이라고 불리는 이 행위는 거의 신 혼자 행하는 수작업이다. 따라서 많은 단원을 거느린 【파밀리아】는 당번이나 갱신대상의 우선순위 등을 정해놓고 어떻게든 일정을 소화해나간다.

"다 댔다. 종이에 적어주꾸마, 가 가라."

"네."

아이즈의 등에 다시 록을 채워【스테이터스】를 지운 로키는 갱신된【스테이터스】의 개요를 깃털 펜으로 양피지에 적어나갔다.

등에 새겨진【스테이터스】는 거울이 있어도 읽기가 힘들다. 또한 대부분의 하계 주민들은【히에로글리프】를 해독하기가 어려우므로 하계에서 일반적으로 쓰이는 코이네 공통어로 신이 번역을 해주는 것이다.

윗옷을 입고 얌전히 기다리자 작업은 금방 끝났다.

"아나."

로키에게 양피지를 받아 아이즈는 시선을 움직였다.

아이즈 발렌슈타인

Lv.5

힘: D549→D555 내구: D530→547 기교: A823→A825

민첩: A821→A822 마력: A899

수렵자: G   내성: G   검사: I

어빌리티는 S, A, B, C, D, E, F, G, H, I까지 10단계로 능력의 고저를 표시한다. 기초능력치를 나타내는 다섯 항목의 기본 어빌리티에만 숙련도가 발생하며, 0~99가 I, 100~199가 H하는 식으로 S부터 I까지의 능력단계와 연동

된다. 숙련도는 해당 능력 분야를 혹사해야만 상승하는 원리여서 '마력'을 예로 들자면 영창을 몇 번이고 반복해 '마법'을 끈덕지게 사용하고, 나아가 목표에 더욱 강력한 효과를 발휘해야 한다.

또한 전투대상의 힘이 자신과 동등하거나 상위일수록 높은 【엑세리아】를 얻기 쉬우며, 결과적으로 어빌리티의 수치가 잘 오른다. 약한 몬스터와 아무리 싸워봤자 능력치는 거의 늘지 않는다.

여기에 Lv.이 상승할 때 임의로 발현이 가능한 —— 아이즈의 경우 '수렵자'나 '내성'을 비롯한—— 발전 어빌리티, 마법, 스킬을 더한 것이 【스테이터스】의 전모가 된다.

"……."

갱신된 【스테이터스】를 보고 아이즈는 감정을 억누르며 묵묵히 생각했다.

너무 낮아.

약 2주 동안 '원정'을 통해 심층영역에 서식하는 강적을 그렇게 많이 해치웠는데도 어빌리티의 숙련도가 전혀 오르질 않았다.

이대로 가면 수천수만의 몬스터를 쓰러뜨린다 한들 수치는 고작해야 1, 2밖에 오르지 않을 것 같았다.

'이미 여기가 한계…….'

숙련도의 한계치는 999. 어빌리티 평가 S에 육박함에 따라 수치의 성장 폭도 극단적으로 좁아지는데, 이번 갱신결과는 아마 그 외에도 원인이 있을 것이다.

현재 아이즈에게는 더 이상 성장할 여지가 없는 것이다.

현재의 【스테이터스】가 아이즈의 능력한계이며, 이제는 발전의 여지가 없다. 잘하는 분야와 못하는 분야에 상관없이.

Lv.5에 도달한 지 이미 3년.

상한이라는 이름의 보이지 않는 벽이 아이즈의 앞을 가로막고 있었다.

"……."

이제 더 이상의 성장은 바랄 수 없다.

현재 단계의 자신에게 종지부를 찍고 아이즈는 다음 계위로 넘어가는 것을 고려하기 시작했다.

Lv.의 상승. 더욱 높은 차원의 그릇으로 승화하는 것. 벽을 넘어서, 한계를 초극하는 것.

더욱 강하게. 훨씬 강하게. 탐욕스러울 정도로 강하게.

더 큰 힘을 얻기 위해. 아득히 높은 경지에 이르기 위해.

비원을 이루기 위해.

인형처럼 표정을 지운 아이즈는 마음속에 강렬한 의지를 담았다.

"아이즈……."

그 옆얼굴을 지켜보던 로키가 천천히 입을 열었다.

아이즈가 돌아보자 그녀는 조용히 말했다.

"고꾸라져가며 뛰기만 하다간 언젠가 꼭 넘어진데이. 내가 맨날 말했제? 앞으로도 몇 번씩 말할기다. 그러니까 니 잊지 마라."

"……."

"그만 가바라. 푹 쉬고."

미소를 짓는 로키에게서 눈을 떼고 등을 돌렸다.

방을 나갈 때 잠시 멈춰 서서, 한동안 망설이고는.

"안녕히 주무세요."

그 말만은 남겼다.

로키는 손을 흔들어 인사하면서 계속 웃고 있었다.

"……."

방을 나가 나선계단을 내려간다.

수많은 탑의 창문에서 불빛과 담소 소리가 새 나오는 가운데 아이즈는 어스름에 싸인 복도를 혼자 나아갔다. 한눈팔지 않고 똑바로 자신의 방으로 가, 문을 닫는다.

쓸쓸한 방이었다. 책상, 침대, 커튼. 세간도 별로 없어 로키의 방과 비교하면 장식이라곤 턱없이 부족하다. 창문에서 밀려드는 달빛이 조명 없는 실내를 진한 푸른색으로 물들였다.

아이즈는 방을 가로질러 침대에 몸을 던졌다. 몸이 하얀 시트에 파고들었다. 옆으로 누운 시야에는 창가에 세워놓았던 한 자루의 검이 비쳤다.

칼집에 담긴 검은 달빛을 반사해 아름답고도 고고하게 싸늘한 빛을 뿜어냈다.

"……."

아이즈는 말없이, 천천히 눈을 감았다.

멀어져가는 의식에 온몸을 맡기고 깊은 어둠으로 떨어져갔다.

🔥

소녀가 있었다.

감정이 풍부한 소녀였다.

웃고, 놀라고, 슬퍼하고, 기뻐한다.

표정이 이리저리 바뀌었다가는, 뺨을 붉히고, 천진난만하게 활짝 웃는다.

눈앞에 펼쳐진 책, 머리 위에서 들려오는 이야기.

눈앞이 따뜻한 흰색으로 에워싸인 가운데, 소녀는 연신 뒷이야기를 채근했다.

이야기를 읽어주는 목소리는 더듬거리면서도 자애로 가득했다.

가슴 속에 기댄 소녀가 고개를 들면, 한 여성이 아름다운 긴 금발을 찰랑거리며 미소를 지어주었다. 갓난아기처럼 무구하며, 어린 소녀와 무엇 하나 다를 바 없이. 자매처럼.

소녀 또한 웃었다.

이윽고 이야기는 끝났다.

깊은 숲속에 갇혀 영원히 잠든 공주.

그녀는 한 젊은이 덕에 눈을 뜬다.

자신을 찾아준 그에게 마음을 녹이고, 영원히 함께 행복하게 살아간다.

그녀는 구원을 받은 것이다.

이 이야기가 좋으니? 여성은 물었다. 소녀는 고개를 끄덕인다.

엄마는요? 소녀는 되묻는다. 여성도 고개를 끄덕인다.

나도 그이 덕에 행복하니까. 그녀는 티 없이 웃는다.

선망과 동경을 눈동자 속에 머금으며 소녀는 다시 책에 시선을 떨구고, 다시 그녀를 올려다본다.

여성은 다시 천진난만하게 웃는다.

『너도 멋진 사람을 만날 수 있으면 좋겠구나.』

웃음을 꽃피우며 소녀는 고개를 끄덕였다.

장면이 바뀐다.

느닷없이 주위는 험악한 어둠에 휩싸였다.

울려 퍼지는 괴물의 포효.

어디까지고 메아리치듯, 흉포한 울음소리는 그 광경에서 떨어지질 않는다.

하늘이 닫히고 눅눅한 공기가 맴도는 그곳에는 복잡한 통로가 뒤얽혀 있다. 곳곳에 장애물이 넘쳐났으며 말없는 싸늘한 벽이 주위로 이어졌다.

지하미궁 속에서 소녀는 추악한 괴물에게 붙들리기 직전이었다.

하염없이 눈물을 흘리는 눈동자는 공포를 띠었다. 옥 같은 살결에는 수많은 찰과상을 입었으며 옷깃도 흙먼지로 지저분하다. 실이 끊어진 인형처럼, 그 자리에 주저앉아버린 채 도망칠 수도 없다.

눈 속에서 점점 커져가는 까만 그림자. 흐느껴 우는 동안에도 괴물은 점점 다가온다.

아무것도 할 수 없는 소녀의 눈앞에서 일그러진 발톱이 허공으로 올라간다.

다음 순간 내달린 것은 날카로운 은색 광채였다.

떨고 있는 소녀의 앞에서 괴물은 쓰러진다. 대신 나타난 것은 젊은 청년이다.

까만 목도리에 가벼운 방어구, 은색 장검. 소녀는 눈을 한껏 크게 뜨고 그에게 뛰어든다.

청년은 소녀를 안아들고 머리에 손을 얹는다.

뻣뻣한 움직임으로 머리를 쓰다듬는 그 손길은 아무것도 책망하려 들지 않았으며 그저 다정하기만 했다. 눈물을 뚝뚝 흘리는 소녀가 고개를 들자 그는 서툴게 미소를 짓는다.

소녀의 눈이 물기를 머금는다. 청년의 모습에서 그 이야기에 나오는 청년의 환영을 보고, 한층 힘을 주어 끌어안는다.

청년은 무릎을 꿇고 소녀와 눈높이를 맞추며 말한다.

『나는 네 영웅이 될 수는 없어.』

이미 너의 어머니가 있으니까. 그는 그렇게 말을 잇고, 천천히 눈을 가늘게 뜬다.

『언젠가 너만의 영웅을 만날 수 있으면 좋겠구나.』

그 말을 끝으로.

모든 광경이 멀어져갔다.

"……."

의식이 천천히 떠오른다.

뿌옇던 시야 속에 비친 것은 꿈의 뒷이야기가 아니라 눈에 익은, 쓸쓸한 자신의 방이었다.

살며시 눈을 뜨고, 아이즈는 두 번 세 번 되풀이해 깜빡였다.

아직 덜 깬 머리로 주위를 둘러본다.

어스름은 모습을 감추고 방은 밝다.

하얀 커튼 틈새에서는 햇살이 배어든다.

아침이다.

'……오랜만이네.'

벽 쪽에 놓인 전신거울을 보고 슬쩍 눈가를 닦는다.

오랫동안 꾸지 않았던 꿈이다.

지난 몇 년 동안 생각조차 나지 않은, 풍화되어 가던 먼 기억.

왜 이제 와서 떠오른 걸까 생각해보고, 금방 답을 찾았다. 아마 어제 구해준 소년과 처지를 겹쳐 보았기 때문이리라.

그 백발 소년에게서 어렸을 적의 풍경을 본 것이다.

"……."

인상적인 루벨라이트색 눈동자를 떠올렸다.

토끼 같은 풍모였다. 이런저런 많은 일이 있었기 때문인지 이상하게도 마음에 남았다.

꿈을 가져다주었는지도 모를 흰토끼에게, 아이즈는 자각하지 못한 채 입술을 살짝 누그러뜨리고 있었다.

잠시 후 문 너머에서 티오나의 목소리가 들렸다.

"아이즈~? 일어났어~? 벌써 아침 먹을 시간이야~."

보아하니 기상시간을 넘어 늦잠을 잘 만큼 웬일로 푹 잠들었던 모양이다.

원정의 피로 때문인지, 아니면 그 추억 덕인지.

어느 쪽이든 어젯밤까지는 없었던 안온함을 느끼며, 아이즈는 티오나에게 대답하고 준비를 시작했다.

아침식사를 마치고 아이즈 일행은 원정 뒤처리를 마치

기로 했다.

던전에서 가지고 돌아온 전리품을 환전하고, 무기며 방어구를 손질하거나 재구입하고, 아이템을 보충하는 등 원정에서 귀환한 후에는 해야 할 일이 잔뜩 있다. 다루는 양이 양인 만큼 단원들이 거의 총동원된다.

각자 역할을 분담하고, 정문에서 준비를 갖춘 아이즈 일행은 홈을 나섰다.

"밤에는 뒤풀이 할 거니까~! 늦지들 말그래이~!"

로키의 배웅을 받으며 골목을 지나 대로로── 북서쪽 메인 스트리트로 나왔다.

오라리오에는 여덟 개의 메인 스트리트가 존재한다. 도시 중앙에서 방사형으로 북쪽, 북동쪽, 동쪽, 남동쪽, 남쪽, 남서쪽, 북서쪽 여덟 방위로 거대한 대로가 뻗어나가는 것이다. 원형을 이루는 도시의 형상과 맞물려 상공에서 부감하면 여덟 조각으로 나뉜 홀 케이크처럼 보일 것이다.

아이즈 일행이 향한 북서쪽 메인 스트리트는 통칭 '모험자 거리'라 불리는, 오라리오 내에서도 특히 모험자의 왕래가 극심한 곳이다. 도시, 나아가서는 던전을 관리하는 기관 '길드'의 본부를 비롯해 수많은 무기상이며 아이템 숍, 주점 등 모험자에게 필수적인 가게들이 처마를 맞대고 있다. 대로에서 한두 블록 들어간 골목길에도 낡고 수상쩍은 가게가 좁다랗게 늘어섰다.

시각은 아침 9시가 지났을 무렵. 많은 자들이 던전으로 가기 직전이므로, 대로는 미궁탐색을 준비하려는 모험자들의 인파로 넘쳐났다. 무기상으로 들어가는 대검을 짊어진 수인, 파닥파닥 바쁘게 아이템 숍을 도는 파룸 마도사. 백팩을 짊어지고 모험자들을 따라다니는 서포터도 많다.

그중에서도 아이즈와 같은 【로키 파밀리아】는 주위에서 많은 시선을 모았다. 오라리오에서도 손꼽히는 실력을 가진 그들의 존재는 모르는 이가 없었으며 수많은 선망과 시샘, 무엇보다도 두려움의 대상이 되었다. 집단으로 돌아다니는 그들의 앞을 가로막으려는 자는 없었다.

자연스레 아이즈 일행의 앞에는 길이 트였다.

"어째 싫다~ 이런 거. 베이트는 좋아하겠지만."

"베이트도 그렇게까지 천박하진 않아, 티오나. 그놈은 그놈 나름대로 제1급 모험자의 긍지에 자각이 있거든."

"뭐어~? 가레스는 왜 베이트 편을 들고 그래~? 분명 거짓말이야."

"남을 얕보는 것과 오만을 떠는 건 같은 뜻이 아니라던 걸, 그 녀석에게는."

"뭔 소리래."

잡무를 떠맡아 홈에서 대기하는 청년의 이야기도 나오는 가운데, 아이즈 일행은 메인 스트리트를 따라 세워진 길드 본부 앞까지 도착했다.

하얀 기둥으로 만들어진 판테온은 장엄하다는 한 마디로밖에는 표현할 수 없었다. 기념비가 설치된 넓은 앞뜰에는 지금도 수많은 모험자들이 움직이고 있다.

오라리오의 운영을 한 몸에 맡은 길드는 당연히 던전과 이에 관한 모든 관리도 맡고 있다. 오라리오의 주민으로서 일정한 지위와 권리를 약속해주는 모험자 등록부터 시작해, 미궁에서 회수한 이익을 도시발전에 반영시키기 위해 던전의 온갖 지식과 정보를 모험자들에게 기꺼이 공개하고, 나아가서는 탐색을 위한 지원도 행하는 것이다.

미궁을 공략하는 데에는 그들의 협조를 빼놓을 수 없다고 해도 과언이 아니다.

핀이 말했다.

"나랑 리베리아, 가레스는 '마석'을 환전하러 갈게. 다른 사람들은 예정대로 각자 목적지로 가줘. 환전한 돈은 빼돌리기 없기야. 알았지, 라울?"

"그, 그건 잠깐 마가 끼어서 그런 거라니깐요?! 정말 그때뿐이었어요, 단장님!!"

"하하. 그럼 일단 해산."

던전에서 회수한 자원은 길드나 【파밀리아】에 팔 수 있다.

특히 몬스터에게서 추출되는 '마석'은 매매를 비롯한 모든 권리를 길드가 독점해, 예외 없이 그들에게서 환원해야 한다.

'마석'은 가공해 '마석등'과 같은 수많은 마석제품을 제조할 수 있다. 조명만이 아니라 발화장치나 냉동기 등등 폭

넓은 응용이 가능한 마석제품은 이미 일상생활을 보내는 데 없어서는 안 될 존재이며, 당연히 세계적으로 수요도 높다.

무한히 몬스터가 솟아나오는 던전에서는 무한히 마석을 회수할 수 있으며 길드는 이 마석의 이권을 독점해 막대한 부를 누리고 있는 것이다.

의심할 여지없이 세계 최고의 마석제품 수출도시인 오라리오는 던전의 은혜—— 마석산업에 의한 이익을 얻어 대륙 최고의 국가보다도 훨씬 발전했다.

세계의 중심이라고도 불리는 이유 중 하나였다.

"자, 우리도 가자. 혹시라도 길에서 드롭 아이템 도둑맞고 그러면 안 돼."

"아무리 그래도 【로키 파밀리아】에게 그런 짓을 할 분은 없지 않을까요……."

"조심해서 나쁠 거 없잖아, 레피야."

양이 양이고 액수가 액수인 만큼 '마석' 환전은 핀과 같은 수뇌들에게 맡기고 다른 단원들은 작은 집단으로 나뉘어 흩어졌다. 아이즈 일행도 티오네의 뒤를 따라 목적지로 향했다.

'드롭 아이템'은 주로 무기나 방어구의 소재로 쓰인다. 길드에서도 환전은 가능하지만 말하자면 그것은 일정한 시장가치, 환전의 최저가격이나 마찬가지다. 속을 일이 없고 안전하다고 신뢰할 수는 있지만, 역시 비싸게 팔고 싶다는 모험자도 많아 상인이나 상업계【파밀리아】에 가져가는 사람도 적지 않다.

물론 손실의 위험성은 발생하지만 교섭할 자신이 있다면 그들과 이야기해보는 것도 한 방법이다. ──참고로 어지간한 신참 모험자는 여기서 **모험을 해버렸다가** 대부분 비참한 결과를 맞는다. 처음에는 길드의 신세를 지는 편이 바람직하다.

"라울 같은 사람들은 교섭을 제대로 해서 돈을 벌어오니 참 대단하다니깐. 난 속을 자신은 있지만."

"공부 삼아 나름 아픈 꼴도 겪고 그랬거든, 단장님 지시로. 넌 아무것도 배우려고 안 할 뿐이야."

실제로【로키 파밀리아】라는 간판과 이름도 있고 해서 상담 자체는 원활하다. 심층의 귀중한 자원을 가지고 돌아오는 몇 안 되는 파벌이기도 하므로 상인이나【파밀리아】들은 아이즈 일행의 비위를 거슬렀다가 교섭대상에서 제외되는 것을 무엇보다도 두려워한다.

수많은 단골이 무엇을 필요로 하는지 파악한 단원들이 각자 '드롭 아이템' 같은 것들을 들고 북서쪽 메인 스트리트 곳곳으로 흩어진 가운데, 아이즈 일행은 거대한 건물 앞에 도착했다.

청결한 흰색으로 통일된 석재 건물에는【디안 케흐트 파밀리아】를 나타내는 빛나는 구슬과 약초의 엠블럼이 장식되어 있었다.

"어서 오십시오, 【로키 파밀리아】 여러분."

"아미드 오랜만~."

아이즈 일행을 맞아준 소녀에게 티오나가 싹싹하게 손을 들었다.

휴먼인 그녀의 용모는 정밀한 인형이라는 표현이 제일 먼저 떠올랐다. 150C도 안 되는 조그만 몸이 그 인상에 박차를 가했다.

공손히 숙인 머리에서 살짝 늘어진 긴 머리카락은 은백색이었으며 큼지막한 두 눈의 속눈썹은 가녀리고 길다. 복장은 흰색을 기조로 한, 어딘가 치료사를 연상케 하는 【파밀리아】의 제복이다.

아미드 테아사날레.

【디안 케흐트 파밀리아】에 속한 단원이며 아이즈 일행과는 친숙한 사이이기도 하다.

"오늘의 용건은 수락해주셨던 퀘스트 때문이신지요?"

"응. 지금 시간 괜찮아?"

"네. 이쪽으로 오십시오."

퀘스트 달성을 보고하러 온 아이즈 일행은 아미드에게 안내를 받아 건물 안을 나아갔다.

【디안 케흐트 파밀리아】는 치료와 제약을 관장하는 【파밀리아】다. 주요 활동 내용은 개발한 포션 등을 판매하고 더 전문적인 치료술과 아이템을 제공하는 것이다.

다른 가게나 【파밀리아】에서는 취급하지 않는 고급 약,

잃어버린 시력마저 회복시켜주는 고도한 치료술의 평가는 높아서, 고객층을 가리기는 하지만 중견 이상 모험자들에게는 널리 지지를 받고 있다.

시설 내부는 약 판매장이며 치료를 위한 진료실, 대기실로 구역이 나뉜다. 오늘도 성황이어서 크게 북적거리는 가운데 아이즈 일행은 카운터 한쪽으로 들어갔다.

"죄송합니다. 지금은 상담실이 비어 있질 않은데, 여기서도 괜찮으시겠습니까?"

"상관없어. 그럼 본론으로 들어가서, 이게 퀘스트로 주문받았던 샘물이야. 요구량은 채웠을 테니 확인해줘."

티오네가 샘물이 든 병을 카운터에 놓았다.

손에 들고 잠시 확인을 한 아미드가 고개를 끄덕였다.

"맞군요……. 의뢰를 수행해주셔서 고맙습니다. 【파밀리아】를 대표해 감사를 드립니다. 그러면 이쪽이 보수입니다. 받아주십시오."

그녀가 꺼낸 것은 스무 병이나 되는 엘릭서였다. 【디안케흐트 파밀리아】가 판매하는 것 중에서도 최고 품질을 가진 이 약은 단가가 최소 50만 발리스는 하는 것이었다. 보수로 나온 물건에 티오네가 호오 입을 동그랗게 말고, 레피야는 빤히 바라보았다.

여러 개의 작은 병은 크리스탈 케이스에 엄중히 밀봉되어 있었다. 아이즈는 조용히 빛나는 그 일곱 색깔 액체가 예쁘다는 생각을 했다.

"아미드, 사실은 심층에서 신기한 드롭 아이템을 얻었는데 겸사겸사 감정해줄 수 있을까? 가격 잘 쳐주면 여기서 환전할게."

"알겠습니다. 선처해드리겠습니다."

"그럼, 아이즈."

티오네가 시키는 대로 아이즈는 카운터 앞으로 나왔다. 손에 들고 있던 긴 원통형 용기를 열고, 둘둘 말아 수납해 두었던 드롭 아이템을 아미드에게 내밀었다.

"……이것은."

"'카드모스의 피막'이야. 퀘스트 겸사겸사 운 좋게 입수했지."

아미드가 살짝 경탄했다.

시장에 자주 나돌지 않는 드롭 아이템을 앞에 두고, 그녀는 장갑을 낀 손으로 조심스레 살피기 시작했다.

'카드모스의 피막'은 우수한 방어구의 소재가 되는 한편 회복계 아이템의 원료로도 중시된다. 상업계 【파밀리아】의 입장에서는 희소성과도 맞물려 간절히 탐내는 드롭 아이템 중 하나였다.

"……진품이로군요. 품질도 더할 나위 없습니다."

"그래? 그럼 가치는?"

"700만 발리스에 사들이도록 하겠습니다."

"1500만."

——타이밍을 기다렸다는 듯 티오네가 값을 올렸다.

티오나와 레피야가 흠칫 눈을 크게 뜨고 아이즈조차 살짝 놀라는 반면 티오네는 대담한 웃음을 짓고 있었다. 인형 같은 표정을 무너뜨리지 않던 아미드도 꿈틀 어깨를 떨었다.

"농담이 과하시군요. 800까지는 쳐드리겠습니다."

"아미드? 네 말대로 나도 이 피막의 품질은 더할 나위가 없다고 생각하는걸? 이제까지 나돌았던 것보다도 훨씬 질이 좋다고 자부할 수 있을 만큼……. 1400."

뜨겁고 조용한 거래가 막을 열었다. 느닷없이 시작된 격렬한 물밑 공방에 아이즈 일행은 한순간 압도되었다.

"자, 잠깐만, 티오네?"

"우리는 단장님께 돈을 빼앗아오라고 임을 받았잖아? 어정쩡한 가격으로 거래할 마음은 털끝만큼도 없어."

"암만 그래도 그렇게까지 말씀하신 적은 없어요?!"

사명감——이라기보다는 사랑하는 사람에게 칭찬을 받고자 하는 타산——에 불타는 티오네. 이것이야말로 아마조네스라는 양, 본능에 충실한 소녀에게는 친동생의 목소리도 엘프의 외침도 들어오지 않았다. 아이즈는 마른 침을 삼키며 그 광경을 주시했다.

카운터에 팔꿈치를 짚은 채 몸을 내밀고 있는 티오네에게서 아미드도 시선을 돌리지 않았다.

"850. 이 이상은 드릴 수 없습니다."

"이번에 잡은 카드모스는 아주 싱싱한 놈이어서 말야,

하마터면 죽을 뻔했거든. 우리의 깎인 수명도 좀 가미해주
면 고맙겠는데? 1350."

입에 침도 안 바르고…….

'카드모스의 피막'을 입수한 경위를 아는 일행은 각자의
생각을 담아 시선을 보냈다.

"……제 판단만으로는 결정할 수 없습니다. 잠시 기다리
십시오. 디안 케흐트 님께 상담을 드리고 오겠습니다."

"어머, 그럼 여기서 환전하는 건 관둘까? 시간도 없으
니, 아깝지만 다른 【파밀리아】에 팔기로 하겠어."

우뚝 움직임을 멈춘 아미드에게 생긋 웃음을 짓는 티오네.

아이즈 일행이 완전히 방치된 가운데 인형 같은 소녀는
체념한 듯 살짝 한숨을 내쉬었다.

"1200……. 그 가격에 사드리겠습니다."

"고마워, 아미드. 역시 사람은 좋은 친구를 둬야 해."

뻔뻔한 소리를 입에 담는 티오네에게 아미드는 다시 한
번 한숨을 쉬었다. 카운터 안에 있던 다른 단원을 불러와
매입 액수는 금방 마련되었다.

황송해하는 레피야에게 넘겨진 커다란 자루 안에서 수
많은 발리스 금화가 좌르르 소리를 냈다.

"미안해, 아미드……."

"아닙니다. 저희가 먼저 거절할 수 없는 퀘스트를 부탁
드렸으니까요."

거래 때문에 사과하는 것도 좀 이상하지만, 아이즈가 자

기도 모르게 말하자 상관하지 말라면서 아미드는 쓴웃음을 짓고 덧붙였다.

"피차 고통을 분담했던 걸로 치지요."

그녀는 총명하면서 자상하기도 하다. 치료사로서도 자신들 모험자를 치료해주는 그녀에게 아이즈 일행은 마음을 터놓고 있으며 아미드 또한【파밀리아】의 이해관계를 넘어서 아이즈 일행을 신뢰해준다.

뻣뻣한 웃음으로 인사한 아이즈는 위로는 되지 않겠지만 원정에서 소비한 개인용 하이포션을 구입했다. 티오나와 티오네도 마찬가지였다.

시설을 나오면서 조그만 소녀는 맞아주었을 때와 똑같이 깊은 인사로 아이즈 일행을 배웅해주었다.

"아~ 다음에 아미드 만나기 참 민망하겠네……. 티오네가 너무했어."

"이 정도 받아야 본전이라니깐. 아미드도 다 알아."

"아미드 씨가 모르는 데에서 또 성가신 퀘스트를 부탁할지도 몰라요……."

"으아, 정말 그럴지도! 거기 주신님이 분풀이로!"

보수를 포함해 많은 금품을 끌어안은 채 아이즈 일행은 북서쪽 메인 스트리트를 걸었다.

시각은 아직 정오도 되지 않았지만, 이미 던전으로 갔는지 모험자의 수는 확 줄어서 남은 것은 오늘은 휴업인 듯한 장비 없는 동종업자들뿐이었다. 무기며 방어구를 보고 돌아다니고 순수하게 쇼핑을 즐기는 것 같다.

폭이 넓은 대로 양쪽에는 수많은 상점이 있다. 잘 닦인 가게의 쇼윈도우에는 이야기에 열중하는 티오나 일행과 여기에 귀를 기울이는 아이즈의 모습이 비쳤다.

"그럼 냉큼 홈에 보수를 놔두러 갈까? 언제까지고 들고 돌아다니면 좀 무서우니."

"……티오네, 미안. 무기 정비하러 가도 될까."

아이즈가 조심스레 묻자 티오나도 금방 손을 들었다.

"아, 【고브뉴 파밀리아】? 나도 갈래~! 우르가를 잊어먹었으니까!"

【파밀리아】가 원정용으로 마련해두는 예비 무기라면 모를까, 각 단원이 평소에 애용하는 전용 무기는 당연히 각자 관리해야 한다. 목숨을 걸 자신의 분신을 다른 사람의 손에 맡기는 모험자는 없다.

티오네는 할 수 없다는 듯 말했다.

"나랑 레피야는 홈에 짐 놔두러 갈게. 쓸데없는 문제 일으키고 싶지 않으니. 가자, 레피야."

"아, 네. 아이즈 씨, 티오나 씨, 나중에 또 뵐게요."

엘릭서를 조심조심 옮기는 티오네, 그리고 돈자루를 끌어안은 레피야와 작별했다.

"그럼 갈까?"

티오나의 웃음 어린 목소리에 아이즈는 고개를 끄덕였다.

【파밀리아】의 활동내용은 다채롭다.

오라리오는 미궁도시라는 이름을 가진 만큼 미궁탐색으로 생계를 꾸려나가는 던전계【파밀리아】가 대부분을 차지하지만,【디안 케흐트 파밀리아】처럼 상업계 파벌도 적지 않다. 이곳 오라리오를 한 발 나가면 왕국, 제국 같은 대국을 세운 국가계【파밀리아】도 존재할 정도다.

주신끼리 서로 반목하거나 해서 험악한 세력다툼이 왕성하게 발발하므로, 혹은 이를 회피하기 위해 전력을 충실히 갖추는 점은 거의 모든 파벌의 공통항목이지만.

【파밀리아】의 활동 이념은 주신의 취미와 실익을 겸비한 것들이라 해도 과언이 아니다.

"언제 봐도 이 골목은 참 음침해. 어째 눅눅하달까."

"음, 저기……."

"아하하, 미안미안. 자, 들어가자."

아이즈와 티오나가 찾아간 곳은 석조 단층 건물이었다.

장소는 북쪽과 북서쪽 메인 스트리트 사이에 낀 구역이다. 뒷골목 깊숙한 곳이기도 해서 가옥은 복닥복닥하게 뒤얽히고 길도 가늘고 좁아, 분위기가 화사하다고 말하긴 힘들다. 아는 사람들만 안다고 하면 듣기는 좋지만──까놓고 말하자면 티오나의 말대로 음침했다.

【고브뉴 파밀리아】.

무기나 방어구, 장비품 정비나 제작을 맡은 스미스 파벌.

지명도나 세력규모는 동종업계 최대인【헤파이스토스 파밀리아】에 훨씬 미치지 못하지만, 만들어내는 무구의 성능 그 자체는 절대 떨어지지 않는, 그야말로 건실하고 강건한【파밀리아】였다. 의뢰를 받은 후 무기 제작에 착수하는 경우가 많아 열광적인 팬이 많은 것도 특징 중 하나였다.

　문 옆에 장식된 엠블럼에는 세 개의 망치가 새겨져 있었다.

　"실례합니다~."

　"합니다……."

　입구를 지나 공방이라는 이름이 딱 어울리는 분위기를 가진 건물 안으로 들어간다.

　실내는 바깥과 마찬가지로 어둑어둑했으며 화로에 자리를 잡은 대장장이나 도구를 이용해 금속에 조각을 새겨넣는 사람 등 여러 기술자들이 각자 작업에 종사하고 있었다.

　"어서 오십…… 에, 에엑?!【대절단 아마존】?!"

　"티오나 히류테?!"

　"저기 말야, 비명 지르면서 별명 부르는 건 좀 자제해줬으면 좋겠는데……."

　마치 몬스터와 조우해버린 것 같은 반응에 눈을 흘기며 부루퉁해지는 티오나.

　【고브뉴 파밀리아】단원들이 갑자기 황급함을 띠었다.

　"마이스터―! 파괴마가 나타났어요!!"

"젠장, 오늘은 무슨 일인데?!"

"또 무기 만들어줬으면 해서."

"우, 우르가는 어따 팔아먹고?! 아다만타이트를 잔뜩 처넣어서 자지도 쉬지도 못하고 만들어낸 전용무기인데?!"

"녹아버렸어."

"노오오오오오오———————?!"

마이스터를 부르는 비명에 가까운 목소리가 이리저리 퍼지는 곳 옆을 오종종 지나가 아이즈는 안쪽 방으로 들어갔다.

방에 있던 것은 노인의 외견을 가진 남신이었다.

주름이 새겨진 얼굴은 단아하고 콧날도 높다. 백발이 성성했으며 수염도 입가를 가릴 정도로 무성했다. 어깨 폭이 넓은 몸은 군살 하나 없이 다부진 근육을 자랑해 어딘가 드워프를 연상케 했다.

단검을 꼼꼼하게 갈고 있던 신, 고브뉴는 흘끔 곁눈질로 시선을 보내곤 나직한 목소리로 물었다.

"무슨 일이냐."

"정비를 부탁드리러 왔습니다."

아이즈의 주문은 항상 주신인 고브뉴 자신을 한 번 거치게 되어 있다.

그의 눈에 들었는지 어떤지는 알 수 없지만, 아무튼 의뢰를 할 때는 자신을 통하라고 엄명을 내렸던 것이다.

"……또 요란하게 썼구먼."

그녀가 건넨 《데스퍼러트》를 가만히 바라보며 고브뉴는 그렇게 중얼거렸다.

  뒤랑달 속성을 가진 검은 절대 부서지지 않지만, 그래도 잘 베이지 않고 위력이 떨어지는 현상은 발생한다. 평범하게 쓰면 그러한 사태도 어지간해서는 일어나지 않지만 애석하게도 아이즈는 평범의 범주에 들지 않았다.

  "칼날이 상당히 열화됐는데, 뭘 벤 게냐?"

  "뭐든 녹이는 액체와, 그 액체를 토해내는 몬스터를 몇 번……."

  과묵한 대장장이 신은 눈을 가늘게 뜨고 《데스퍼러트》를 계속 관찰했다. 아이즈도 나서서 입을 여는 편은 아니었으므로 그 후로는 침묵이 이어졌다.

  둔탁한 광택을 뿜어내는 검신에서 고브뉴는 마모의 조짐을 정확하게 읽어내고 있는 것 같았다.

  "원래 위력으로 돌아올 때까지는 시간이 걸리겠군. 대신 쓸 검을 줄 테니까 한동안 그걸 써라."

  천천히 말을 꺼낸 고브뉴의 제안에 놀란 아이즈는, 무기는 자기가 마련하겠다고 말하려 했으나.

  그의 눈빛에 발언을 제지당했다.

  "어정쩡한 검을 썼다간 어차피 금방 망가뜨릴 거 아니냐. 고분고분 받아가."

  "……."

  한 마디도 받아칠 수가 없어 아이즈는 억지로 제안을 받아들이기로 했다.

몸을 일으킨 고브뉴가 별실에서 가져온 것은 검신이 가느다란 레이피어였다. 레이피어치고는 검신이 길고 전체적으로 장식이 적었지만 코등이 부분은 너클가드를 이루고 있었다.

아이즈는 레이피어를 칼집에서 뽑았다.

잘 갈고 닦여 살짝 빛을 내는 칼날을 보며, 상당한 명검임을 알아차렸다. 단순한 위력만 따지자면 《데스퍼러트》를 웃돌 것이다.

"단원 놈들에게 정비를 서두르라고 하지. 닷새 후에 와."

"알겠습니다……. 고맙습니다."

'신의 힘' 아르카넘을 봉인하고 있는 고브뉴는 스미스의 기술은 있어도 특별한 힘은 전혀 쓰지 못한다. 작업은 어디까지나 단원들의 역할이다. 꾸벅 고개를 숙이는 아이즈에게 그는 흥 코웃음을 치더니 원래 있던 곳으로 돌아가 그때까지 하던 작업을 재개했다.

여느 때와 같은 반응에, 고개를 든 아이즈도 방을 나갔다. 레이피어를 들고, 아직도 말다툼을 벌이는 티오나와 합류해 건물을 나갔다.

허리에 찬 검은 애검보다도 다소 무거운 것 같았다.

원정 후에는 요란하게 술판을 벌이는 것이【로키 파밀리아】의 관습이다.

권속들의 노고를 치하한다는 명목 아래, 비할 데 없는 애주가인 로키가 솔선해 준비를 갖추어 단원들도 이날만큼은 고삐를 풀고 논다.

원정 뒤처리가 일단락됐을 무렵에는 이미 해도 저물어 동쪽 하늘에는 푸르른 밤의 기운이 걸리기 시작했다. 원정에 참가하지 않았던 일부 단원들에게 홈을 맡겨놓고, 그들에게 선망 어린 시선을 받으며 아이즈 일행은 서쪽 메인 스트리트로 향했다.

오라리오 서쪽 지구는 북서쪽 메인 스트리트와는 달리 일반시민이 많이 거주한다.

전 세계와 마석을 교역하는 것이 주요 산업인 오라리오는 제품 제조를 맡은 노동자들을 많이 거느리고 있다. 길드의 주선으로 마련된 일자리는 던전을 찾아오는 모험자들 이상의 노동자를 불러 모은다고 하며, 당연히 그런 그들도 도시에 살게 된다.

【파밀리아】에 가입하지 않은 무소속 노동자들의 대부분이 이 서쪽 지구에 살고, 그들의 가족도 생활하면서 대규모 주택가를 이룬다.

물론 넓은 메인 스트리트 옆에는 주점이나 여관 같은 많은 가게들이 늘어서 있다. 순박한 분위기를 가진 아가씨들을 찾아 이쪽으로 오는 모험자들도 적지 않다.

"별로 와본 적은 없지만 이쪽 분위기도 시끌벅적하고 좋네요."

"응. 모험자밖에 없는 북서쪽 메인 스트리트보다 난 여기가 좋더라."

살벌한 장비를 걸치지 않은 사람들의 무리는 그것만으로도 분위기를 가볍게 해주었다.

일을 마치고 돌아오는 노동자들이 즐거이 술을 마시고, 순박해보이는 아가씨들이 열심히 손님들을 부른다. 정한한 모험자들이 이따금 추파를 던지면 그녀들도 싫지 않은 눈치를 보이고, 하지만 그렇게 놔둘 수는 없다는 양 젊은 동네 청년들이 그들 사이에 끼어들어 잠시 눈싸움이 일어나는가 싶더니…… 승부를 내자는 양 요란한 술내기가 벌어진다. 입을 가리고 배를 움켜쥔 아가씨들과 주위의 손님들까지 가세해 큰 소동으로 발전한다.

마석등 불빛에 비춰진 요란한 광경에, 대화를 나누던 티오나와 레피야가 웃음을 지었다.

"미아 엄마, 내 왔데이!"

저녁 잔조가 사라지고 완벽한 밤을 맞았을 무렵, 로키가 예약해둔 주점에 도착했다. 주점 안주인의 이름을 부르자 금방 웨이트리스 차림의 점원이 아이즈 일행을 맞아주었다.

이곳 서쪽 메인 스트리트에서도 가장 큰 주점 '풍요의 여주인'은 로키가 애용하는 가게였다. 점원이 모두 여성이라는 것과 웨이트리스의 제복이 그녀의 심금을 건드렸기 때문임을 아이즈 일행은 이미 눈치 채고 있었다.

"자리는 가게 안쪽과 이곳 테라스입니다. 양해해 주십시오."

"그려, 알았데이. 고맙다."

주점에는 카페테라스가 존재했다.

아마 아이즈 일행이 가게에 모두 들어갈 수 없기 때문에 조치한 것이리라고, 예의 바른 엘프 점원에게 핀이 고개를 끄덕이고, 주점에 들어가기 전에 단원 중 절반 가량을 테라스에 앉혔다. 나머지 아이즈 일행은 입구 쪽 자리로 안내를 받았다.

"어서 오세요~!"

주점은 만원이었다. 예약 때문에 뻥 뚫려 있던 아이즈 일행의 자리가 부자연스럽게 비칠 정도로 다양한 종족의 많은 사람들이 왁자지껄 술을 마시고 있었다. 로키 이외에도 종업원을 노리고 온 손님들이 많은지 미소녀 웨이트리스들에게 헤실헤실 웃음을 짓는다.

그러나 그녀들은 바깥에서 호객행위를 맡은 점원들과는 다른지 추파를 던져도 가볍게 흘려 넘겼으며, 때로는 호된 반격을 가하기도 했다. 로키도 벌써부터 캣 피플 점원에게 당하고 있었다.

가게 안은 목재 위주여서 다른 주점과 비교해 차분한 느낌이었다. 천장의 마석등도 광량이 낮아서 어딘가 세련된 분위기가 있었다.

"여기 요리는 맛있어~. 늘 과식하게 된다니깐."

"니는 언제나 과식한다 아이가……."

가게로 들어온 【로키 파밀리아】를 보고 아니나 다를까 손님으로 왔던 모험자들이 낯빛을 바꾸며 목소리를 죽였지만, 티오나 일행은 신경 쓰는 기색도 없이 자리에 앉았다. 아이즈도 자신의 얼굴에 날아드는 수많은 시선을 느꼈지만 아무 반응도 보이지 않았다. 호기심 어린 눈빛을 받는 데에는 이미 익숙해졌다.

"……?"

문득 주위의 것과는 좀 다른 시선을 느꼈다.

말로 표현하기는 힘들었지만…… 뭐랄까, 올곧은 것이다. 싫은 느낌이 아니었다. 마음에 걸리기는 했지만 티오나나 다른 단원들이 채근하는 바람에 주위를 둘러보지도 못하고 의자에 앉았다.

"다들 이리 바라~! 던전 원정하느라 수고 많았데이! 오늘은 잔치다! 마시라!!"

일어난 로키가 선창하고, 다음에는 일제히 잔을 부딪쳐댄다. 단원들이 왁자하게 들끓는 가운데 아이즈도 잔을 가볍게 들어 티오나나 다른 동료들과 건배를 했다.

아이즈 일행이 앉은 자리는 가게 구석이었다. 바로 옆에는 창문을 끼고 테라스가 보였으며 문을 통해 자유로이 드나들 수 있다. 요리와 술은 하나같이 맛있는 것뿐이라 단원들이 손을 내미는 속도도 자연스레 빨라졌다. 특히 상큼한 과일주와 향초를 이용한 통닭구이는 일품이었다.

"단장님, 따라드릴게요. 드세요."

"응. 고마워, 티오네. 하지만 아까부터 나 어쩐지 심상찮은 속도로 술을 마시고 있는 것 같은데. 취한 다음에 날 어쩌려고?"

"후후. 다른 뜻은 없어요. 자자, 한 잔 더."

"진짜 이 여자는 한결같구만……."

"우오오── 가레스!! 니 내랑 술 마시기 승부하자!"

"흥, 좋지. 한번 당해보게."

"참고로 이긴 쪽이 리베리아의 가슴을 마음대로 할 수 있다는 권리를 얻는거다!"

"저, 저도 하고 싶지 말입니다?!"

"나도오오오오!" "나도다!!" "저도요!" "딸꾹, 어, 그럼, 나도."

"단장님─?!"

"리, 리베리아 님……."

"떠들라고 내버려둬……."

소란을 떨어대는 동료들 옆에서 자신의 페이스를 유지하며 음식을 먹던 아이즈에게도 당연히 불똥은 튀었다. 취해서 고삐가 풀렸는지 평소에는 한 발짝 물러나 조심스럽게 굴던 후배 단원들이 기분 좋게 마시자는 양──이 틈을 노려 친해지겠다는 양──술병을 내미는 바람에 그녀는 자신도 모르게 난감한 듯 살짝 쓴웃음을 짓고 말았다.

"관두지 못하나, 이놈들. 아이즈한테 술 먹이지 마라."

리베리아가 끼어들어 사태는 저지되었지만 왼쪽에 있던 레피야가 질문을 던졌다.

"……어? 아이즈 씨는 술을 못 드셨나요?"

대답이 궁색해 우물쭈물하고 있으려니, 오른쪽에서 요리가 나오자마자 와구와구 먹어대고 있던 티오나가 쭈욱 잔을 들이켜고 말했다.

"꿀꺽꿀꺽……푸하! 아이즈한테 술 먹이면 귀찮아지지, 그치~?"

"……."

"에? 그게 무슨 말씀이세요?"

"술을 못 한다고 해야 하나, 주정을 해서 눈에 뵈는 게 없다고 해야 하나…… 로키가 죽을 뻔했다고 해야 하나."

"티오나 제발…… 그만."

"아하하! 아이즈 얼굴 새빨개졌대요~!"

뺨을 붉히며 고개를 숙이자 티오나가 옆에서 달라붙었다. 당황하는 레피야와 깔깔 웃는 티오나의 분위기에 이끌려 아이즈도 붉어진 얼굴을 들고 살짝 웃었다.

실내에서도 테라스에서도 점점 높아지는 목소리. 눈 깜짝할 사이에 사라져가는 술과 요리에 웨이트리스들의 움직임에도 박차가 가해졌다.

주위의 손님들에게서도 웃음소리가 끊어지지 않는 가운

데 유쾌하다고 할 수 있는 한때가 흘러갔다.

잠시 후, 로키를 중심으로 원정 화제가 꽃을 피우고 있을 때였다.

아이즈의 대각선 맞은편, 술에 취한 베이트가 무언가 이야기를 채근했다.

"맞다, 아이즈! 너 그 이야기 좀 해봐!"

"그 이야기……?"

어딘가 기분이 좋아보이는 그에게 아이즈는 고개를 갸웃했다.

"그거 말야, 돌아오는 길에 몇 마리 놓쳤던 미노타우로스! 마지막 한 마리, 네가 5계층에서 해치웠잖아? 그때 그 토마토 자식 얘기 말야!"

──그가 무슨 말을 하려는지 알아차렸다.

자신이 구해주었던 그 백발 소년.

"미노타우로스라면, 17계층에서 우릴 습격했다가 되레 당하자 떼로 도망쳤던 그 놈들?"

"그거그거! 기적처럼 꾸역꾸역 상층으로 올라가선, 우리가 허겁지겁 쫓아갔던 그놈들! 우린 돌아오는 길이라 피곤했는데 말이지~."

티오네의 확인에 베이트는 잔을 테이블에 쾅 놓으며 고개를 끄덕였다.

평소보다 목소리의 톤이 올라간 그에게 아이즈는 무언가 불길한 예감을 느끼고 말았다.

귀를 기울이는 로키 일행에게 당시의 상황을 자세히 설명한 베이트는, 결국 그 말을 입에 담고 말았다.

"그때 말이지, 뭐가 있었는지 알아? 암만 봐도 신출내기인 것 같은 비실이 꼬맹이였어!"

——그만.

아이즈는 반사적으로 마음속에서 중얼거렸다.

"배꼽 빠지는 줄 알았다니깐. 토끼처럼 벽에 몰려가지고 말야! 불쌍할 정도로 바들바들 떨면서, 표정은 바짝 얼어붙어갖곤!"

"흐음? 그래서? 갸는 어캐 됐는데? 살았나?"

"아이즈가 아슬아슬하게 미노를 썰어버린 덕에. 그치?"

지금 자신이 어떤 표정을 짓고 있는지 아이즈는 알 수 없었다. 가슴속에서 거스러미를 일으키려 하는 이 감정을 무어라 표현해야 좋을지 모르겠다. 왜 마음이 흐트러지는 것인지, 머리 한구석에 있는 어제의 백발 소년에게 물었다.

그에게 어린 시절의 자신을, 그 소중하게 간직해두었던 기억을 겹쳐보며, 자문했다.

"그래서 그 자식, 그 냄새 나는 소 피를 온몸에 뒤집어쓰고…… 시뻘건 토마토가 돼버렸단 말이야! 킥킥킥, 흐아~ 배 아파……!"

"우와……."

티오나가 얼굴을 찡그리며 신음했다.

그것만으로도 슬퍼졌다.

"아이즈, 그거 노리고 했던 거지? 그치? 부탁이니 그렇다고 해줘……!"

"……그렇지 않아요."

눈에 눈물까지 머금으며 웃는 베이트에게 아이즈는 간신히 그 말만을 목에서 밀어냈다.

귀를 세우고 있던 다른 단원들의 나직한 웃음소리가 귓전을 물어뜯어댔다.

"게다가 말이지? 그 토마토 자식, 소리를 지르며 어디로가 버렸다니깐…… 푸크큭! 우리 공주님, 도와준 사람에게 차였대요!"

"……큭."

"아하하하하하! 그거 걸작이구마! 모험자 겁먹게 만드는 우리 아이쭈 진짜 귀여워~!!"

"후, 후후…… 미, 미안, 아이즈, 역시 못 참겠어……!"

왁자하게 주위가 웃음소리에 휩싸였다.

레피야가, 로키가, 티오네가, 모두가 참지 못한 채 웃음을 터뜨렸다.

자신의 주위에만 커다란 구멍이 뚫린 감각. 자기 혼자만을 남겨놓고 세계가 멀어져간다.

"아아앙, 에이, 그렇게 무서운 표정 하지 말고오! 귀여운 얼굴 다 망치잖아~?"

얼굴을 들여다보는 티오나에게 묻고 싶었다.

지금, 자신이, 어떤 눈을 하고 있느냐고.

그 소년을 위해, 어떤 눈을 하고 있느냐고.

"하지만 진짜, 오랜만에 그딴 한심한 놈을 봤더니 내 속이 다 부글거리네. 남자 주제에 질질 짜고 말이지."

"……어머~."

"진짜 꼴불견이었다니깐. 나 원, 울며불며 난리를 피우느니 처음부터 모험자가 되지 말았어야지. 완전 짜증나더만. 안 그래, 아이즈?"

테이블 밑에서 다리에 얹혀 있던 손이 주먹을 쥐었다. 문득 시선을 느끼고 눈을 돌리자 입을 가리고 한쪽 눈을 감은 리베리아가 아이즈를 바라보고 있었다.

그녀가 이 주위 사람들 중에서 유일하게, 그 침묵의 표정 안에서 불쾌함을 드러내고 있음을 아이즈는 눈치 챌 수 있었다.

"그딴 놈이 있으니 우리 품위까지 떨어지는 거 아냐? 진짜 작작 좀 하지."

"그 시끄러운 입 다물어라, 베이트. 미노타우로스를 놓쳤던 것은 우리의 불찰이었다. 여기에 휘말려든 그 소년에게 사과는 못할지언정, 술안주로 삼을 권리가 어디 있나. 부끄러운 줄을 알아야지."

아이즈에게서 시선을 뗀 리베리아가 고운 눈썹을 거꾸로 세웠다. 그녀의 조용한 비난에 티오나는 어깨를 흠칫 떨고 다른 사람들은 민망한 듯 눈을 돌렸지만 베이트만은 멈추지 않았다.

"오~ 오~? 역시 엘프님은 긍지가 남다르셔? 하지만 그 딴 구제할 길 없는 놈을 옹호한다고 뭐가 달라지는데? 자기 실수를 스스로 얼버무리기 위한 그냥 자기만족 아냐? 쓰레기를 쓰레기라고 하는 게 뭐 잘못인데?"

"느그 고마 몬하나? 베이트도, 리베리아도. 술맛 떨찐다."

로키가 보다 못해 중재에 나섰지만 그는 경멸을 멈추지 않았다. 리베리아에게 자극을 받아 지나치게 강한 자아에 완전히 불이 붙어버린 베이트는 조소를 감추지 않고 다시 아이즈에게 시선을 돌렸다.

"아이즈는 어떻게 생각해? 네 눈앞에서 발발 떨던 그 한심한 자식. 그딴 게 우리랑 같은 모험자를 자청한다고."

"……그런 상황에서는, 어쩔 수가 없었다고 생각해요."

"뭐야, 착한 척하고 앉았네. ……그럼 질문을 바꿔볼까? 그 꼬마랑 나랑, 반려로 삼는다면 어느 쪽이 좋겠어?"

그 억지스러운 질문에 핀이 가볍게 놀랐다.

"……베이트, 너 취했어?"

"시꺼. 응? 아이즈. 골라보라고. 암컷인 넌 어느 수컷에게 꼬리를 흔들고, 어느 수컷에게 몸을 맡기고 싶으냐고?"

이때만큼은 확실하게, 아이즈는 베이트에게 혐오를 느꼈다.

망설임 없이, 눈앞의 청년이 아닌 머릿속의 소년을 골

랐다.

"……저는, 그런 말을 하는 베이트 씨만은 사양하고 싶
군요."

"박살났네."

"시끄러, 할망구. ……그럼 뭔데. 넌 그 꼬맹이가 좋아
한다느니 사랑한다느니 눈앞에서 지껄이면, 받아들여주
겠다 이거야?"

"……."

드높아진 감정에 냉수를 끼얹는 말.

그것은 무리다.

불가능하다.

아이즈에게는 약자를 돌아볼 여유가 없다.

까마득히 뒤에 있는 자를 위해 발을 멈춰줄 수는 없다.

아이즈의 눈은 항상 앞을, 높은 곳을 향하고 있다.

그 너머에 이루어야만 할 소망이 있다.

이미 아이즈는 약한 과거의 자신으로는 돌아갈 수 없다.

"헹, 그럴 리가 없지. 자기보다도 약하고 나약하고 구제
할 길 없는, 마음만 헛도는 피라미 자식에게, 네 곁에 설
자격이 어디 있다고. **그 누구도 아닌 네가 그걸 인정하지
못할걸.**"

그리고 그는 말했다.

"피라미는 아이즈 발렌슈타인에게 어울리지 않아."

아이즈가 부정할 수 없는 한마디를.

그 직후.

그림자 하나가 가게 구석에서 일어났다.

"벨 씨?!"

점원 소녀의 외침과 함께 한 소년이 뛰어나가 가게 밖으로 사라졌다. 소녀가 뒤를 쫓는 가운데 아이즈의 눈은 그 소년의 얼굴을 뚜렷이 포착하고 말았다.

'——.'

한순간 말을 잃고, 즉시 벌떡 일어났다.

갑작스러운 사건에 무슨 일이 일어났는지 알지 못하는 주위 사람들을 내팽개쳐둔 채 자신도 밖으로 향했다.

'그때 그……'

막 내린 눈과도 같은 백발에, 물방울을, 분함의 눈물을 빛내던 루벨라이트색 눈동자.

모두 들었던 것이다.

아이즈가 구해준, 그 소년은.

가게 출입구를 빠져나가 메인 스트리트를 둘러보았다. 오른쪽 방향, 던전이 있는 도시를 중심으로 달려가는 점원 소녀는 발견했지만 아이즈는 그곳에서 더 움직일 수가 없었다.

자신도 뒤를 쫓아갈 수는 없었다.

——벨.

점원 소녀가 외친 이름을 중얼거리며 반추한다.

아이즈가 어제 구해준 모험자의 이름. 아이즈가 오늘 상처 입히고 만 소년의 이름.

아이즈에게 꿈을 실어다주었던, 추억을 일깨워주었던 하얀 토끼.

"……."

단원들이 부르는 소리가 등을 몇 번이고 두드리는 가운데, 계속 서 있었다.

분명, 과거의 어린 자신이었다면 쫓아갈 수 있었으리라.

아마도 던전으로, 대지에 뚫린 그 구멍으로 향했을 소년을, 쫓아갈 수 있었으리라.

하지만 지금 자신은 그럴 수 없다.

지금의 아이즈는 더 이상 흰토끼를 쫓아갈 수가 없었다.

4장

냉정과 정열 사이

Гэта казка іншага сям'і.
Яна знаходзіцца паміж
запалам, што яна спакойная.

© Kiyotaka Haimura

동쪽 하늘에서 아침 해가 떠오르고 광대한 도시를 비춘다.

높은 시벽에 에워싸인 오라리오에도 아침 햇살이 들기 시작했다.

도시 전체가 청량한 공기에 싸여갔다.

"오늘도 기운이 없네, 아이쯔는……."

흉벽에 기대 선 로키가 중얼거렸다.

홈의 공중정원. 탑과 탑을 잇는 석제 구름다리에서는 눈 아래의 안뜰을 내려다볼 수 있다.

로키의 시선 너머, 몇 그루의 정원수와 얼마 안 되는 잔디밭이 있는 공간 속에서 금발 소녀가 혼자 긴 의자에 앉아 있었다.

"어제도 하루 쟁일 저래싸놓고……."

"드문 일을 넘어서서 불가사의한걸. 아이즈가 아무 일도 하지 않고 시간을 보내다니."

"내 말이……."

구름다리에는 로키 말고도 또 한 사람, 아이즈를 지켜보는 데미휴먼이 있었다.

흐르는 듯한 비취색 장발에 같은 색깔 눈. 늘씬한 몸에는 가녀린 인상이 강했으며 엘프 특유의 섬세함이 드러났다. 흰 피부는 투명할 정도였다.

이지적이면서도 늠름한 분위기를 띤 미인, 리베리아는 흉벽에 팔꿈치를 기댄 로키의 옆에서 말했다.

"다른 때 같으면 원정 후가 댔든 머가 댔든 던전에 쳐 들어가꼬, 말리도 안 들었을 낀데…… 마, 눈 닿는 데 있으가 내사 맘이 놓인다만."

"그 점에는 동감한다만, 글쎄."

흉벽에 등을 기댄 리베리아는 미목수려한 로키 이상으로 고운 아름다운 미모에 살짝 쓴웃음을 지었다.

아이즈의 용모를 여신에게도 뒤떨어지지 않는다고 비유한다면, 그녀의 미모는 여신마저도 능가했다. 사실 그 절세의 미모는 과거 수많은 여신들에게 질투를 산 적이 있을 정도였다.

그녀는 미목수려한 엘프 종족 중에서도 고귀한 피를 이은 왕족, 하이엘프다.

원래 같으면 신들과 접촉하는 것마저 거부하는 숲속 깊은 곳의 고향에서 생애를 보내야 했겠지만 복잡한 경위를 거쳐 이곳 미궁도시에 흘러들어왔다.

하이엘프는 동족에게는 외경의 대상이므로 레피야를 포함한 엘프들에게 경의와 함께 '님'이라는 경칭을 붙여 불리지만, 당사자인 그녀 자신에게는 답답하기만 하다.

"저렇게 틀어박혀만 있는 원인은 역시 주점에서 있었던 일 때문 아닐까."

"베이트한테 성희롱 당한 게 그래 싫었나? 아, 참고로 베이트도 겁나 풀죽었데이."

"알 게 뭐야. 자업자득이지."

주점에서 벌어진 원정 축하연이 이미 이틀 전이다.

아이즈가 혼자 가게 밖으로 나간 그 후, 티오나 일행은 달려들어 베이트에게 보복했다. 소녀를 불쾌하게 만든 나머지 자리를 뜨게 만들었던 제악의 근원이라 간주하고 밧줄로 꼼짝달싹 못하게 묶어 가게 밖에 매달아버렸던 것이다. 아이즈를 위해 리베리아 자신도——게다가 할망구라 불리기도 했으므로——머리를 밟아주었다.

취기가 깨고 전말을 들은 베이트도 지금은 일을 저질렀다는 양 축 늘어져 있었지만, 티오나나 다른 동료들이 아이즈에게 다가가도록 내버려두질 않았다. 그 워울프에게는 좋은 약이 됐을 거라고 리베리아는 탄식했다.

"근데 아이쭈가 그 정도 가꼬 풀 죽을 만큼 섬세한 아였나……?"

"달리 원인이 있었다는 뜻이야?"

"아이겠나? 말마따나 지밖에 모를."

리베리아는 고개를 갸웃하고, 별 생각 없이 안뜰에 있는 아이즈를 내려다보았다.

그때 주점에서 달리 짚이는 구석이 있다면 아이즈보다 먼저 가게 밖으로 나갔던 점원, 그리고 모습을 본 적도 없었던 손님 중 하나가 아닐까. 눈 깜짝할 사이에 일어난 사건이라 리베리아 자신도 이해할 수 없었지만, 아마 아이즈에게는 무시할 수 없는 무언가가 있었으리라.

게다가 그녀가 무엇을 생각하고 무엇에 의기소침해졌

는지는 로키의 말마따나 자신들은 판단할 수 없다.

"어떻게 하지? 저대로 내버려둘까?"

"어짜꼬. 마, 기운 차릿따고 또 으랏차 던전에 틀어백히쁘믄 기대로 난감한데. 으음——"

길게 목소리를 늘어뜨리던 로키는 이윽고,

"음!"

흉벽에서 벌떡 일어났다.

"부탁하꾸마."

"……뭐?"

"리베리아한테 맡긴다꼬. 내가 머라카는 것보다 낫지 않긋나. 그라고."

로키는 리베리아가 뭐라고 입을 열기도 말을 이었다.

"내삐 둘 것도 아이믄서 '저대로 내버려둘까~' 시치미 떼믄 몬쓴다. 먼일 있었노 물어보고 싶재?"

"……."

싱글거리는 얼굴로 자신의 말을 흉내 내는 로키——심지어 안 비슷했다——에게 발끈하면서도.

속내를 들켰다는 생각에 리베리아는 아름다운 눈썹을 늘어뜨렸다.

"그라모 잘 부탁한데이, 엄마."

눈앞을 지나가면서 어깨에 턱 손을 얹고 로키는 구름다리를 떠나갔다. 머리 뒤에 깍지를 끼고 멀어져가는 그런 주신의 뒷모습을 리베리아는 말없이 지켜보았다.

리베리아 리요스 알브는 【로키 파밀리아】에서도 고참 중의 고참이다.

로키는 물론이고 그녀는 아이즈와 오래, 그리고 깊게 알고 지냈다.

"……누가 엄마라는 거야."

말로는 그렇게 하면서도 반감을 품지는 않은 자신에게.

못 말리겠다며 한숨을 쉰 리베리아는 안뜰로 향했다.

"아이즈."

안뜰은 중앙탑을 에워싸듯 고리 모양을 하고 있다.

주위가 온통 탑이라 햇살은 잘 들어오지 않지만 단원들이 가꾼 풀꽃은 잘 자라난다. 조그만 분수나 마석등 기둥도 있다.

안뜰에 내려온 리베리아는 잔디를 밟으며 나아가 아이즈에게 말을 걸었다.

"리베리아……."

"오늘도 일찍 일어났구나. 검은 휘두르지 않는 것 같지만."

아이즈는 나무 그늘에 놓인 긴 의자에 앉아 있었다.

나무뿌리께에는 원래의 애검은 아닌 레이피어가 놓여 있다. 아마 평소 일과대로 검 연습을 하려고 가지고 나왔겠지만 기분이 내키지 않아 그대로 놔둔 것이리라.

시선을 리베리아와 맞추고 있던 그녀는 살짝 금색 눈동자를 잔디로 떨구었다.

"……."

아주 잠깐, 간격이 벌어졌다.

리베리아는 무어라 말을 꺼내야 좋을지 잠시 망설였지만, 긴장할 필요는 없다고 이내 생각을 바꾸었다.

빙빙 돌려 말하지 않는다. 그것이 자신과 그녀 사이의 규칙이었다.

"무슨 일이야?"

고개를 든 아이즈의 시선이 살짝 이리저리 흔들렸다.

갈등이 뻔히 보이는 가운데, 한동안 그 자리에 가만히 서 있자.

띄엄띄엄, 아이즈가 말을 꺼냈다.

"주점에서 했던, 미노타우로스 얘기……."

"음."

"내가, 사내아이…… 모험자를 구해주었는데……."

그녀가 들려주는 내용에 귀를 기울이던 리베리아는 이야기가 진행됨에 따라 수긍했고, 동시에 두통을 느꼈다.

설마 웃음거리로 삼았던 당사자가 그 주점에 있었을 줄이야.

이틀 전의 광경과 비춰보고 그때 무슨 일이 있었는지를 깨달았다. 그리고 즉시 그 자리에서 이야기를 말려야 했다고 자신도 후회했다.

일단 의문이 풀린 리베리아는 모든 것을 털어놓은 아이즈의 얼굴을 살폈다. 평소와 마찬가지로 표정은 별로 없는 것 같지만, 어둡다. 초췌해진 것을 손에 잡힐 듯이 알 수 있었다.

직접 소년을 상처 입힌 것은 아니라지만 그래도 원인을 초래했기 때문에 견디지 못하는 것 같았다.

던전과 단련 이외의 일에 웬일로 감정이 움직였다는 것을 기뻐해야 할까 복잡한 심정이었지만, 리베리아는 풀이 죽은 아이즈에게 다시 물었다.

"너는 어떻게 하고 싶지?"

고개를 숙인 아이즈에게 그 외에 다른 말을 물을 수는 없었다.

강요는 하지 않고, 그녀가 가슴속의 대답을 찾아내기를 기다렸다.

"……모르겠, 지만."

이윽고.

"사과하고, 싶은 것 같아……."

작은 목소리로 그렇게 대답했다.

"그래……?"

"……."

대화가 끊어지고, 마치 때를 가늠한 것처럼 저택 전체에 들리는 종소리가 울려 퍼졌다.

아침식사를 알리는 신호였다.

"자신이 없다면 더 고민해봐. 말만 하면 상담은 들어줄 테니."

"응……."

종이 울리는 탑을 둘이 나란히 올려다본 후,

"아침 시간이다. 가자."

리베리아는 그렇게 말하고 몸을 돌렸다.

지침의 계기는 전달했다.

더 해야 할 말은 없다. 서툴게나마 더듬어가며 그녀 자신이 하고 싶은 일을 찾아가면 좋겠다고 리베리아는 생각했다.

그것이 맹목적으로 변한 소녀를 위한 길이기도 할 거라고, 어쭙잖은 부모 마음으로나마 생각했다.

"리베리아……."

"?"

"……고마워."

변함없는 소녀의 표정에서 담담한 온기를 보고 리베리아도 살짝 표정을 풀었다. 돌아보았던 얼굴을 정면으로 되돌리고 안뜰에서 탑으로 향했다.

아직까지 아이즈의 표정은 흐리기만 했다.

그녀가 기운을 되찾는 데 도움을 줄 수 있다면 다행이지만, 원래 격려의 말에는 서툴다.

'로키의 말을 빌리고 싶지는 않지만…….'

따라서 다음은 주신이 늘 말하는 '적재적소'.

소녀에게 기운을 주는 역할은 그 아이들에게 맡기기로
했다.

✉

"웅~."
팔짱을 끼고 티오나가 신음했다.
"티오나 씨……?"
"왜 끙끙거리고 있어?"
아침, 식당에서 레피야와 티오네가 바라보는 가운데 생
각에 잠겨 있다.
"아이즈가 아직 기운이 없었어."
아침식사를 마친 지금, 자신의 옆에 있던 아이즈는 이미
자리를 떴다.
오늘은 여느 때처럼 넷이 식사를 했다. 화제를 던지면
적은 말수로나마 평소대로 대답도 해주었고, 그런 모습은
여느 때와 다를 바가 없는 것 같았다.
하지만.
티오나는 알 수 있다.
일부러 기운이 있는 척 굴었던 것은 아니겠지만, 아무튼
지금 아이즈는 제 컨디션이 아니다.
"그냥 베이트한테 화나서 그런 거잖아? 내버려 두면
되지."

"아냐, 아마 베이트는 별로 상관없을 거야. 내 생각에는. 상관이 없지는 않을지 몰라도, 아이즈는 옛날부터 그 늑대인간은 별로 신경 쓰지도 않았어."

"너, 주점에선 그렇게 베이트를 밟아놓곤……."

"아이즈는 또 다른 일로 풀이 죽은 거야."

티오나는 생각하는 것이 영 질색이었다.

아이즈의 마음을 헤아려 센스를 발휘해줄 수도 없고, 고민 그 자체를 씻어주는 것도 무리다. 참견해봤자 분명 대실패로 끝날 것이다.

이제까지도 앞으로도, 티오나는 천하태평하게 행동해 아이즈에서 웃음을 이끌어내는 일밖에 할 수 없다.

"레피야, 티오네. 오늘 예정 뭐 있어?"

"아니, 딱히."

"전 오늘도 단장님 심부름을……."

"그럼 시간 있겠네. 오늘 나랑 같이 가자!"

"저기요?!"

어려운 소리는 집어치우고.

결국 말하자면 티오나는 아이즈의 풀죽은 얼굴을 보고 싶지 않은 것이다.

높은 산에 핀 한 떨기 흰 꽃처럼, 소소하고, 새침하고, 바람에 흔들리며 피어나는 듯한 그런 미소 띤 얼굴을 보고 싶다.

아이즈의 절친을 자칭하는 티오나는 의자를 박차고 일

어났다.

"나 아이즈 찾아올게!"

힘차게 대식당을 뛰쳐나간다.

한번 움직이기 시작한 이상 멧돼지처럼, 망설임 없이 허공에서 날개를 치는 새처럼, 티오나는 홈 안을 뒤지고 다녔다.

방, 다락, 서고, 응접실. 닥치는 대로 문을 열고 계단을 오르내렸다. 단원들의 놀란 얼굴이 몇 번이나 눈에 들어왔다. 로키의 개인실에도 쳐들어가봤지만 코를 찌르는 술 냄새가 풍길 뿐 방의 주인은 없었다. 우엑. 코를 틀어쥐고 티오나는 다시 뛰어나왔다.

복도를 몇 번이고 오갔다.

"……야."

"우왁?!"

좁은 복도를 뛰어갈 때였다.

긴 다리가 옆가지처럼 벽을 짚고 튀어나와 티오나의 앞을 가로막았다. 간신히 멈춘 티오나는 느닷없이 길을 가로막은 베이트를 노려보았다.

"위험하잖아! 비켜, 베이트!"

주점에서 있었던 일도 있고 해서 티오나는 거친 어조로 외쳤다.

적의를 숨기려고도 하지 않는 그녀에게 입가를 실룩거린 베이트는 홱 창밖을 턱으로 가리켰다.

"아이즈, 안뜰에 있다."

"에……."

멍청한 표정을 짓는 티오나를 보고 베이트는 발을 치웠다. 입을 꾹 다물고 부루퉁한 표정으로 회색 머리를 손으로 긁어대며 금방 그 자리를 떠나간다.

복도 안쪽으로 사라지는 등에 알 수 없다는 표정을 지었던 티오나는 두 눈을 감고 메롱 혀를 내밀어준 후.

고분고분 안뜰로 향했다.

"!"

베이트의 말대로 아이즈는 그곳에 있었다.

나무 밑의 벤치에 앉아 시선을 허공으로 보내고 있다.

티오나는 활짝 밝은 표정으로 뛰어갔다.

"아~이즈!"

"……티오나?"

눈앞에 나타난 그녀에게 금색 눈동자가 깜빡거린다.

티오나는 그녀의 가녀린 팔을 잡아 일으켰다.

"쇼핑 가자!"

🔥

레피야, 티오네와 합류해 티오나는 아이즈를 데리고 시내로 나갔다.

도시의 최북단에 있는 홈에서 가까운 북쪽의 메인 스트

리트. 길드 관계자가 사는 고급 주택가도 근처에 있는 이 대로는 상점가로서 활기를 띠고 있다.

대로 한복판에는 몇 대나 되는 마차가 오가는 가운데 많은 데미휴먼이 노상을 활보했다.

"나 원. 억지로 끌고 나오긴……."

"뭐 좋잖아, 가끔은! 기분 전환하게 확~ 지르고 싶다고 티오네도 전에 그랬으면서!"

"저기, 티오나 씨. 그래서 뭘 하러 가나요?"

"옷! 옷 사러 가! 아이즈도 좋지?!"

"으, 응."

아이즈의 손을 단단히 잡고 티오나는 앞장을 서듯 걸었다.

북쪽 메인 스트리트 변두리는 복식 관련으로 유명했다.

종족 간에 존재하는 의상의 벽은 의외로 크다. 파룸처럼 몸이 작거나, 넓은 어깨너비를 가진 드워프를 비롯한 체격의 문제며, 풍토에 맞지 않는 종족별 개성 같은 것도 존재한다. 당연히 전 세계의 각 지방에서 수많은 데미휴먼이 몰려드는 오라리오는 그런 문제가 현저해 의상을 지을 때 손님과의 사이에서 발생하는 다툼은 끊이질 않는다.

그러나 오히려 이런 점에 주목하는 것이 상인이다. 종족별 전문점을 다수 확보해 금방 신뢰와 실적을 확보한 것이다. 일부 상업계【파밀리아】가 시장에 가담한 것도 오라리오의 복식 사정 발전에 박차를 가했다.

오라리오, 특히 북쪽 메인 스트리트 주변은 전 대륙에서도 유례를 찾아보기 힘든 숫자의 의상점이 처마를 맞대고 있다.

　"티오나 씨, 대로변 가게보다도 골목길 쪽이 물건이 많지 않나요? 가게도 많고요."

　"나도 알아. 나랑 티오네가 잘 다니는 가게가 저기 모퉁이만 지나면 금방이야!"

　"엑, 두 분이 다니는 가게라면……."

　레피야의 목소리가 설마 하는 의구심을 품거나 말거나 티오나는 여전히 아이즈의 손을 잡아당겼다. 말 그대로 길을 돌아 복잡하고 잡다한 골목을 나아가자 금방 그녀가 찾던 가게에 도착했다.

　"여, 여긴……."

　보라색을 기조로 한 간판과 가게를 올려다보며 레피야가 움직임을 우뚝 멈추었다.

　활짝 열린 문 밖에서도 매우 아슬아슬함을 알 수 있는 의상이 엿보이는 그곳은, 아마조네스의 의상점이었다.

　"오랜만이네~. 나도 지갑끈 좀 풀어볼까."

　"아이즈, 가자!"

　"에, 저기──."

　티오나와 티오네에게 끼어 아이즈가 연행되어가는 가운데 레피야도 황급히 뒤를 따랐다.

　결론부터 말하자면, 가게 안은 아마조네스 이외의 종족

에게는 눈 둘 곳이 없었다.

카운터 안쪽에 견본으로 진열된 물건들은 어지간한 수치심을 가진 사람이라면 눈을 돌려버리고 말 것 같은 의상뿐. 당연히 아마조네스의 복식인 이상 모두 여성용이었으며 댄서를 방불케 하는 민속적인 의상이 눈에 뜨였다. 아마조네스 점원은 어떤가 하면 속옷이나 다를 바 없는 차림이었다.

티오나와 티오네가 옷을 손에 들고 점원과 이런저런 교섭을 하는 동안 살짝 뺨을 붉힌 아이즈와 온 얼굴을 새빨갛게 물들인 레피야는 서로 시선을 나누었다.

"아이즈, 이거 입어보지 않을래? 넌 날씬해서 분명 잘 어울릴 거야."

"왜, 왜 아이즈 씨가 여기 옷을 입는 얘기가 됐나요?!"

"뭐 어때. 기왕 왔는데. 레피야도 어때?"

"아, 안 입어요!"

티오네가 손에 든 슬릿이 깊은 옷에 레피야는 무시무시한 기세로 고개를 가로저었다. 시선을 이리저리 돌리는 아이즈도 어딘가 꽁무니를 배려는 것 같았다.

하계에 강림한 신들의 영향인지 절조 없이 다른 종족의 의상에 손을 대는 패션은 조금이지만 하계에도 침투되고 있었다.

상황과 용도에 따라서는 다른 종족의 의상에 흥미본위로 손을 대는 자도 **없지는 않다.**

"아이즈, 이건 어때? 나랑 세트다~?"

"어, 저기……."

티오나가 권한 것은 붉은색 파레오와 가슴감개였다.

지금 그녀가 입은 것과 비슷한 의상에 아이즈가 마침내 뺨을 붉히자.

"아――안 돼요오오!!"

바들바들 어깨를 떨던 레피야가 폭발했다.

"이렇게, 이렇게 난잡한 옷을 아이즈 씨에게 입히다니, 제가 용서하지 않겠어요!! 아이즈 씨는 좀 더, 좀 더 맑고 아름답고 조신함이 우러나는 차림을 해야 한다고요! 그래요, 엘프인 저처럼!!"

자신의 가슴을 손으로 탕 두드리며 새빨개진 얼굴로 주워섬겨대는 레피야. 무의식중에 종족 대항의식을 불태우고 있는 그녀를 티오나가 떠보았다.

"하지만 이런 옷 입은 아이즈도 보고 싶지 않아?"

우뚝, 멈춰버린 레피야.

티오나가 입은 파레오와 가슴감개에, 그녀의 감벽색 눈이 머물렀다.

"마, 말도 안 돼요?!"

"잠깐 생각했지?"

"아, 아니거든요?!

새빨개진 얼굴로 도리도리 부정하며 얼버무리던 레피야는 아이즈의 손을 잡았다.

"아이즈 씨, 엘프 가게로 가요! 부족하나마 제가 열심히 맞춰드릴게요!"

"레, 레피야……."

당황하며 놀란 아이즈가 가게 밖으로 끌려나갔다. 제정신을 차리고 나면 레피야 자신이 놀라 눈을 까뒤집을 만한 광경이었다.

서로 얼굴을 마주본 티오나와 티오네는, 씨익, 거울에 비춘 것처럼 쏙 빼닮은 쌍둥이의 미소를 짓더니 그녀들을 따라갔다.

그 후로도 그녀들은 아이즈를 휘둘러대고 다녔다.

""""오오~.""""

세 개의 감탄이 겹쳐졌다.

세 사람이 목소리를 한데 모으는 가운데, 부끄러움에 뺨을 붉힌 아이즈는 인형처럼 서서 살짝 고개를 숙였다.

하얀 민소매옷에 미니스커트. 조심스럽게 꽃을 본뜬 자수가 가미되어 무늬가 아름답다. 단순한 복장의 조합이었지만 옷걸이가 좋은 만큼 아름다운 금발과 맞물려 더할 나위 없이 잘 어울렸다.

"자, 잘 어울려요, 아이즈 씨!"

"응응, 아주 좋아! 로키가 있으면 덤벼들었겠다!"

"피부도 곱고, 들어갈 곳은 들어갔고…… 부럽네, 진짜."

새된 환성이 시착을 마친 아이즈를 에워쌌다.

방어구가 없으면 허리에 찰 검도 없다. 검사가 아닌 자신이 이상하진 않느냐고 묻는 말이 그 벚꽃색 입술에서 새 나오려 했다.

불그레한 얼굴을 들지 못하는 그녀에게 세 사람이 웃음을 지었다.

"아이즈, 이걸로 하자!"

"으, 응……."

"결국 휴먼 가게에서 사버렸네요."

"뭐, 무난하니까. 고집하는 게 없으면 보통 여기겠지."

티오나가 신이 나 떠드는 동안 레피야와 티오네가 다시 가게 안을 둘러보았다.

이미 가게를 몇 곳이나 들렀는지 알 수 없다. 어느 샌가 아이즈의 옷을 사는 모임이 되어버린 가게 순례는 일단 휴먼 가게에서 낙착을 보려 했다.

"티오나, 돈은……."

"됐어~! 내가 주는 선물이야! 팍팍 입어줘!"

티오나는 말을 중간에서 가로막으며, 눈을 깜빡이는 아이즈를 뻣뻣하게 끄덕이도록 만들었다. 계산을 재빠르게 마친 네 사람은 가게를 나왔다.

푸른 하늘에는 이미 높이 솟은 태양이 벽돌길에 햇살을 쨍쨍 내리쪼이고 있었다. 시간은 정오가 다 되었을 것이다. 네 사람은 형형색색의 의상점에 에워싸인 채 북적거리는 골목을 나아갔다.

아이즈가 원래 입고 있던 옷은 천에 포장되었고, 대신 막 구입한 것을 억지로 입고 있었다. 평소에는 절대 안 입을 만한 귀여운 옷에 그녀는 연신 불편한 기색을 보여 다른 사람들은 그 모습에 웃음을 지었다.

"이제 슬슬 점심 먹지 않을래? 나 배고픈데."

"조금 이른 것도 같지만 그렇게 하자. 레피야, 어디 아는 가게 있어?"

"어, 분명, 요 앞에 카페가 있었던 것 같기도 하고……."

대화를 나누며 걷고 있으려니 티오나가 시선을 느꼈다.

뒤를 돌아보니 아이즈가 눈썹을 살짝 늘어뜨린 채 바라보고 있다.

"왜 그래, 아이즈?"

"티오나……."

아이즈는 무언가 하고 싶은 말이 있는 것 같았지만, 그 모습에 무어라 반응을 보이기도 전에 갑자기 무언가가 쿵 몸에 부딪쳐 티오나는 깜짝 놀라고 말았다.

"으악?!"

"어이쿠. 미안하네, 아마조네스 군! 서두르고 있어서 이만 실례!"

티오나에게 부딪친 어린 소녀는 사과도 어중간하게 하며 재빨리 가버리고 말았다. 어딘가 오만한 말투이기도 해서 자신들보다 키가 작은 소녀의 정체는 금방 알아차릴 수 있었다.

"지금 그 귀여운 여자애…… 여신님이었죠?"

"그런 것 같아. 뭔가 다급한 모양인데…… 왜 그래, 티오나?"

"가슴이, 엄청 컸어……. 그 키에……."

"……."

어두운 목소리를 내는 티오나를 지겹다는 눈으로 흘겨보는 세 사람.

신들은 나이를 먹지 않고 용모는 예외 없이 아름답지만, 외견은 어린 소년이나 소녀, 노인 등등 다양한 속성을 지녔다. 그 키에 어울리지 않을 만한 가슴둘레를 가진 어린 여신이 있다 해도 이상할 것 없다.

티오나의 시선 너머에서는 두 갈래로 묶어 늘어뜨린 여신의 까만 머리카락이 폴짝폴짝 뛰고 있었다.

"그러고 보니 여신님들의 모습이 많이 보이는 것 같기도 하네요……."

레피야가 말하면서 고개를 좌우로 돌렸다.

그녀의 말대로 주위에는 용모가 수려한 여신의 모습이 드문드문 보였다.

"부탁이니 이 옷을 좀 수선해다오! 분명 여기에서 샀단 말이다!"

"하, 하지만 여신님, 저희 가게에서는 그러한 봉사는 취급하질 않아서……."

"그렇게 서운한 소리 말고! 오늘은 '연회'가 있는 날이란 말이다. 해지고 뜯어진 곳만 고쳐주면, 봐줄 만하게만 되면 그 정도로도 충분하니까!"

가게 안에서 목소리를 높이는, 조금 전의 여신으로 보이는 대화 내용을 듣고 티오네가 생각났다는 듯 말했다.

"아, 그러고 보니 전에 로키가 그랬지. 조만간 '신의 연회'가 있다고. 자기는 안 갈 생각이라고도 그랬지만."

"'신의 연회'라면…… 어느 신이 적당히 개최하는 파티였던가?"

"응. 꽤 격식을 차린다고 하니까, 여신님들도 수선 맡겨 놓은 드레스를 찾으러 오는 거 아닐까?"

"아, 그렇군요."

티오네의 추측에 레피야가 이해했다는 표정을 지었다. 잘 보니 분명 신들의 품에는 현란한 옷이 몇 벌씩 있었다.

이윽고 일행은 카페를 찾아 둥근 테이블에 앉았다.

"저기 말야, 밥 먹고 나면 남쪽 메인 스트리트로 가자!"

"번화가 말이구나. ……나는 좋지만."

"저도 괜찮아요."

"아이즈도 가자! 밤이 아니어도 거기 엄청 북적북적하고 재미있어!"

티오나가 옆자리에 있는 아이즈에게 웃음을 짓자, 그녀는 아무 말 없이 시선을 떨구었다.

"아이즈?"

어딘가 양심에 가책을 받는 것 같은 그 기척에 티오나가 부르자 그녀는 천천히 입을 열었다.

"미안, 티오나……."

"……."

금색 두 눈을 내리깐 채 아이즈는 바로 조금 전에 하려 했던 것으로 보이는 그 말을 입에 담았다.

티오나가 오늘 보인 모든 행동이 아직까지 풀이 죽은 자신을 생각해준 것임을 알았던 것이리라. 아이즈는 미안해하며 몸을 움츠린 채 시선을 들려 하질 않았다.

티오네와 레피야는 입을 다물고, 주위의 소란만이 그녀들을 감쌌다.

그리고 아이즈를 가만히 바라보던 티오나는, 천천히.

한 손을 들어 그녀의 이마를 쥐어박았다.

"아……?"

눈을 깜빡이는 아이즈에게 티오나가 부루퉁한 표정으로 흘겨보았다.

"나 사과 받고 싶어서 선물 해준 거 아니거든~."

두 번, 세 번.

잇달아 쥐어박는다.

그 때마다 금색 눈이 질끈 감긴다.

이윽고 티오나가 손을 멈추자, 맞은 이마를 문지며 아이즈는 조심스레 그녀와 눈을 마주했다.

서로 시선이 얽힌 후, 그녀가 힘이 빠져나간 듯 입가에 긴장을 풀었다.

"……고마워, 티오나."

조그만 입술에 떠오른 조그만 웃음.

겨우 웃음을 보인 아이즈에게 티오나도 활짝 웃으며 힘차게 끌어안았다.

"티, 티오나 씨, 끌어안을 필요까지는 없지 않을까요……."

"아? 왜, 레피야? 부러워?"

"아, 아니거……!"

"그래도 안~ 돼. 아이즈 옆자리는 내 특등석이니까!"

"——?!"

"후후. 솔직해지는 게 좋지 않을까, 레피야?"

티오나는 아이즈의 어깨에 두 팔을 감으며 레피야에게 자랑하듯 아이즈와 뺨을 비벼댔다.

간지러웠는지 한쪽 눈을 감는 황금색 눈의 소녀는 부끄러워는 하면서도 거부하려고는 하지 않았다.

레피야가 동요하고 티오네는 재미있어하며 지켜보는 가운데.

티오나와 아이즈는 함께 웃음을 나누었다.

서쪽 해가 시내를 붉게 물들이고 있었다.

시벽 너머로 해가 기울기 시작할 때, 티오나 일행은 홈으로 돌아가고 있었다.

"아~ 잘 놀았다~."

희미하기는 하지만 아이즈의 얼굴에는 웃음이 돌아와, 억지로 끌고 돌아다닌 보람이 있었다고 티오나도 희희낙락했다. 마지막에는 아이즈의 기분전환과는 상관없이 신나게 놀았으므로 레피야는 쓴웃음과 함께 지친 기색을 내비쳤다.

함께 담소를 나누며, 넷은 홈으로 이어지는 길을 따라 모퉁이를 돌았다.

"어?"

"마차……?"

저택 정문에서 낯선 탈것을 발견하고 티오나와 레피야는 이상하다는 듯 고개를 꼬았다.

다가가서 보니 호화로운 까만 드레스를 잘 차려입은 로키가 지금 막 마차에 올라타려는 참이었다.

"와, 로키! 그게 웬 드레스야? 머리모양까지 바꾸고!"

"응? 오~ 돌아왔나, 4인조. 음홋, 으떻노? 내 잘 어울리나?"

"네, 잘 어울리는데…… 어디 출타하세요?"

"어, 내 잠깐 신들이 빙시맨치로 소란 떨어쌌는 '연회' 좀 다녀 오꾸마."

"어머? 하지만 '신의 연회'에는 관심 없다고 그러지 않았어, 로키?"

"──으히히. 쫌 재미날 것 같은 정보를 들었거든. 걸배

이 땅꼬마 신 괴롭히러 다녀 오께."

알아들을 수 없는 말을 하는 로키에게 고개를 갸웃하는 네 사람. 아무튼 좋지 못한 생각을 한다는 것만은 음흉한 웃음만 봐도 알 수 있었다.

머리까지 연회 스타일로 돌돌 말아놓은 로키는 마차에 타고 문을 닫았다. 상인에게 대여한 것으로 보이는 마차 또한 고급감 넘쳐나는 훌륭한 것이었으며 차량 본체에는 뚜껑이며 창문까지 달려 있고 여러 사람이 넉넉하게 앉을 만한 공간을 갖춰놓았다. 마부석에 앉은 것은 왜 자기가 이런 짓을 해야 하느냐고 푹 고개를 떨군 라울이었다.

우와, 안됐다…….

네 사람의 시선이 몰려드는 가운데 털결 좋은 말이 푸르 륵 울었다.

"그라믄 갔다 올끼께 밥은 느그 알아서들 묵으라~!"

찰싹 채찍 소리와 함께 마차가 움직였다.

창문에서 손을 흔드는 로키를 지켜본 후, 네 사람은 얼굴을 마주보고, 다시 멀어져가는 마차를 쳐다보았다.

도시가 밤의 어둠에 물들고 별의 바다와도 같이 마석등의 빛으로 넘쳐난다.

오늘도 술로 젖어드는 소란이 끊이질 않는 가운데, 수많은 마차가 멈추고 수많은 미남미녀가 향하는 곳이 있다.

웃음을 짓는 그들, 신들이 향한 곳은 한 건물.

코끼리 머리에 사람 몸을 가진 거대한 석상이었다.

제대로 된 신경을 가진 사람이라면 눈을 의심할 만한 건물이다. 언뜻 몬스터로도 외견이지만, 어딘가 애교가 있어서 밉살스럽지 않다. 위화감도 그만큼 격렬하지만 신들은 딱히 신경 쓰는 기색도 없이, 책상다리를 하고 앉은 거인 코끼리의 가랑이 사이로 들어갔다.

"은제 바도 모양 참 넘사시럽데이..."

오늘 있을 '신의 연회'를 주최한 【가네샤 파밀리아】의 홈에 도착한 로키는 마부의 손을 빌어 마차에서 내려섰다.

하얀 담장에 에워싸인 광대한 부지 한가운데에 자리를 잡고 업라이트를 받는 거대 코끼리 건물을 마부와 나란히 한동안 바라본다.

"그카고, 라울, 니 여자 다루는 기 제법 능숙하다? 에스코트 멋졌데이."

"아, 네…… 고맙습니다."

"미안하지만, 니 쫌 더 있어주믄 안대겠나? 늦차질지도 모르지만 내 돌아올 때까지 기다리 도. 보수는 팍팍 쳐 주께!"

"알겠습니다."

쓴웃음을 짓는 마부 라울에게 씨익 웃어 대답하고,

"그라믄 내 다녀오께~"

로키는 드레스를 팔랑이며 걸어갔다. 발에 익지 않은 굽 높은 구두도 능숙하게 소화하며, 넓은 정원을 가로질러 건물 안으로 들어갔다.

'신의 연회'는 이름 그대로 신들만이 참가할 수 있는 회합이다.

주최하는 신도 개최 시기도 원칙이 없으며, 딱히 목적의식이 있어서가 아니라 그저 소란을 떨어대기 위해 열리는 경우가 많다. 오히려 그 비율이 더 높을 것이다. 향수(鄕愁) 같은 감정과는 전혀 무관한 신들도 천계 주민들을 불러 잡담을 안주 삼아 술잔을 나누는 것이다.

초대 받은 신들 중에는 세상 돌아가는 이야기로【파밀리아】의 근황 정보를 섞어 정보를 교환하는 자들도 있다. 일종의 사교장이기도 한 '신의 연회'는 도시 내외의 정세며 특정한 파벌에 다가가기 위한 집회로도 중요시되고 있다.

"내가 가네샤다!"

"예이~!!"

로키가 긴 복도를 빠져나가 대형 홀에 도착하자 무대 위에서는 건물과 똑같은 차림을 한 코끼리 머리 인간 몸의 남신이 연회 인사를 하고 있었다. 일반인들 사이에서도 코끼리 머리 가면을 뒤집어쓰는 것으로 널리 알려진 이번 연회의 주최자. 다부진 갈색 육체를 가진 가네샤였다. 주위의 신들은 그의 공연히 크기만 한 육성에 갈채를 보내고 있었다.

연회는 주최한 신이 거느린【파밀리아】의 규모에 따라

내용도 환경도 확 바뀐다. 【가네샤 파밀리아】는 구성원 수가 엄청나게 많으며 실력도 도시 내에서 손꼽히는 상위 파벌이다. 그런 파벌의 인원과 재력을 동원한 연회장은 호화스럽게 장식되어 있었다.

형형히 홀을 비추는 거대한 샹들리에형 마석등. 테이블 위에 늘어선 요리는 온 세계에서 모아놓은 산해진미였으며, 육과일 미르츠를 비롯한 미궁 원산 식재료도 보였다. 귀족처럼 화려한 예복을 빼입은 신들이 서서 식사를 즐기는 가운데 【가네샤 파밀리아】 단원들도 손님들에게 잔을 나눠주는 등 급사 노릇에 열심이었다.

"성황이구만~."

또각또각 구두굽을 울리며, 일부 뜨겁기도 하고 온화하기도 한 연회장을 둘러보고 다닌다.

어지간해서는 연회에 나타나는 일이 없는 그녀는 비교적 일찍 다른 신들의 주목을 받아 연회장이 별안간 소란스러워졌다.

"아이고, 로키 왔네."

"불쌍여신 납셨습니다."

"야, 관둬! 로키 험담 하지 마!"

"너희 그러다 나중에 죽을걸."

"근데 로키가, 드레스……?!"

"말세구만."

"그건 그렇다 쳐도 참 멋들어진 납작가슴이군."

"아니, 무가슴이지."

"저런 깎아지른 절벽은 본 적이 없어."

"멍청아, 그게 좋은 거지!"

바라, 느그 얼굴 다 기억했데이.

돌아가믄 밟아삘끼다.

깔깔 웃는 일부 신들에게 생긋 웃음을 짓자 그들은 발을 모아 쏜살같이 대회장을 나가버렸다. 혀를 찬 로키는 급사한 사람을 불러 난폭하게 잔을 기울였다.

신은 보통 종잡을 수가 없다.

오락을 추구해 하계에 내려온 그들은 항상 표표한 태도를 보이며, 하계 사람들이 보기에는 기이하게 비치는 경우가 태반이다. 목숨 아까운 줄 모르는 그들은 지금처럼 쉽게 시비를 거는가 하면, 자세를 바꾸는 속도 또한 빠르다.

"마, 댔꼬. 땅꼬마는 어데고…… 헛소문 아이가?"

참가할 생각이 없었던 연회에 로키가 일부러 나타난 이유는, 변덕 때문이다.

정확하게 말하자면 눈엣가시처럼 여기는 그 가난뱅이 여신이 부끄러운 줄도 모르고 파티 출석 준비를 했다는 정보를 오늘 막 입수했기 때문이었다.

만약 안 왔더라도 그건 그거대로 상관없고, 정말로 왔다면…… 드레스도 마련할 수 없었던 그 불쌍하고 비참한 몰

골을 한껏 놀리며 웃어주겠노라 로키는 그렇게 획책하고
있었다.

자꾸만 배어나오려는 사악한 웃음을 꾹 참으며 그녀는
내키는 대로 홀을 걸어갔다.

"오, 로키. 로키 아냐."

"응?"

이리저리 얽힌 신들 사이를 누비며 나아가고 있으려니
목소리가 들렸다.

눈을 돌리자 늘씬한 남신이 눈을 활처럼 구부리며 웃음
을 짓고 있었다.

부유한 나라의 왕자. 그런 인상이 들었다.

항상 삿된 감정이 없는 웃음을 짓고 있으며, 수많은 여
성이 질투할 만한 부드러운 금발이 목 언저리까지 늘어져
있다. 가녀린 몸은 중간 키였으며 손발은 늘씬하고 길다.

주위와 마찬가지로 정장을 입은 그는 겁먹은 기색도 없
이 로키에게 이야기 좀 하지 않겠느냐며 편안히 말을 걸
었다.

"여어~ 디오니소스. 니도 왔나."

"그래. 오랜만에 연회가 열렸으니 정보수집도 겸해 와봤
어. 우리 【파밀리아】는 로키네만큼 강하지도 않고 비상식
적이지도 않거든."

디오니소스라 불린 그는 씨익 웃음을 지으며 대답했다.

기품 있는 행동거지는 상류계급 사람의 귀감과도 같다.

© Kiyotaka Haimura

반 장난으로 귀족 흉내를 내는 신들 중에서 그만이 상당히 동떨어진 것처럼도 보인다. 그런 여봐란 듯한 태세는 한편으로는 한 치의 틈도 보이지 않을 만큼 탄탄하기도 했다. 오히려 그 유리 같은 눈동자로 상대의 속내를 꿰뚫어보려 하는 것만 같았다.

음흉한 신들 중 하나, 라는 것이 로키의 개인적인 인상이었다.

"어머나, 로키. 오랜만이야. 잘 지냈어?"

"어…… 데, 데메테르. 니도 있었나."

"그래. 지금까지 나와 이야기하고 있었거든."

잔을 손에 들고 함초롬히 웃은 것은 풍만한 몸을 가진 여신이었다.

등에 흘러내리는 머리카락은 몽실몽실한 벌꿀색이었으며 살짝 구부러진 눈꼬리는 부드럽고, 외견과 마찬가지로 분위기 또한 다정하다.

가슴께가 크게 파인 드레스에서는 그 거대한 두 언덕이 지금이라도 흘러넘칠 것만 같았다. 자신에게는 전혀 없는 존재가 눈앞에 드러나니 로키는 뻣뻣해질 것 같은 얼굴을 간신히 추슬렀다.

성격이 너글너글한 데메테르는 여러 가지 의미에서 품이 넉넉해, 로키는 그녀에게 한 치의 반감도 품을 수가 없었다.

"로키, 【파밀리아】는 요즘 어때? 너희 아이들의 활약이

들리지 않는 날이 없지만, 다들 건강하지? 무리 시키는 건 아니고?"

"하모, 다 건강하재. 오히려 건강이 쪼매 넘치가 어데 걸리 넘차삐나 걱정될 정도다만…… 데메테르 느네는 어떻노?"

"우리 【파밀리아】도 여기저기서 다들 아껴주고 계셔. 고마운 일이지. 얼마 전에는 야채를 많이 수확했으니까 조만간 로키네에도 나눠줄게."

"오오, 그거 고맙데이."

【데메테르 파밀리아】는 야채나 과일을 재배해 내다 파는 상업계 파벌이다. 도시 교외에 넓은 농지를 소유했으며 수확물은 대부분 오라리오로 팔려나간다.

"지금 여기 나온 와인도 데메테르네 포도로 만든 거지? 포도주에는 까다로운 내가 인정하는데, 이건 맛있어."

"후후. 고마워, 디오니소스."

"머라, 진짜가?!"

솔직하게 칭찬하는 디오니소스와 멋쩍은 듯 웃음을 짓는 데메테르의 말을 듣고 로키는 재빨리 급사를 붙잡아다 포도주를 받았다. 입에 머금은 순간 농후한 과일의 단맛이 혀 위에서 춤을 추었다. 콧속을 지나는 향기가 훌륭했다. 이건 정말로 맛있다고 술을 사랑하는 로키도 조용히 신음했다.

"그런데 디오니소스네는 어떻노? 소문이 별로 안 들리데."

"우리 【파밀리아】 말야? 좋을 것도 없고 나쁠 것도 없고,

뭐 그런 정도 아니려나. 망하지 않을 정도로 해나가고 있어.

"아이 참, 아까부터 얼버무리기만 하고. 치사해, 디오니소스."

모험자의 정보를 관리하는 길드에 따르면 【디오니소스 파밀리아】의 실력은 미궁도시의 중견 정도다. 상급 모험자로 인정을 받는 제3급——【스테이터스】 Lv.2——단원을 여럿 거느렸으면서도 던전 내에서의 화려한 공적이 없는 탓인지 별로 눈에 뜨이지는 않는다.

다른 파벌에 비해 정보누설 방지에 철저한 주신의 성격도 크게 관계가 있겠지만.

"로키네는 원정이 막 끝났다며? 뭔가 수확은 있었는지, 혹시 괜찮다면 아이들에게 선물로 들려줄 만한 이야기를 좀 해줄 수 없을까?"

"즈그 얘기는 하나도 안 하믄서, 니 진짜 뻔뻔하데이."

로키는 이리저리 피해나가는 디오니소스를 어이없다는 눈으로 바라보고, 그로부터 한동안은 잡담을 나누었다.

이후에 무도회 예정이 있는지 대형 홀 구석에는 악단으로 보이는 사람들의 모습이 보이기 시작했다. 성질 급한 일부 신들은 징그러운 스텝을 밟기 시작했다. 여전히 단상을 차지한 주신 가네샤는 내가 가네샤다를 연호했으며 이따금 진지한 이야기도 흘러나왔지만 이미 귀를 기울이는 신은 없었다.

"그건 그렇고 가네샤의 연회는 언제 봐도 호쾌하네~.

접대도 대단하지만, 오라리오의 거의 모든 신들이 다 온 것 같아."

"가네샤의 경우 몬스터 필리아에 대한 협조 요청도 있다고 하니 말이야. 융숭하게 대접하야겠지. 당일에는 무슨 일이 있어도 방해하지 말아달라고."

"필리아 축제가……. 가네샤도 길드 말 참 잘 듣재."

근시일 중으로 1년에 한 번 있는 대규모 이벤트가 개최된다.

명목상 길드 주최라고는 하지만 실제로는 【가네샤 파밀리아】의 전면협조 덕에 개최가 가능한, 테이머와 흉포한 몬스터들이 벌이는 성대한 구경거리다.

"그런데, 로키."

"응?"

시종 웃음을 거두지 않은 채 문득 디오니소스가 로키를 보았다.

"로키는 필리아 축제에는 갈 거야?"

"음~……."

기왕 열리는 거……라며 로키는 잠시 생각했다.

1년에 한 번밖에 없는 이벤트니, 귀여운 자식들 중 누군가를 데리고 관전하러 가는 것도 나쁘지 않으려나 생각해 디오니소스에게 대답했다.

"가까 싶다. 와?"

"설마, 진짜야? 이번에야말로 뭔가 나쁜 꿍꿍이를 꾸미는 건 아니겠지?"

"문디가 머라카노?!"

"어이쿠, 잠깐만. 내 말 좀 들어봐! 로키는 필리아 축제에는 관심이 없을 거라고 생각했다고. 천계에서 얼마나 막나갔는지를 아는 나로선 그런 생각이 들 수밖에 없다니깐. 기분 상했으면 미안해. 사과할게."

"머꼬, 열받구로——……."

그렇게 투덜거리면서도 로키는 디오니소스의 말을 전부 부정하려 들지는 않았다.

천계에 있을 무렵, 로키는 혼란을 가져오는 트러블 메이커로 유명했기 때문이다. 지금이야 파밀리아 일에 열중이라 상당히 둥글둥글해졌지만, 그가 무슨 말을 하려는지는 이해 못할 것도 없다.

부루퉁한 표정을 지으며 주황색 눈동자로 디오니소스를 노려보았다.

"그라는 니는? 올 끼가?"

"……글쎄. 아마 안 갈 것 같아. 그날은 할 일이 좀 있어서."

웃음을 전혀 흐트러뜨리지 않는 디오니소스가 대답했다.

"글나."

별로 관심도 없다는 투로 그에게서 시선을 떼고 새로 와인을 마시려던 로키는 시야 한구석에 우연히 들어온 광경에 재빨리 눈을 돌렸다.

붉은머리 여신과 은발 여신, 그리고 칠흑의 머리카락을 두 갈래로 땋은 앳된 여신.

입가를 씨익 틀어올렸다. 로키는 와인을 단숨에 들이켜고는 팔로 거칠게 입가를 훔쳤다.

"그럼 디오니소스, 데메테르. 내는 그만 가볼란다. 다음에 또 보재이!"

"그래, 알았어."

"후후. 또 봐, 로키."

그들에게 등을 돌리고 로키는 발견한 여신들에게 발을 돌렸다.

"여~! 헤파잉~, 프레이야~, 땅꼬마!!"

"……."

멀어져가는 로키의 등을 디오니소스는 말없이 바라보았다.

그 모습이 북적거리는 신들 속으로 섞여 사라질 때까지 시선을 보냈다.

"또 뭔가 나쁜 꿍꿍이?"

조용한 목소리.

웃음을 지으며 묻는 데메테르를 돌아본 디오니소스는 이번에는 쓴웃음을 지었다.

"누가 들으면 오해하겠는걸, 데메테르? 내가 언제 나쁜 꿍꿍이를 꾸몄다는 거지?"

그런 그에게 여신은 여전히 미소를 지었다.

"하지만 디오니소스가 그런 표정을 지을 때면 꼭 무슨 일이 일어나던걸."

☙

『——깨액?!』

강렬한 일격이 '건 리베룰라'를 두쪽으로 갈랐다.

날카롭게 내지른 레이피어의 희생양이 된 잠자리형 몬스터. 한손검 정도 되는 적의 체구가 재로 변해 사라지는 가운데 아이즈는 돌아서며 검광을 한 차례 두 차례 번뜩였다.

날아들던 건 리베룰라가 동시에 베여나가 재로 변했다. 바늘에 실을 꿰듯 정확하게 모조리 마석을 파괴당했다.

아이즈는 그대로 전진.

피어오르는 재의 안개를 뚫고 나머지 마지막 몬스터에게 육박했다.

『워어어어어어어어어어어어어어어어어어어어!!』

그 자리에 기다리고 있던 대형급 몬스터 '버그베어'는 포효를 지르며 털투성이의 거대한 팔을 아이즈에게 내리쳤다.

눈앞으로 밀려드는 거대한 발톱을 아이즈는 일부러 피하지 않고—— 검으로 받아쳤다. 적의 공격을 아득히 웃도는 속도로 레이피어를 번뜩여 은색 사선을 날리는가 싶었던 순간 버그베어의 팔은 잘려 날아갔다.

한 팔을 잃고 뻣뻣하게 굳은 곰처럼 생긴 몬스터에게 아이즈는 즉시 칼끝을 날렸다.

『――.』

가슴 한복판을 깊이 찌르고 등으로 빠져나온 긴 레이피어.

단말마도 지르지 못한 채 버그베어는 색소를 잃어가더니 이윽고 엄청난 양의 재가 되어 무너졌다.

아이즈는 말없이 휙 검을 털고 끄트머리를 지면에 향했다. 주위에는 수많은 재무더기만이 남았다.

장소는 제20계층.

수목 내부를 연상케 하는 나뭇결은 광대한 미로의 형상을 이루었으며 천장이나 벽에 펼쳐진 녹색 이끼가 불규칙하게 빛을 냈다. 아이즈는 비경의 숲에 흘러들어온 것 같은 착각마저 불러일으키는 거대 나무 형태의 미궁 속에 있었다.

원정 축하연으로부터 나흘 후. 티오나 일행에게 기운을 나눠받은 아이즈는 그때까지 아무 일도 하지 않고 보내버린 시간을 되찾으려는 듯 몬스터와의 전투에 매진하고 있었다.

취미는 미궁탐색이라고 말할 정도로 아이즈는 개인적인 시간을 이용해 곧잘 던전으로 들어갔다. 이렇게 솔로로 중층영역에 내려가는 것도 익숙해졌다.

지금은 탐색을 끝내고 돌아가는 중이었다.

'……쓰기 힘들어.'

몬스터 한 무리와의 전투를 마친 아이즈는 빌려온 레이피어를 내려다보았다.

실제로 무기의 성능은 높다. 그러나 익숙해진 애검 데스퍼러트에 비해 사정거리와 무게, 무엇보다 강도가 다르다. 길고 가느다란 검신은 아이즈로 하여금 섬세한 취급을 강요하는 것 같아 쓰기가 영 힘들었다.

대장장이 신 고브뉴가 좀 더 무기를 아끼는 법을 배우라고 암암리에 말한 것 같아 아이즈는 찍소리도 못할 심정이었다.

'……주워야지.'

희미하게 빛나는 칼날을 칼집에 거두고, 일단 아이즈는 전투에서 발생한 드롭 아이템을 회수했다.

하루 종일 던전에 내려와 있었던 탓인지 허리에 찬 파우치는 이미 마석으로 넘쳐났고 길쭉한 백팩에도 여유가 별로 없었다. 이미 한참 전부터 몬스터를 쓰러뜨릴 때는 마석을 직접 노리는 전법으로 전환했을 정도였다.

미처 회수하지 못한 마석과 드롭 아이템을 함부로 미궁에 방치하는 것은 별로 칭찬받을 만한 행위가 못 된다. 다른 모험자에게 고생하지 않고 단물을 빨게 하는 것은 물론이며 때로는 그들에게——좋은 이야기에는 함정이 있다는 식으로——쓸데없는 경계를 하게 만드는 경우도 있다.

아이즈는 지면에 놓아둔 백팩 안에 어찌어찌 '버그베어의 발톱'을 쑤셔넣었다.

이럴 때일수록 서포터의 고마움이 몸에 사무친다. 익숙해졌다고 하면 익숙해졌지만. 백팩을 왼쪽 어깨 하나로 짊어지며 아이즈는 생각했다.

"……."

제20계층은 자신의 발소리 정도밖에 들리지 않을 정도로 조용했다.

중층쯤 되면 몬스터는 그렇다 쳐도 상층에서는 이따금 보이는 모험자들의 모습도 확 줄어든다. 적정 수준 Lv.2 이상으로 규정된 제13계층 이하의 층역에는 아직 진출하지 못하는 하급 모험자들이 더 많다. 몬스터의 울음소리가 이따금 울려 퍼질 뿐 칼 부딪치는 소리가 들려오는 일은 없었다.

담담히 빛나는 이끼의 인광을 옆얼굴에 받으며 아이즈는 혼자 통로를 나아갔다.

"……?"

이윽고, 조우한 몬스터를 몇 번인가 물리쳤을 때였다.

아이즈의 시선 너머에 뚫린 수평굴에서 한 모험자의 무리가 나타났다.

거대한 카고를 끌고 있는 그들은 충실한 방어구에 허점 없는 몸놀림을 보여주어 상당한 실력자임을 알 수 있었다.

'【가네샤 파밀리아】…….'

무장에 새겨진 코끼리 머리 엠블럼을 보고 아이즈는 모험자들의 정체를 알아차렸다. 따라서 저 새까만 철제 카고의 내용물도 알 수 있었다.

그들은 내일로 다가온 몬스터 필리아를 위해 몬스터를 잡으러 온 것이다.

1년에 한 번 있는 필리아 축제는 투기장에서 치러진다. 미궁에서 끌고 온 흉포한 몬스터를 【가네샤 파밀리아】의 테이머가 상대하며, 쓰러뜨리는 것이 아니라 길들이는 데까지 오는 일련의 흐름―― 테임을 관객들에게 보여주는 것이다.

길드가 기획한 이 이벤트를 의문시하는 사람은 적지 않다. 도시의 평화를 부르짖으면서 위험인자인 몬스터를 자기 손으로 지상에 풀어놓다니 본말전도가 아니냐고 위험시하는 자도 있으며, 시민들에게 아첨을 떨기 위한 속보이는 정책이라고 비웃는 자도 있다.

아이즈는 몬스터 필리아에 대해서는 무어라 말할 것이 없었다.

몬스터를 던전 밖으로 운반하는 것은 분명 위험하다고 생각하지만, 이벤트 자체의 목적은 시민과 모험자를 위한 완충재일 것이다.

이래저래 문제를 일으키는 거친 무법자라 여겨지기 십상인 모험자들의 이미지를 화려한 축제―― 피를 흘리지 않는 깨끗한 테임을 통해 도시 시민들에게서 불식시킨다.

미궁에서 효율적으로 이익을 회수하기 위해서도 길드는 모험자들을 감싸야만 하는 입장인 것이다.

【가네샤 파밀리아】도 주신의 의향 때문에 순수하게 군중을 기쁘게 해주고 싶어서인지 길드에 협조하는 경향이 있다. 이 이벤트를 보기 위해 도시 밖에서 일부러 찾아오는 사람들이 있는 것도 사실이다.

저마다 의도하는 바는 있겠지만 무조건 나쁘다고 단언하기는 어렵지 않을까 하고, 모험자의 일원이기도 한 아이즈는 생각했다.

"……."

덜컹덜컹 흔들리는 카고를 바라본 후 아이즈는 진로를 바꾸었다.

【가네샤 파밀리아】에게 방해가 되지 않도록 다른 루트를 통해 상층으로 향했다.

지상으로 귀환해 홈으로 돌아왔을 무렵에는 이미 밤이었다.

보초를 선 단원들에게 꾸벅 고개를 숙이고 정문을 통과해, 저택으로 들어섰다.

이미 저녁식사도 끝난 후일 것이다. 의식을 주위로 펼치고——그야말로 미궁탐색 때처럼 쓸데없는 집중력을 발휘해──아이즈는 사람의 눈을 피해 복도를 나아갔다.

어쩐지 살금살금, 소리를 내지 않으며 인기척을 느끼면 즉시 길을 우회했다. 고개를 갸웃하는 레피야를 먼저 보내기도 하며 아이즈는 탑 상층의 자기 방으로 향했다.

"아이즈."

흠칫, 가녀린 어깨가 떨렸다.

천천히 뒤를 돌아보니 그곳에는 행동을 예측하고 매복했던 것처럼 눈을 살짝 가늘게 뜬 리베리아가 서 있었다.

"어딜 갔다 왔냐……고 물을 것도 없겠지."

"……."

비취색 눈동자가 완전무장을 한 발끝부터 머리끝까지 시선을 이동시켰다.

아이즈는 한순간 도망칠까 했지만 관두었다. 나중 일이 두렵다.

리베리아는 여봐란 듯이 한숨을 쉬었다.

"던전에 내려가지 말라고는 하지 않겠다. 하지만 원정이 끝난 후니 몸은 충분히 쉬어."

"……응."

"나 원. 회복했다 싶었더니 금방 이 모양이람."

"……미안해."

마지막 말에는 어이없다는 마음도 섞여 있었을까.

마치 늦게 돌아온 자식을 꾸중하는 어머니 같은 리베리아의 모습에 아이즈도 자연스레 몸을 움츠리고 말았다.

피차의 역학관계를 한 눈에 알 수 있는 광경이었다.

"우읍…… 어라, 아이쯔랑 리베리아, 뭐 하는…… 어읍."

아이즈가 하염없이 고개를 숙이고 있으려니 그 자리를 로키가 지나갔다.

다리는 휘청거렸으며 안색은 매우 좋지 못하다. 무엇보다 엄청난 술냄새.

술을 한 방울도 마시지 않는 리베리아가 이해하지 못하겠다는 눈으로 자신의 주신을 노려보았다.

"그건 내가 할 소리…… 아니, 잠깐. 다가오지 마, 다가오지 마라!"

"내 물 마실라꼬…… 우읍. 아~ 머리 아파…… 소리 지르지 마라……."

로키는 '신의 연회'에서 돌아온 후 계속 이런 상태였다.

핀이나 다른 단원들의 말도 듣지 않고 말리지 말라는 양 횟술을 퍼마셔 결국 숙취. 벌써 이 모양이다. 듣자하니 놀려주려고 했던 여신에게 오히려 호되게 당하는 바람에 분한 나머지 술을 마시지 않을 수 없었다는 모양이었다.

아이즈도 자신도 모르게 거리를 두는 가운데 로키는 머리를 문지르며 리베리아를 보았다.

"근데, 느그는 머하노?"

"……아이즈가 또 던전에 내려갔었어. 이 시간까지."

"아, 글나……."

리베리아의 말에 맞장구를 친 로키는 흘끔 곁눈질로 아

이즈를 보았다.

한동안 금색 눈동자를 들여다보는가 싶더니, 그녀는 천천히 웃음을 지었다.

"알았다. 말괄량이 아이쭈는 내한테 걱정 끼친 벌로, 내일 내랑 같이 좀 가자."

"······?"

"필리아 축제다. 내랑 데이트하자."

술냄새를 풍기며 헤실헤실 웃는 로키.

눈을 연신 깜빡인 아이즈는 입을 벌리려 했지만,

"거부권은 없데이!"

그렇게 앞질러 말하는 바람에 입을 다물고 말았다.

"한숨 돌리는 것도 중요하데이. 내도 갈 예정이었고. 리베리아는 어떻노?"

"······나는 사양하겠어. 그런 축제의 분위기에는 도저히 적응이 안 돼서."

"아까비라비라~ 기껏 양손에 꽃을 즐기볼라 캤는데······. 아야야."

생각났다는 양 관자놀이를 붙드는 로키를 내버려둔 채 아이즈는 리베리아를 바라보았지만, 그녀도 시키는 대로 하라고 눈짓으로 전했다.

내일은 고브뉴에 들러 정비를 마쳤을 《데스퍼러트》를 받아올까 했는데······ 거절할 수가 없었다. 막 주의를 받은 몸인지라 뒤가 켕기기도 했지만, 무엇보다 자신을 걱정해주는 그녀들의 마음을 이해하고 말았다.

미안함도 느끼면서 아이즈는 로키의 요구에 응하기로
했다.

"그라믄 아이쭈, 내일은 아침에 집합이데이. 혼자 딴데
가면 몬쓴다~."

"알았어요."

"그럼 나도 돌아가볼까……. 아이즈, 같은 말을 반복
하지만 적당히 해라."

"응……."

로키와 리베리아에게 각각 인사를 하고 그날은 해산
했다.

"에~? 아이즈, 로키랑 필리아 축제에 가~?"

이튿날 아침.

방을 찾아온 티오나는 몬스터 필리아에 가자는 제안을
아이즈가 거절하자마자 그렇게 말했다.

"미안, 티오나……."

"우웅~ 그래도 할 수 없지. 일찍 말하지 않았던 내 탓인
걸. 아아~ 로키에게 빼앗겼네."

창밖은 축제하기 좋은 날이라는 양 화창했다. 새 지저귀
는 소리가 조용히 울려 퍼져 화창한 하루의 시작을 알려주

었다.

문 앞에서 분함을 감추지 못하던 티오나는 금방 표정을 바꿔 웃음을 지었다.

"난 티오네랑 곧장 동쪽 메인 스트리트로 갈 건데, 그쪽에서 합류할 수 있으면 같이 구경하자."

"응."

조용히 웃어 대답한 아이즈는 티오나와 식당으로 향했다.

아직까지 술기운이 빠지지 않았는지 전날과 마찬가지로 로키는 아침식사 자리에 나타나지 않았으며, 티오나 일행이 한 발 먼저 홈을 떠났다.

일단 방에 돌아온 아이즈는 옷을 갈아입었다.

"……."

길이가 짧은 윗도리에 미니스커트. 티오나에게 받은 그 옷이었다.

전신거울 앞에 선 자신의 모습은 역시 부끄러움이 앞섰지만, 기껏 받은 선물이니 이런 날에 입어야 할 것이다.

만약을 위해 검대를 옷 위에 감고 호신용 레이피어를 꽂았다.

단숨에 분위기가 흉흉해졌지만 어쩔 수 없다. 데이트라고는 해도 함께 행동하는 이상 로키의 호위를 생각해야 한다.

부츠도 신고, 아이즈는 입구 홀로 향해 로키가 오기를

기다렸다.

"안녕~ 아이즈. 늦어서 미안타."

"괜찮습니다."

로키가 흐느적흐느적 나타나 아이즈는 의자에서 일어났다.

어딘가 께느른해보였지만, 어제보다도 안색은 좋아진 것 같다.

"응? 오오, 그 옷…… 좋구마?! 엄청 귀엽구마?! 내 살다 살다 아이쭈의 이런 차림을 보네!"

"……고맙, 습니다."

"설마 내 때매 때때옷 입고 와 준 기가?! 우히~ 좋네! 잘 어울린데이!! 쫌 안아보자!"

조건반사로 반응해버린 아이즈는 달려드는 로키에게 고속 따귀를 날려 옆쪽 벽에 처박아버렸다. 안면이 벽에 파고들고, 그 직후 털썩 떨어지는 소리.

얼굴을 두 손으로 붙들고 데굴데굴 발버둥을 치던 로키는 이윽고 아무 일도 없었다는 듯 일어났다.

"응, 아이쭈 스커트 안짝도 확인했으니 댔다 치자."

"……봤어요?"

"에, 어, 아이다. 몬봤다. 구르는 김에 신품 레깅스 같은 거 요맨치도 확인 몬했다."

한 방 더 날려준 후, 한동안 있다가.

너덜너덜해진 로키를 질질 끌고 아이즈는 몬스터 필리

아로 출발했다.

"아이쭈, 미안한데 쪼끔 가볼 데가 있다. 들렀다 가도 되나?"

"네……. 아침 먹으러, 가나요?"

"음~ 것도 있고."

북쪽 메인 스트리트를 남하해 바벨이 세워진 센트럴파크로 나온 후 동쪽 메인 스트리트로 나아갔다.

동쪽 메인 스트리트는 이미 수많은 사람들로 북적거렸다. 이날을 위해 줄을 지어 선 수많은 노점은 성황이었으며, 인파의 흐름을 곳곳에서 막고 있었다.

휴먼, 엘프, 드워프, 수인, 파룸, 아마조네스. 남녀노소 관계없이 종족불문하고 뒤섞인 광경은 압권과 동시에 장관이었다. 완전히 들뜬 군중은 대로를 가득 메웠으며 도시 동쪽 끝에 있는 암피테아트룸(원형투기장)까지 그 길고도 굵은 대열을 이어나갔다.

"여다, 여."

축제 개최를 앞두고 더할 나위 없이 흥분이 드높아진 가운데 로키와 아이즈는 인파를 누비며 대로를 따라 세워진 어떤 카페에 앞으로 나왔다.

문을 지나 종소리가 나자 금방 점원이 나왔다. 로키가 한두 마디 건네자 2층으로 안내해주었다.

아이즈가 그 자리에 발을 들인 순간 느낀 것은 시간이 멈춘 듯한 정적이었다.

손님은 모두 마음을 어딘가에 놓고 온 듯, 입을 반쯤 벌린 채 모든 시선을 한 곳에 모으고 있었다.

　그들이 바라보는 것은 창가 자리에서 조용히 앉아 있는, 남색 로브를 걸친 한 인물, 아니, 신물(神物)이었다.

　"여어～ 오래 기다렸나?"

　"아니, 나도 조금 전에 왔어."

　그녀의 곁으로 똑바로 다가간 로키는 싹싹하게 말을 걸었다.

　상대도 깊이 눌러쓴 후드 밑에서 미소를 지었다.

　"바라, 우리 아적 아침 전인데, 이기서 주문해도 대나?"

　"마음대로 해."

　보아하니 로키는 그녀를 만나기 위해 미리 연락을 해두었던 모양이다.

　의자를 끌어당겨 정면에 앉은 로키와 대화를 나누는 여신에게는 옛 지기라 부를 만한 분위기가 있었다. 천계에서의 오랜 관계를 느끼게 하는 대화였다.

　방해가 되지 않도록 호위하는 위치에 선 아이즈는 후드 안에서 엿보이는 그 은발을 보고 처음 만난 여신의 정체를 알아차렸다.

　"그런데 그 아이는 언제쯤 돼야 소개시켜줄 거지?"

　"머 한다꼬? 소개가 필요하나?"

　"그래도 초면인걸."

　여신의 눈동자도 아이즈의 얼굴로 향했다. 머리카락 색

과 똑같은 은색 두 눈에 아이즈는 한순간 빨려 들어가는 것 같은 착각을 느꼈다.

【로키 파밀리아】와 동등한 전력을 보유했으며, 일부 사람들에게서는 도시 최강 파벌이라고도 불리는 【파밀리아】의 주신.

동시에 그 고혹적인 미모 때문에 '마녀'라는 별명도 가진 미의 화신.

여신 프레이야.

"그라모, 야가 우리 아이즈. 됐제? 아이즈, 이딴 넘이라 캐도 신이니까 인사는 해 두라."

"······처음 뵙겠습니다."

아이즈는 태어나서 이제까지 리베리아보다 아름다운 여성을 본 적이 없었으나, 눈앞의 여신이 가진 아름다움은 하이엘프인 그녀를 완벽하게 능가했다.

절세독립의 미모. 숫제 오한마저 느껴질 만한 그 요염함은 하계 사람들을, 동격의 신들마저도 현혹해버릴 힘을 지녔다. 로브로 몸을 감추었음에도 주위 손님들의 시간을 빼앗아 매료시켜버리는 것이 좋은 증거였다.

쇠하지 않는 용모를 가진 신들 중에서도 특히 탁월한 미모를 자랑하는 '미의 신'.

여신 프레이야는 그중 하나였다.

"예쁜걸. 게다가······ 그래, 로키가 이 아이에게 반한 이유도 잘 알겠어."

로키에게 허가를 받아 곁에 앉은 아이즈에게 프레이야는 웃음을 지으며 바라보았다.

소문은 익히 들었지만 이렇게 상대하고 있으니 그녀의 아름다움에 얽힌 이야기가 결코 과장이 아님을 깨달았다. 그 얼굴도, 로브 위에서도 알 수 있는 뛰어난 몸매도, 동성인 아이즈조차 유혹할 만한, 그렇다, 마성이라고도 부를 만한 미색이 있었다.

아이즈의 황금색 눈동자와 프레이야의 은색 눈동자가 시선을 나누었다.

오랜만에 느꼈던 두려움을 가슴에 품으며 아이즈는 희미한 표정 그대로 고개를 숙였다.

키득 웃음을 흘리는 기척이 전해졌다.

"어째서 여기에 【검희】를 데려왔는지 물어봐도 될까?"

"음훗훗……! 그 기사 인마, 기왕 필리아 축제가 열렸는데, 우리 아이쭈랑 러브러브 데이트를 즐겨야 하지 않겠나!"

아이즈와 프레이야의 만남은 신경도 쓰지 않고 로키는 변함없는 분위기로 말했으나.

천천히 손을 내밀었다.

"……글카고, '원정'도 끝나서 겨우 돌아왔다고 내비뒀다가는 금새로 던전 가삘라 카거든, 이 공주님은."

"……."

"누가 가스 빼주지 않으믄 평생 쉬지도 않을 기다."

아무 말도 할 수 없었다.

기습처럼 흘러나온, 자신을 배려하는 그 말에 아이즈는 시선을 떨구었다. 퐁퐁 머리를 부드럽게 두드려주는 그 손길을 고분고분 받아들였다.

후드 안에서 프레이야 또한 우습다는 듯 미소를 지었다.

그리고 그로부터 얼마 지나지 않아, 두 여신은 이곳에 모인 본론이라는 양 돌변한 분위기를 풍겼다.

이 자리에 자신을 불러낸 이유를 프레이야가 묻자 로키는 입술을 틀어올리며 단도직입적으로 용건을 꺼냈다. 보아하니 그녀는 최근 묘한 행동을 보이는 프레이야를 경계하는 모양이었다. 얼마 전에 얼굴을 비췄던 '신의 연회'에서도 심문을 했다는 것이다. 그렇게 관심이 없다고 했으면서 왜 이제 와서 참가했느냐고.

【로키 파밀리아】와 【프레이야 파밀리아】.

미궁도시의 쌍벽으로 비유될 만큼 실력이 비등비등한 두 파벌 사이에는 세력다툼이 끊이질 않는다.

허점만 있으면 걷어차 떨어뜨리는 관계인 두 【파밀리아】는 백중지간인 만큼 서로를 무시할 수 없었으며, 한쪽이 움직이면 다른 한쪽도 움직이지 않을 수 없게 된다. 로키는 프레이야의 의도를 파악하는 한편 트러블을 일으키지 말라고 못을 박아두는 것이 목적이었던 모양이다.

어느샌가 주위의 손님들은 사라지고 없었다. 서로를 노려보며 웃음 짓는 여신들에게서 뿜어져나오는 험악한 신위에 압도당해 모두 나간 모양이었다. 단 한 사람, 아이즈만이 그녀들의 곁에 앉아 표정을 무너뜨리지 않고 조용히 두 옆얼굴을 지켜보았다.

창밖에서 아무것도 모르는 사람들의 소란이 들려왔다.

"남자가?"

무언가를 깨달았다는 듯 로키가 그 한 마디를 입에 담았다.

여전히 미소만으로 대답하는 미의 여신에게, 긴장이 풀린 그녀는 있는 힘껏 한숨을 쉬었다.

"하아…… 그니까 어느【파밀리아】의 아 하나가 맘에 들었다, 그기가?"

뭐고, 바보같데이, 라고 혼자 단정지어버리는 로키. 아이즈는 한순간 상황을 파악하지 못해 당황했다.

얼마 안 되는 정보로 생각을 종합해보면, 보아하니 프레이야는 다른 파벌의 어떤 단원을 보고 반한 모양이다. '신의 연회'에 나온 것도 포함해 왕성한 행동을 보였던 것은 그 하계 사람의 정보를 모으기 위해서였던 걸까.

이제까지의 대화를 돌이켜보고 간신히 거기까지 추측한 아이즈가 슬쩍 눈치를 살피자, 프레이야는 맞았다고도 틀렸다고도 하지 않고 후드 안에서 그저 재미있다는 듯 웃고만 있었다.

"보래, 이거 색골 여신이. 1년 내내 발정 나서는 사람을 안 가리네."

"어머나, 서운하게. 나도 분별 정도는 하는걸."

"어데 공갈을 치노. 빙시이 남신들도 죄다 속이삐리고는."

"그들하고 관계를 가져두면 이것저것 편리하거든. 이래 저래 융통을 봐 주니까."

여기서 잠시 대화가 끊어지고 한동안 공백이 생긴 후.

로키가 웃음을 지었다.

"근데?"

"……?"

"어떤 놈아고? 이번에 니 눈에 든 아가. 언제 찾았노? 불어바라."

"……."

"니 때문에 쓸데없니 마음 썼으니 내도 들을 권리 정도는 있다."

로키의 약간 억지스러운 논리에 프레이야는 창밖으로 얼굴을 돌렸다.

로브 속의 아름다운 은발 한 가닥이 목에서 흘러내렸다.

"……강하지는, 않아. 너나 내 【파밀리아】의 아이들에 비해도, 지금은 아직 미덥지 못하지. 조금만 힘을 주어도 상처를 입고, 금방 눈물을 흘리는…… 그런 아이. 하지만."

"아름다웠어. 참 맑고. 그 아이는 내가 이제까지 본 적이 없는 빛을 가졌지."

"그래서 눈길을 빼앗겼어. 넋을 잃고 바라봤어……."

어린 아이를 아끼는 듯한 그 목소리는 차츰 열기를 띠는 것 같았다. 적어도 아이즈에게는 그렇게 느껴졌다.

잇달아 말을 입에 담으며 프레이야는 창밖의 광경을 내려다보았다.

"찾은 건 정말 우연이었어. 어쩌다 시야에 들어왔을 뿐. ……그때도 이렇게……"

——그 한순간이었다.

수많은 데미휴먼의 무리를 바라보던 은색 눈동자가, 놀란 것처럼 어떤 한 점에 멈추더니 못박혀버렸다.

아이즈는 반사적으로 시선을 따라가고 말았다.

대로를 가득 메운 인파 속에서 금색 두 눈이 발견한 것은, 토끼 귀처럼 까닥까닥 흔들리는 새하얀 머리카락이었다.

"——."

머릿속이 아주 잠깐 동안 새하얗게 물들었다.

아이즈는 남몰래 그 머리카락이 가는 방향으로 시선을 향하고 말았다.

"미안해, 갑작스러운 용무가 생겼어."

"머라꼬?"

"다음에 또 만나."

프레이야가 자리에서 일어나고 로키는 수상쩍다는 투로 말했지만 지금 아이즈에게는 의식 한구석에서 일어난 사건이었다. 인파 속으로 사라지려 하는 흰토끼를 마지막까지 눈으로 계속 따라갔다. "뭐꼬, 잠마. 갑작시럽구로 일어나삐고."

고개를 갸웃거리던 로키는 그제야 아이즈의 분위기가 이상하다는 것을 알아차렸다.

"응? 아이즈, 와? 머 있나?"

"……아닙니다. 아무것도."

대답은 했지만 눈은 아직도 창밖을 향하고 있다.

잘못 본 것일지도 모른다. 확신도 없다. 하지만 왔을지도 모른다. 이 몬스터 필리아에.

아이즈는 이미 보이지 않는 흰 머리카락에 자신이 어딘가 기대를 품고 있음을 깨달았다.

만날 수 있을지도 모른다고.

"야야, 아이즈. 누구 있었나? 내 음청 신경 쓰인데이."

"……죄송합니다. 아무것도 아니에요."

겨우 창밖에서 시선을 돌렸지만 로키는 수상쩍다는 듯 아이즈를 바라보며 끈덕지게 물고 늘어졌다. 숨기지 말라고 문어처럼 온몸에 뻗어드는 신의 손길을 냉정하게 뿌리치고 있으려니, 곧 가게에 들어오며 주문했던 아침식사가 왔다.

로키는 불만스럽게 입술을 비죽거리면서도 얌전히 빵과 수프, 샐러드를 먹기 시작했다.

식사를 마친 후 계산을 하고 다시 대로로 나왔다.

"알긋다, 절대 말 안할 끼믄 마 댔다. 대신 인자부터 내가 만족할 때까지 데이트 해주야 한데이, 아이쭈!"

"……알겠습니다."

"아싸, 그라믄 가자~!"

인파를 타고, 혼잡의 극치인 동쪽 메인 스트리트를 나아 갔다.

걷기도 힘들 정도인 대로는 꽃을 비롯한 온갖 장식이 이루어져 평소에는 볼 수도 없는 색채가 가미되었다. 길 양쪽에 이어진 상점에서는 맞은편의 건물과 사이에 끈을 연결해 다양한 깃발을 머리 위에 드리워놓았다. 깃발의 무늬는 몬스터 필리아를 나타내는 사자의 실루엣과 【가네샤 파밀리아】의 엠블럼인 코끼리머리 두 종류였다.

길가나 중앙에 이어진 노점에서 풍기는 향기로운 냄새는 길 가는 사람들의 위장을 유혹했다. 불로 호쾌하게 구운 꼬치구이에서는 육즙이 흘러 넘쳤으며 기름 튀는 소리가 한층 강하게 식욕을 자극했다.

시끌벅적한 축제 분위기에 사람들은 하나같이 얼굴에 웃음을 꽃피우고 있었다.

"아이쭈, 우선 감자돌이 먹자!"

"……!"

로키에게 이끌려 들른 노점에선 으깬 감자에 옷을 입혀 기름으로 튀겨낸 식품을 팔고 있었다. 은근히 애용하는 음식에 아이즈의 눈빛이 살짝 바뀌었다.

"음, 걍 감자돌이 하나랑……."

"단팥 크림맛 하나."

로키의 목소리에 자신의 목소리를 겹쳐 주문하자 금방

감자를 튀겨낸 한입 크기의 요리가 나왔다. 아이즈가 주문한 것은 여기에 크림도 섞어 튀겨낸 것이다.

그게 맛있느냐고 묻는 로키의 시선도 아랑곳 않고 조용히, 그리고 어딘가 모르게 열심히 먹었다.

"아이쭈, 아이쭈."

"?"

입술에 감자 부스러기를 묻히고 돌아보자 로키가 와락 자신의 감자돌이에 달려들어 입에 넣었다.

더욱 버릇없게 할짝할짝 몇 번씩 혀로 핥아대는가 싶더니, 화사한 웃음을 지으며 아이즈의 눈앞에 그 감자 덩어리를 내민다.

"자, 아~."

"싫어요."

즉답이었다.

"우째서~?! 내가 만족할 때까지 놀아준다꼬 안 했나!"

"싫어요."

"아이쭈한테 아~ 해주는 기 내 꿈이었단 말이다!! 부탁한데이—!"

"싫어요."

가차 없이 거절하는 아이즈에게 로키는 몇 번이고 매달렸다. 하지만 아이즈도 단호히 거부했다. 눈물 작전까지 쓰는 주신을 칼 같은 강철의 의지로 잇달아 튕겨냈다.

"그럼 아이쭈가 내한테 아~ 해도, 아~! 그건 되겠제?!"

"……"

"한 입만, 한 입이믄 된다!"

아이즈는 손에 든 감자돌이에 잠시 시선을 떨군 후, 다음으로는 필사적인 표정을 짓는 로키를 노려보았다. 주위의 눈도 아랑곳 않고 제발제발 애원하는 주신에게 그녀는 쭈뼛쭈뼛, 먹다 만 감자돌이를 내밀었다.

그러자 즉시 터업.

아이즈의 두 손을 붙잡으며 힘차게 달려든 로키는 못난 다람쥐처럼 감자돌이를 입 안 가득 머금고 한참 음미한 다음 꼴깍 삼켰다.

"후혜, 후혜헤…… 아이쭈랑 간접 키스했다."

아이즈는 자신의 행동을 지독히 후회했다. 그리고 당장 주신에게서 눈을 돌리고 싶어졌다.

"주신님, 주신님?! 부탁이니까 이러지 마세요오!!"

"어허, 사양하지 말거라! 이번에는 내가 해줄 차례 아니냐?! 자! 아~!!"

어디선가 들려온 비명에 우리 파밀리아만 이러는 게 아니구나 싶어 아이즈는 아주 살짝 구원받은 기분이 들었다.

"자자, 아이쭈! 또 다른 데 가보자!"

그 후로 아이즈는 로키에게 이끌려 대로변의 노점을 구경하고 다녔다.

음식 외에는 갓 짠 과즙이며 액세서리 같은 것을 파는 다양한 노점이 눈을 싫증나지 않게 해주었다. 또한 짓궂은 로키가 살 생각도 없으면서 점원을 떠보고, 점원은 점원대로 필사적으로 대화를 나누는 모습이 어딘가 우스꽝스러워 아이즈는 몇 번이나 입술에 웃음을 지었다.

익살을 떠는 로키의 모습에 아이즈는 자각하지 못한 채 축제를 즐기고 있었다.

"……."

"와 그라노, 아이즈?"

문득 아이즈가 발을 멈추고 말았던 것은, 어이없게도 무기를 파는 매점이었다.

모험자의 성지이기도 한 미궁도시답다고 해야 할까, 그 가게에는 도검류를 중심으로 수많은 무기를 진열해놓고 있었다. 보석이며 크리스탈을 박아놓은 감상용 장식검이 주로 눈에 뜨이지만 실용적인 무기도 있었다.

오늘날까지 몇 자루나 되는 검을 손에 들고 감별해보았던 반동인지, 자꾸만 시선이 진열된 무기에 끌려가 혹시나 생각지도 못한 명품이 있지는 않은지 찾게 되었다.

이날 들어 가장 뜨거운 눈빛을 보내는 아이즈에게 로키는 쓴웃음을 지었다.

"내는 아이쭈가 쫌 더 가시나 같아도 좋겠구마……. 자, 그만 가자."

"……네."

"그래 노골적으로 아쉬워하지 마라, 아야. 비슷한 가게가 오늘 하루만 해도 이짜저짜에 있을 기다. 여가 다가 아니데이."

설득당해 아이즈는 매점을 떠났다.

아직도 더 놀아야겠다는 양 씨근덕거리는 로키에게 이끌려 북적거리는 대로를 돌고 또 돌았다.

❦

찰박. 물방울이 떨어져 살짝 튀었다.

천장에서 방울져 떨어지는 가느다란 소리는 공기를 흔들고 주위에 조용한 메아리를 퍼뜨렸다.

그것은 천천히 눈을 떴다.

완만한 동작으로 온몸을 떨고, 좁은 우리 안에서 움찔거렸다.

어딘가 무거운 정적에 휩싸인 공간.

사방에는 어둠이 이어져 캄캄하다. 피부 위를 훑는 것은 서늘한 냉기였다.

길을 잃고 들어왔는지 어디선가 미미한 울음소리와 함께 나타난 쥐 한 마리가, 그것을 올려다본 순간 쏜살같이 달아났다.

그것은 즉시 활동을 시작하려 하지는 않았다.

잠에서 깬 직후라 머리에 공백이 발생한 것처럼, 혹은 상황 인식을 위해 주위를 살피듯 침묵을 이어나갔다. 그것은 어두운 정적에 한동안 몸을 맡기고 있었다.

문득 그것은 알아차렸다.

몸을 감싸고 있던 새까만 우리가 열렸음을.

그리고 또 한 가지.

자신의 동포가 바로 근처에서, 똑같이 어둠 속에 숨을 죽이고 있음을 느꼈다.

그것은 활짝 열린 문에서 천천히 빠져나왔다.

질질, 바닥에 끌리는 소리를 내며, 좁았던 우리를 빠져나갔다. 호응하듯 주위에서도 우리를 빠져나가는 기척이 이어졌다.

밖으로.

밖으로 나가고자.

그것은 어둠 안을 기어갔다.

지성은 개입되지 않은, 주어진 본능이 불을 지켜, 자신의 존재 의의를 떠올렸다.

이동해나간다.

이 어둠에서 빠져나가, 소리가 들려오는 방향으로.

많은 생물의 기척이 나는 자신의 머리 위로.

지상으로.

"아! 벌써 시작해삤네!"

투기장에서 들려오는 환성에 로키가 황급히 외쳤다.

"이 길이 맞나요?"

"맞다! 대로 따라 가는 것보다 훨 가깝다!"

정신이 팔려 시간을 잊고 노점 순례에 지나치게 빠져들었던 것이 실수였다. 정작 중요한 몬스터 필리아 개최 시간을 크게 놓치고 만 아이즈와 로키는 골목길을 뛰어야 할 판이었다.

로키의 지리감각에 의존해 나아가는 뒷골목은 좁고 인기척은 전혀 없었다. 주위가 건물에 에워싸여 해가 들지 않는 뒷길에는 지금은 빛을 내지 않고 잠든 마석등이 벽 여기저기에 박혀 있었다.

시야 구석에서 서서히 고개를 드는 투기장을 향해 아이즈와 로키는 뛰었다.

"……?"

도중에 아이즈는 의아한 표정을 지었다.

귀가 한순간 포착한, 짐승의 울음 같은 소리.

투기장에서 테이머와 싸우는 몬스터의 포효가 바람에 실려 들어왔나 수긍하려 해도 어딘가 떨떠름한 표정을 짓게 되었다.

그러한 위화감을 느끼는 동안 아이즈 일행은 좁은 길을 빠져나가 투기장이 우뚝 솟은 광장에 도착했다.

"안대겠다, 뛰다 지치가꼬…… 뭐꼬, 이 분위기는."

로키가 숨을 헐떡이는 가운데 투기장 주변의 분위기는 긴장으로 팽팽했다.

축제 환경정비를 위해 배치된 길드 직원들의 움직임은 불안을 조장할 만큼 분주했으며 다급했다. 지금도 환성이 끊이지 않고 터져나오는 투기장과는 반대로 동요와 혼란이 전파되고 있었다.

무엇보다 【가네샤 파밀리아】의 단원들이 무기를 들고 광장에서 뿔뿔이 흩어져가는 광경은 이미 이변이 일어났다고 판단하기에 충분하고도 남을 만한 재료였다.

아이즈는 로키를 보고, 로키가 고개를 끄덕이자 투기장 남쪽, 정문 부근으로 다가갔다. 빙 둘러서 원을 그리고 서 있던 몇몇 길드 직원들을 바라보며 아이즈는 그들에게 정보를 청했다.

"……실례합니다. 무슨 일이 있었나요?"

번쩍 고개를 들고 돌아선 길드 직원들은 이쪽을 보자마자 눈을 크게 떴다.

"아, 아이즈 발렌슈타인……."

그들은 잠시 아연실색하더니, 달려들듯 남자 직원 하나가 아이즈에게 다가와선 빠른 어조로 현재 상황을 설명해주었다.

듣자하니, 축제를 위해 포획했던 일부 몬스터가 투기장 지하의 우리에서 탈주해 이곳 동부 지역 주변으로 흩어졌다는 것이다.

아마 외부인의 소행인지, 일부 길드 직원 및 우리를 감시하던 【가네샤 파밀리아】의 단원들은 영혼이 빠져나간 것

처럼 넋을 잃고 재기불능 상태로 지하에 주저앉아 있었다
고 한다.

"몬스터를 진압하기에는 인원이 부족합니다. 부디 힘을
보태주세요……!"

그 애원을 거절할 이유는 어디에도 없었다.

뒤를 돌아보고 자신의 주신에게 시선을 보냈다.

"로키."

"다 들었다. 인자 데이트할 상황도 아인 것 같네. 별 수
없제. 이참에 가네샤한테 빚을 지워삐자고."

기쁨에 끓어오르는 길드 직원들과 로키가 대화를 나누
고, 몬스터의 숫자와 종류, 움직일 수 있는 인원의 상황을
확인했다.

왜 몬스터가 탈주하게 되었는지 생각하는 것은 뒤로 미
루고.

도시의 동부 일대를 뒤흔든 사태에 아이즈는 덧없이 빛
나는 레이피어 자루를 꽉 쥐었다.

5장

개전

대관중의 박수와 갈채가 우레처럼 울려 퍼졌다.

투기장 내의 아레나에서는 지금 막【가네샤 파밀리아】의 테이머가 몬스터를 길들인 참이었다.

도시 동쪽 끝에 지어진 투기장. 주위의 건물보다도 훨씬 높고 넓은 거대 시설은 창공에도 닿을 것 같은 흥분의 소용돌이에 휩싸여 있었다.

"역시 가네샤 쪽은 대단하네. 테임을 간단하게 성공시키다니. 저런 건 흉내도 못 내겠어."

"그러게요. 안 그래도 성공률이 낮은데 이런 대형 무대에서……."

"화려하기도 하고 말이지, 하나같이. 그냥 테임만 하는 게 아니라 관객들을 매료시키는 움직임을 보여준다니깐. 돈 받을 만하네, 이 정도면."

몬스터 필리아를 관전하러 온 티오나, 레피야, 티오네는 입을 모아 감상을 말했다. 아침 일찌감치 입장했던 그녀들은 다른 파벌의 정예들이 보여주는 다양한 묘기에 솔직하게 혀를 내둘렀다.

화려한 의상을 입은 미녀 테이머는 박수에 호응한 후, 완전히 얌전해진 호랑이 몬스터를 데리고 퇴장했다. 이와 엇갈려 동서 게이트에서 나타난 것은 굴강한 남성 테이머와, 꼬리까지 합쳐 길이 7M은 될 것 같은 대형 용이었다.

관객들 사이에서 술렁거리는 소리가 일어나는 가운데, 흉악한 송곳니를 드러낸 몬스터가 으르렁거리는 소리를 냈다.

"저렇게 큰 걸 던전에서 끌고 왔을까?"

"그럴 리가 있겠어? 도시 밖에서 데려왔겠지. 용종(龍種) 몬스터라면 던전에서 태어나지 않았어도 힘은 그렇게 떨어지지 않을 테고."

세 사람은 필드를 에워싼 관객석 중간층 부근에 있었다.

전투의 막이 열리자마자 순식간에 솟아나는 환성의 해일. 으힉 목을 움츠리며 눈을 감는 티오나의 옆에서, 귀를 막고 있던 레피야가 목소리를 높였다.

"그치만 좀 이상하지 않나요? 저 몬스터, 분명 제일 마지막 순서 아니었어요?"

주위의 성원에 휩쓸리지 않도록 큰 소리를 내는 레피야의 의문에, 듣고 보니 그렇다며 티오네는 격투를 벌이는 테이머와 몬스터를 바라보았다.

저 크기와 박력이라면 오늘 최고의 구경거리가 틀림없을 것이다. 다른 몬스터가 나갈 차례를 빼앗는 짓을 해서까지 이 타이밍에 내보낼 이유는 없을 것 같았다.

아니면, 어쩌면, 공연의 순서가 바뀌어야만 할 무언가가—— 차례를 앞둔 몬스터를 내보낼 수 없게 된 무언가가 일어난 걸까.

"게다가…… 아까부터 【가네샤 파밀리아】 사람들이 분주한걸."

"아, 역시 그렇게 생각해?"

필드에서 고개를 든 티오네와 티오나의 시선 너머, 주신인 가네샤가 있을 투기장 최상층 귀빈석에서 번갈아 들락거리는 단원들의 모습이 보였다. 게다가 그들은 관객석에 내려가서는 있는 대로 신이며 모험자들에게 귓속말을 하는 것이 꼭 무언가를 요청하는 것처럼 보였다.

어딘가 여유가 없는 그들의 움직임에 세 사람은 모종의 사태가 일어나고 있음을 어렴풋이 느끼기 시작했다.

"어떻게 할까요?"

"……잠깐, 좀 살피고 와볼까?"

레피야의 물음에 티오네가 대답하고 관객석에서 일어났다.

세 사람은 들끓는 객석 사이를 지나 계단을 뛰어올라갔다.

✦

"근데 바라, 가네샤네 아들은 머하고 있노, 미샤?"

"어, 그게요오, 시민의 안전을 최우선으로 생각해서 움직이고 있어요. 저희와 연계해서 동쪽 지구에서 피난을……."

"흐음……. 이런 상황에서 제대로 된 정보는 기대하기 힘들 거고, 몬스터 쪽은 역시 아이쭈한테 맡기야 하나."

어딘가 혀 짧은 소리를 내는 길드 직원의 말을 들으며

로키는 주위를 둘러보았다.

투기장을 에워싼 광장은 겨우 통솔이 잡힌 움직임을 보이고 있었다. 까만 정장을 입은 길드 직원들이 각자 맡은 역할을 분주히 수행하고, 무장한 【가네샤 파밀리아】 단원과 연신 검토를 하는 모습이 보였다. 그 외에도 극히 일부지만 협조에 응한 모험자의 모습도 있어서 지시를 받자마자 광장에서 뛰어나갔다.

시내 아득히 먼 곳에서는 지금도 몬스터의 울음소리가 들려왔다.

"로키!"

"오?"

자신에게 달려오는 티오나 일행 세 사람에게 로키는 잘 왔다고 손을 들었다.

이미 보통이 아닌 상황임을 주위의 분위기로 눈치 챈 그녀들은 자세한 설명을 요구했다.

"쉽게 말해서, 몬스터가 도망치가꼬 이 일대에서 얼쩡거리고 있다 카더라."

"엑, 그거 위험한 거 아냐?!"

"위험하재."

놀라는 티오나에게 로키는 느긋한 태도를 무너뜨리지 않았다. 무슨 태평한 소리를 하느냐고 힐문하자 그녀는 쓴웃음을 지으며 지시를 내렸다.

"티오나 너네는 아이즈가 몬스터 잡다 놓치믄 쫌 잡아주

라. 보자, 내도 이동할 끼니까, 전망 좋은 데라도 자리 잡고 있다가."

"아이즈 씨는 벌써 몬스터에게 갔나요?"

"아니, 아직은 안 갔는데."

"뭐어? 그럼 어디 있는데?"

레피야와 티오네의 의문에 로키는 손가락 하나로 대답했다.

아득히 머리 위 높은 투기장 한구석을 가리킨다.

"저짝."

바람 소리가 울렸다.

아름다운 금발을 나부끼며, 아이즈는 투기장 위에서 시내의 광경을 부감하고 있었다.

원래는 사람이 들어가지 못하는 투기장의 바깥쪽. 제대로 발 디딜 곳조차 없는 꼭대기 부근의 가장자리는 이 부근 일대에서도 가장 고도가 높다. 이곳에서는 동쪽 메인 스트리트는 물론 복잡하게 얽혀드는 골목길 구석구석까지 조망할 수 있다.

시내에 흩어진 몬스터를 추격해 무턱대고 돌아다녀봤자 비효율적이며 시간낭비는 피할 수 없다.

――높은 곳에서 적의 위치를 파악해가꼬 잽싸게 노려치는기라.

아이즈에게 로키가 귀띔해준 계략이었다.

"……찾았다."

물론 육안으로도 살피지만, 이곳에는 던전에 없는 바람의 흐름이 있다. 에어리얼의 일부를 실어 포효의 진동을 민감하게 감지한 아이즈는 눈 깜빡할 사이에 몬스터의 위치를 판별해냈다.

근처에서 확인한 몬스터의 수는 여덟. 현재 탈주한 것으로 알려진 아홉 마리 중 한 마리만은 포착할 수 없었다.

시간을 더 들일 수도 없었으므로 수색을 포기한 아이즈는 허리에 찬 레이피어를 뽑았다.

"【눈을 뜨라, 폭풍】."

바람의 기류를 다시 둘렀다.

가장자리에 발을 걸치고, 등 뒤에서 밀려드는 관중의 함성에 떠밀리듯 몸을 앞으로 쓰러뜨린다.

인공의 단애절벽에서 몸을 쓰러뜨려 한순간의 부유감을 느끼고.

기울어져가는 시야 속에서 가장 거리가 가까운 몬스터를 금색 눈동자로 꿰뚫는다.

온 힘을 다해 해치우리라.

"릴 라파가."

벽을 박차.

자신을 탄환으로 바꾸어 아이즈는 장거리 사격을 감행했다.

"?!"

"뭐지?!"

꿰뚫는다.

시내 중심부를 약진하던 '트롤'을 등 뒤에서 포격과도 같이 분쇄했다. 거인 몬스터를 상대하려던 모험자들은 하나같이 경악했으며, 그 엄청난 굉음에 미처 도망치지 못한 시민들도 어깨를 움찔거렸다.

'하나!'

대량의 재가 사방으로 터져나가는 가운데 무시무시한 기세로 바닥을 파헤치고 나가던 아이즈는 즉시 몸을 돌렸다. 돌풍과 함께 교차로를 질주해── 길 너머에 보인 몬스터에게, 이번에는 참격을 가했다.

『──크악?!』

'둘!'

멈추지 않는다.

3층 건물 옥상으로 도약해 몇 채나 되는 건물을 한달음에 뛰어넘어, 목표가 시야에 들어온 것과 동시에 지면으로 강하. 돌바닥 위를 달리는 그림자에 반응해 돌아본 몬스터를 향해 즉시 공격.

'셋!'

투기장에서 얻은 몬스터의 위치와 시내의 부감도에 따르는 아이즈의 움직임은 정확하기 그지없었으며 종횡무진이었다. 분진과 바람 가르는 소리를 일으키며 질주해, 누구보다도 빠르게 몬스터를 발견해서는 격파해나갔다.

강인한 팔다리를 자랑하며 고속으로 이동하는 사슴 몬스터 '소드 스태그'에게도 눈 깜짝할 사이에 육박해, 건물 벽을 타고 달려나와 지형을 무시한 채 참격을 퍼부었다.

'넷!'

금색 질풍이 검을 들고 시내를 누볐다.

"직원의 지시에 따라 피난해 주십시오! 이 부근에는 몬스터가 없으므로 부디 침착하시기 바랍니다!"

"딸이, 딸이 없어요! 소란통에 놓쳐버리는 바람에……!"

"걱정하지 마세요. 따님의 특징을 말씀해 주시겠어요?"

혼란을 일으킨 시민들을 길드 직원들이 필사적으로 유도했다. 뒤섞인 노성과 비명을 받아들이고 다른 모험자의 손도 빌려가며 그들은 피난활동에 힘썼다.

하프엘프 여직원과 수인 어머니가 이야기를 나누는 모습을 내려다보던 로키는 다시 들려온 몬스터의 단말마에 고개를 들었다.

"티오나네로 미안하구로 아이즈 혼자 다 해치울 낀가 부네……."

투기장에서 이동해 높이 우뚝 솟은 종루에 올라간 그녀는 시야 한구석의 광경을 바라보며 중얼거렸다.

그녀의 시선 너머에서는 금발의 소녀가 광대한 시내의 구획에서 끊임없이 움직이고 있었다.

지금도 막 몬스터 하나를 포착해 해치우는 중이었다.

"그건 그렇다 쳐도…… 수상한데, 이 소동."

길드 직원이나 【가네샤 파밀리아】의 행동 덕에 주변 지역 주민들은 모두 무사하다. 눈 아래에 있는 그들의 목소리에 귀를 기울여보면 이미 피난을 마친 자들에게는 찰과상 하나 없다고 한다.

시민의 안전에 힘을 쏟은 그들을 칭찬해야겠지만, 로키에게는 좀 맥이 빠질 정도였다.

'사망자는 고사하고 다친 사람조차 없다니 얘기가 너무 잘 풀리는 거 아이가……. 인류를 습격하지 않는 몬스터가 어데 있다고.'

로키가 노려보는 방향, 시내 한쪽에서 튀어나온 몬스터는 비명을 지르는 데미휴먼들을 돌아보지도 않았다. 마치 무언가를 찾아 헤매듯 시선을 이리저리 돌리고, 흥분해서는 장애물을 튕겨내고 짓밟아 부수며 난폭하게 주위를 배회했다.

"뭐, 앞으로 먼일이 날진 모르겠지만……."

시선 너머의 몬스터가 또 아이즈에게 쓰러졌다.

이런 소동을 벌일 수 있는, 혹은 벌일 만한 자는── 그리고 여기까지 생각하고 뇌리에 스쳐 지나간 것은, 후드에 가려진 고혹적인 미소와 반짝이는 은발이었다.

"──아앙?"

갑자기 로키는 발밑을 보았다.

흔들, 하는 진동.

휘청거릴 만큼은 아니었지만 종루를 한 번 흔들었다.

몸을 내밀며 주위를 둘러보았다.

"지진이가……?"

✱

"우와~ 진짜 나갈 일 없겠네~."

가옥의 지붕을 따라 이동하던 티오나 일행은 발을 멈추었다.

아이즈는 몬스터를 놓치기는커녕 적확하게 물리쳐 티오나 일행의 지원을 헛수고로 만들었다.

이곳까지 전해지는 바람의 여파에 머리카락이 흩날렸다.

"먹이 받고는 '기다려' 상태로 꼼짝도 못하는 기분이야."

"아, 그거 이해할 것 같아."

"……두, 두 분은, 무기도 없으면서 그런 말씀을 잘도 하시네요."

오늘 티오나 일행은 변변한 무기를 들고 오지 않았다. 각자 주무기인 대형 무기며 지팡이는 몬스터 필리아를 관전하는 데 방해가 될 것 같았기 때문이다. 방어구는 말할 것도 없다.

하는 일 없이 멀거니 지켜보는 가운데 몸만 있으면 충분하다는 아마조네스 자매의 대화에 레피야는 헛웃음만 짓고 있었다.

"……?"

"티오나?"

"왜 그러세요?"

눈썹을 의아하다는 듯이 찡그리고 과민한 들고양이처럼 주위를 살피기 시작하는 티오나.

얼굴에 긴장을 머금으며 그녀는 입을 열었다.

"지면, 흔들리는 거 아냐?"

"……정말, 그러네."

"지진……은 아니네요."

지진이라고 하기에는 매우 시시한 흔들림에 티오나 일행은 불온한 느낌을 받았다.

던전에서 함양한 감각이 어떤 소소한 사건이라 해도, 어떤 전조라 해도 그녀들을 민감하게 만들었다.

그리고.

자연스레 몸을 긴장시켰던 그녀들에게, 무언가가 폭발한 듯한 굉음이 전해졌다.

"?!"

그곳으로 끌려가듯 시선을 날리자 길 한쪽에서 엄청난 흙먼지가 피어나고 있었다.

"끼——끼야아아아아아아아아아아아아아아아아아
아악!!"

이어서 울려 퍼지는 여성의 찢어지는 비명.

진동을 일으키며 연기 안쪽에서 나타난 것은, 돌바닥을
밀어내며 땅속에서 출현한, 뱀과도 흡사한 형태의 길고도
거대한 몬스터였다.

오싹. 목덜미에 내달리는 불길한 한기.

티오나 일행은 낯빛을 바꾸었다.

"티오네, 저건 위험해!!"

"가자."

외친 것과 동시에 달려나갔다.

한 발 늦게 레피야도 달려나가 지붕 위를 밟으며 일직선
으로 돌진했다.

비명을 지른 시민이 일제히 도망치는 가운데, 티오나 일
행은 거리 한복판으로 힘차게 착지했다.

"이런 몬스터를, 가네샤 사람들은 어디서 끌고왔담……."

"신종인가, 이거……?"

연기가 완전히 걷히고, 몬스터는 불쑥 머리를 들었다.

가늘고 긴 동체에 매끄러운 피부조직. 머리—— 몸의
끄트머리 부분에는 눈을 비롯한 기관은 아무것도 없었으
며, 약간 둥그스름한 형상은 해바라기씨를 방불케 했다.
온몸의 색은 엷은 황록색이어서 세 사람에게 불길한 기시
감을 주었다.

얼굴 없는 뱀, 이라고 표현하는 것이 가장 적합하리라.

"티오나, 치자."

"알았어."

"레피야는 상황 봐서 영창 시작해줘."

"네, 넷!"

눈을 예리하게 곤두세운 티오네의 지시에 티오나와 레피야, 그리고 몬스터도 반응했다.

지면에서 돋아난 몸을 준동시켜, 대치한 쌍둥이 자매에게 의식의 칼끝을 돌렸다.

다음 순간, 온몸을 채찍처럼 휘둘러 덤벼들었다.

"!"

힘을 앞세운 몸받기. 티오나와 티오네는 회피했다. 밀려 올라오는 돌바닥, 사방으로 흩어지는 파쇄음. 돌덩어리가 주위의 상점에 떨어져 구멍을 뚫고 폭이 10M은 되는 넓은 거리에 다시 먼지를 일으켰다.

좌르르르, 하는 기분 나쁜 소리를 내며 가느다란 몸을 꿈틀거리는 몬스터에게 티오나와 티오네는 즉시 사각에서 펀치와 킥을 꽂았다.

"윽?!"

"딴딴해~!!"

피부를 타격한 순간 그녀들은 똑같이 경악했다.

혼신의 일격이 가로막혔다.

맨손이라고는 하지만 어지간한 몬스터라면 그것만으로

도 육체를 박살낼 제1급 모험자의 공격이었다. 그런데 관통도 분쇄도 일어나지 않았다. 무시무시한 경도를 자랑하는 매끄러운 표피는 살짝 함몰되었을 뿐, 오히려 티오나 일행의 손발에 대미지를 주었다.

껍질이 찢어진 오른손을 붕붕 털며 티오나는 눈을 크게 떴다.

『━━━━━!!』

티오나와 티오네의 공격에 몸을 뒤트는 기색을 보인 몬스터는 분노를 드러내며 더욱 매섭게 공격해댔다. 범람한 격류 같은 기세로 몸을 이리저리 틀며 짓밟거나 혹은 날려버리려 했다.

아마조네스 자매는 이 공격을 별 어려움 없이 피한 후 적의 몸 곳곳에 몇 번이나 주먹을 날려댔다.

"타격 가지곤 끝이 안 나겠어!"

"아~ 무기 가져올걸~!!"

혀를 차고 소리를 지르는 사이에도 뱀 형태의 몬스터와 전투를 이어나간다.

맞았다간 한 방에 끝나버릴 것 같은 적의 공격을 모조리 회피한다. 몬스터는 미쳐 날뛰듯 온몸을 휘둘러댔지만 가볍게 주위를 뛰어다니는 두 사람에게는 스치지도 않았다.

서로에게 결정타를 내지 못한 채 상황이 정체된 가운데.

외야에서, 레피야는 티오나와 티오네가 벌어준 시간을 받아 영창을 이어나갔다.

"【해방될 한 줄기 빛, 성스러운 나무로 지은 활대. 그대는 명궁일진저】."

마법효과를 드높이는 지팡이는 없었지만 한쪽 팔을 내밀며 주문을 엮어나간다.

속도에 비중을 둔 단문영창. 출력은 낮아지지만 고속전투에도 충분히 대응할 수 있다.

게다가 목표는 티오나 일행의 공격에만 신경을 쓰느라 레피야를 쳐다보려고도 하지 않는다. 이 정도면 여유 있게 조준해 공격할 수 있다.

선황색 마법원을 전개하며 레피야는 재빨리 마법을 구축했다.

"【저격하라, 요정의 사수. 뚫어라, 필중의 화살】!"

그리고 마지막 운을 마쳐, 해방을 앞두고 마력이 집속된 직후——

휘릭.

그때까지의 자세를 뒤집고 몬스터가 레피야를 돌아보았다.

"——에."

그 기이한 반응속도에 레피야의 심장은 오한과 함께 떨렸다. 바로 조금 전까지만 해도 이쪽에 무관심했던 몬스터가, 얼굴 없는 머리를 돌렸다.

티오나 일행이 이미 대피를 시작한 것을 시야에 담으며——

'마력에 반응했어.'

레피야가 그렇게 직감한 다음 순간.

충격이 복부를 꿰뚫었다.

"——아."

지면에서 튀어나온 황록색 돌기.

방어구도 전투용 의상도 걸치지 않은 무방비한 배에, 레피야의 팔뚝만 한 촉수가 박혀 있었다.

와작. 끔찍한 소리가 몸속에서 울려 퍼진 것과 함께 입술에서 피를 토해냈다.

""레피야!!""

반동에 허공으로 뜬 몸이 등부터 떨어졌다.

울려 퍼지는 티오나와 티오네의 절규, 가녀린 엘프의 몸은 치명상에 가까운 대미지를 입고 일어나지 못했다.

지면에서 돋아난 수수께끼의 촉수는 기분 나쁘게 꿈틀거렸으며, 한편 뱀 모양 몬스터에게도 변화가 나타났다.

마치 하늘을 우러르듯 몸의 끄트머리를 들어올리는가 싶더니, 쩌적, 쩌적, 여러 갈래의 선이 머리에 나타나고——다음으로는, **피어났다**.

『오오오오오오오오오오오오오오오오오오오오오오오오오오오오오!!』

깨진 종을 두드리는 것 같은 포효가 쩌렁쩌렁 울려 퍼졌다.

활짝 벌어진 몇 장이나 되는 꽃잎.

독살스럽게 물든 색채는 극채색.

중앙에는 이빨이 돋아난 거대한 입이 존재했으며 점액을 뚝뚝 흘린다.

끔찍한 구강 안쪽, 엷은 붉은색 체내에서 번뜩이는 것은 햇빛을 반사하는 마석의 빛.

"뱀이 아니고…… 꽃?!"

정체를 드러낸 몬스터에게 티오나가 경악했다.

형태 때문에 뱀이라고만 생각했던 가늘고 긴 몸은 줄기였으며, 얼굴이 없는 머리는 봉오리였던 것이다.

활짝 피어 그 추악한 용모를 드러낸 식인꽃 몬스터는 레피야에게 향한 의사를 명확히 했다. 몸에서 파생된 여러 가닥의 촉수를 주위의 지면에서 잇달아 퍽퍽 드러내놓고 본체는 뱀처럼 사냥감을 향해 기어간 것이다.

"레피야, 일어나!"

"아— 젠장, 거치적거려!!"

뛰어가려 하는 티오나와 티오네에게 촉수의 무리가 달려들었다. 황록색 돌기는 주먹으로 몇 번씩 후려쳐 떨쳐내려 해도 다시 일어났으며 꿈틀거리는 숲을 형성해 그녀들의 앞길을 가로막았다.

티오네의 외침도 허무하게, 몬스터는 쓰러진 레피야의 눈앞까지 육박했다.

싫어.

레피야는 생각했다.

상공의 태양을 가로막는 길고도 거대한 몸. 몇 번이고 일어나려는 자신의 몸을 까만 그림자가 덮어갔다. 혐오밖에 느껴지지 않는 식인꽃은 이빨에서 점액을 뚝뚝 흘려 레피야의 얼굴 바로 옆에 침을 떨어뜨렸다.

주위의 비명이 멀게만 들렸다. 미처 도망치지 못한 시민들은 창백하게 질린 채 지금 막 레피야가 잡아먹히려 하는 광경에 뻣뻣하게 굳어버렸다. 공황을 일으키려는 그들의 팔을 길드 직원이며 모험자들이 잡아 서둘러 피난시키고 있었다.

싫어. 싫어.

레피야는 다시 생각했다.

팔아 다리야 몸아 움직여라, 속으로 빌었다. 어디든 좋으니 움직여서 일어나라고, 떨리기만 할 뿐 좀처럼 일어나지 못하는 온몸에 채찍질을 해댔다.

하지만 시간은 무정했다. 레피야의 재기를 기다리지 않은 채 추악하고 거대한 입이 다가왔다.

아아. 탄식했다.

뿌옇게 흐려져가는 눈동자가, 밀려드는 식인꽃을 비추

었다.

싫어. 싫어. 이젠 싫어.

똑같아. 이번에도 똑같아.

분명.

분명 이번에도, 나는——.

『아아아아아아아아아아아아아아아아아아아아아?!』

시야를 금색과 은색 빛이 가로질렀다.

적의 목을 베어 날려버린 장엄한 검광과, 아름다운 금발
의 광채가, 분함에 눈물을 흘리는 눈동자에 새겨졌다.

분명 이번에도, 나는—— 동경하는 그녀에게 보호받
겠지.

절규를 터뜨리며 잘려나간 몬스터의 목은 건물 한구석
에 처박혔다.

전력을 쥐어짜내 레이피어를 번뜩이며 힘차게 돌바닥에
착지한 아이즈는 후방을 돌아보았다.

레피야를 물어뜯기 일보 직전에 절단당한 몬스터의 몸
은 힘차게 뒤로 나자빠져선 구불텅 꺾이며 그 자리에 주저
앉았다.

"아이즈!"

티오나와 티오네를 습격했던 촉수 또한 힘을 잃고 지면에 떨어졌다.

아슬아슬했다고, 이 장소로 서둘러 달려온 아이즈는 생각했다.

탈주한 몬스터를 여섯 마리 해치웠을 때, 전혀 정보가 없었던 이 수수께끼의 몬스터를 멀리서 확인한 아이즈는──티오나를 비롯한 세 사람이 그러했듯──등을 떠밀린 것처럼 이 전장으로 진로를 잡았다. 바람 마법을 혹사해 뛰어들면서 참격을 날려 레피야는 간신히 구했지만 조금이라도 늦었다면 그녀의 목숨이 위험했을지도 모른다.

이쪽을 향해 달려오는 티오나와 티오네를 시야 한구석에 담으며 아이즈는 레피야를 쳐다보았다.

아직까지 쓰러져 있는 엘프 소녀를 걱정한 그녀는 즉시 달려가려 했으나.

미미한 지면의 흔들림이 발을 멈추게 했다.

"⋯⋯!"

그 진동은 이내 커다란 울림으로 바뀌었다.

아이즈가 검을 겨누고 있을 때 주위의 돌바닥이 융기했다.

"뭐, 뭐야!"

"아직 더 있어?!"

두 사람의 비명을 시작으로 황록색 몸이 지면에서 튀어

나왔다.

아이즈를 에워싸듯, 세 마리가.

닫혔던 봉오리를 일제히 개화시키며, 내려다보듯 거대한 입을 그녀들에게 향했다.

뜨뜻미지근한 숨결이 뺨에 닿아 눈꼬리를 날카롭게 세운 아이즈가 베려고 달려가려 했을 때―― 전조도 없이.

쩌적, 금이 가는 소리가 나더니, 레이피어가 터져나갔다.

"――."

"엑――."

"뭐――."

손에 있던 무기가 부서져나가는 광경에 아이즈만이 아니라 티오네와 티오나도 말을 잃었다.

에어리얼의 출력과 아이즈의 격렬한 검기에 견디다 못해 가녀린 레이피어가 마침내 최후를 맞은 것이다.

이제까지 화끈하게, 뒤도 돌아보지 않고―― 아니, 애검 데스퍼러트처럼 생각하며 휘두르고 말았다. 뿌리께에서 부러져나간 검신은 팽팽해졌던 활시위가 끊어진 것처럼 금이 가고 산산이 부서져 얼마나 한계를 넘어섰는지를 보여주었다. 사방으로 흩어지는 은색 광채.

어떡해. 혼나겠어.

빌려온 검을 어이없이 박살낸 아이즈는 우선 제일 먼저 그런 생각을 하고 말았다.

『———— !!』

식인꽃이 꿈틀거렸다.

세 마리가 단숨에 덤벼들자 아이즈는 도약으로 회피했다.

"흡!"

오른손에 든 칼날을 잃은 세검의 칼자루를 몬스터의 몸에 내리찍었다.

튕겨 돌아오는 단단한 감촉. 바람을 부여했음에도 우그러들기만 할 뿐 상처를 입지는 않는 적의 표피를 보며 아이즈는 그 이상의 공격을 체념했다.

"잠깐만! 우리는 쳐다보지도 않는데?! 이번엔 아이즈야?!"

"마법에 반응하는 건가……?!"

티오나와 티오네도 가세했지만 아무리 공격을 가해도 식인꽃은 공격의 대상을 아이즈에게서 바꾸려 하질 않았다.

레피야에게서 멀어지도록 후퇴를 섞어가며 연속회피. 허공을 가른 적의 입이 지면에 박히거나 돌바닥을 씹어 부쉈다. 지면에서 뻗어나온 엄청난 수의 촉수 채찍은 티오나와 티오네의 반격도 있고 해서 아슬아슬하게 피해나갔다.

"아이즈, 마법을 풀어! 추가공격이 계속 이어져!"

"하지만……."

"한 사람이 한 마리씩이면 어떻게든 할 수 있어!"

꿈틀거리는 뱀 같은 몸이 거리를 마구 헤집어대고, 줄을 지어 늘어선 노점을 한꺼번에 날려버렸다.

쇄도하는 몬스터들을 상대로 방어밖에 할 수 없는 가운데, 아이즈는 몇 번씩 교차하며 외치는 티오나와 티오네가 시키는 대로 어쩔 수 없이 마법을 해제하려 했지만.

그때였다.

"——!"

아이즈의 시야에 그 그림자가 들어온 것은.

일반인. 미처 도망치지 못했던 걸까.

노점 뒤에 숨어 수인 여자아이가 주저앉아 있었다. 공포에 떠는 그녀의 눈과 시선이 마주쳤다.

원래 회피하려던 방향인 오른쪽으로 도망치면 저 거대한 몸에 노점과 함께 말려들어버릴 것이 분명했다.

판단은 한순간이었다.

바람의 기류를 최대한으로 두르고.

이미 차단당한 왼쪽의 퇴로를 향해 아이즈는 이판사판으로 뛰어들었다.

그리고 붙들렸다.

"괜찮으세요?!"

고통에 신음하며 엎드려 있던 레피야에게 누군가가 손을 내밀었다.

가늘게 떨리는 손을 짚어 어찌어찌 자세를 가다듬으려 했던 몸이 천천히 지면에서 떠올라갔다.

"커헉, 콜록! ……아……?!"

핏방울을 섞어가며 기침을 한 레피야는 길드 직원 여성의 부축을 받으며 몸을 일으켰다.

목은 타들어가고, 배는 불을 머금은 것처럼 뜨겁다.

몸을 움직이려고 하면 즉시 아픔이 느껴지는 자신의 몸에 모양 좋은 눈썹을 한껏 일그러뜨리며 레피야는 간신히 시선을 주위로 돌렸다.

도로는 황폐해졌다. 돌바닥은 모조리 헤집어졌으며 양쪽의 상점은 완파냐 반파냐의 차이가 있을 뿐 죄다 박살이 났다. 늘어서 있던 노점은 이미 원형도 찾아볼 수 없었다.

자꾸만 뿌옇게 흐려지는 눈을 이리저리 돌리며, 레피야는 그녀들의 모습을 찾았다.

자신보다도 훨씬 강한 모험자들을. 약한 자신을 언제나 지켜주던, 다정하고 잔혹하기도 한 높은 경지의 존재들을.

이윽고 초점이 뚜렷하게 맺혔을 무렵, 레피야는 간신히 길 안쪽에서 그 모습을 발견했다.

"——."

그리고 동시에 호흡이 얼어붙었다.

벽이 산산이 부서져나간 상점.

거대한 목조 건물에, 몬스터의 커다란 입에 붙들린 금발 소녀가 반쯤 파묻히다시피 짓눌려 있었다.

몬스터의 입에 붙들려 구형의 작은 폭풍으로 변한 바람의 기류. 그리고 그 옆에서는 나머지 두 마리의 식인꽃이 밀려들어선 따악 따악 이를 부딪혀대며 물어뜯는다. 아마조네스 자매가 억지로 붙들고 있지만 잡아뗄 수는 없었다.

무수한 이빨이 금발 소녀의 살결을 유린하려고, 바람의 갑옷을 물어뜯으려고 했다.

"움직이지 마세요. 치료를 위해 여길 떠나야 해요!"

필사적으로 일어나려는 레피야를 하프엘프 길드 직원이 말렸다.

저항하는 레피야에게 당황한 직원은 레피야의 감벽색 눈동자가 바라보는 곳을 따라간 순간 흠칫 숨을 멈추었다.

"……【가네샤 파밀리아】의 지원군이 이제 곧 올 거예요. 그들에게 맡기고 당신은 피난하세요!"

"……크윽!"

레피야는 온몸에 내달리는 격통에 한순간 몸을 확 꺾었다.

길드 직원이 최대한 냉정하게 달래는 가운데, 거친 숨을 몰아쉬며 자신의 왼손을 내려다보았다.

【가네샤 파밀리아】. 무장한 그들이라면 분명 그녀들을, 아이즈 일행을 구해줄 것이다. 부상을 입은 레피야보다도 훨씬 그녀들에게 도움이 되어줄 것이다.

여기서 눈을 돌리고 모든 것을 맡겨버리라고, 온몸의 아픔이 그렇게 속삭였다.

꿀꺽 목을 울린 레피야는 고개를 숙이고, 눈을 감고——
그 다음에는.

왼손을 꽉 쥐고, 힘차게 두 눈을 크게 떴다.

일어났다.

"……아?!"

"——저는, 저는 레피야 비리디스! 위셰 숲의 엘프!"

눈을 깜빡이는 하프엘프 직원이 올려다보는 가운데, 약한 마음을 전부 몰아내버리려는 듯 목소리를 높였다.

"주신 로키와 계약을 맺은, 이 오라리오에서도 가장 강하고, 명예롭고, 위대한 파밀리아의 일원! 도망칠 수는 없어요!"

말은 힘으로 바뀌었다.

마법과 마찬가지로, 자신을 일으켜주는 힘의 원류를 되찾은 레피야는 비틀거리는 한 걸음을 내디디고, 그 직후에는 단숨에 뛰어나갔다.

궁지에 빠진 그녀들에게 힘이 되어주고자 다시 한 번 전장으로 돌아갔다.

'——나도 알아, 알고 있어!'

레피야는 이미 알고 있었다.

'나는 저 사람들에게 방해만 된다는 것쯤은!'

자신은 아이즈나 다른 사람들의 짐밖에 되지 않는다.

이제까지도 앞으로도, 자신은 그녀들에게 보호를 받을 것이다.

그녀들을 도우려고 노력한다 해도 마지막에는 분명 부드럽게 가슴을 떠밀려 멀리 물러나게 될 것이다.

그때처럼.

'아무리 허세를 부려도, 난 저 사람들과 나란히 설 수 없어!'

쫓아가도 따라잡을 수 없다. 매달려도 차이는 더욱 벌어진다.

열등감에 시달릴수록, 비굴함에 빠질수록 동경은 멀기만 하다.

마음이 꺾여버릴 만큼 그녀들은—— 금색의 그녀는 강하고, 자신은 약하다.

'하지만……!'

따라잡고 싶다.

구하고 싶다. 힘이 되고 싶다.

할 수 있다면 함께 있고 싶다.

자신을 받아들여준 그녀들의, 자신을 몇 번이나 구해주었던 그녀들의 곁에 있도록 허락받을 만한 존재가 되고 싶다.

"크윽!!"

거리는 좁아졌다.

충분히 다가가 자신의 사정거리 내에 목표를 포착했다.

아이즈에게 몰려든 몬스터들을 노려보고 레피야는 영창을 개시했다.

"【위셰의 이름 아래 바라노라】!"

매달릴 수밖에 없는 것이다. 결국.

동경을 따라잡으려면.

"【숲의 선구자여, 숭고한 동포여. 나의 목소리에 호응하여 초원으로 오라】."

아무리 피를 토해도, 몇 번이나 무릎을 꿇더라도, 넘쳐나는 눈물에 뺨이 마를 날이 없다 해도.

쫓아가는 자에게는 쫓아가는 것밖에 허락되지 않는다.

"【이어지는 유대, 낙원의 계약. 원환을 돌며 춤을 추라】."

의지는 꺾였다. 몇 번이고 꺾였다. 꺾이지 않는 맹세 따위 존재하지 않는다.

그 꺾인 의지를 몇 번이고 다시 고쳐 세우는 자가, 포기하지 못하는 자가 있을 뿐이다.

아무리 꼴사납게 땅바닥을 굴러도 몇 번이고 일어나는, 불굴을 외치는 자가 있을 뿐이다.

"【이르라, 요정의 고리】."

레피야는 노래했다.

역류하는 혈액을 집어삼키고, 보호받기만 하던 자신을 벗어던지기 위해, 동경을 따라잡기 위해, 영창을 이어나갔다.

"【부디—— 힘을 빌려주기를】."

노래를 들려주자.

걸음이 느린 자신이, 아득히 앞서가는 그녀에게도 들릴 수 있는 노래를.

설령 돌아봐주지 않는다 해도, 그녀의 귀에 닿고, 그녀를 치유해주고, 그녀를 지키고, 그녀를 위협하는 적을 떨쳐내보이겠노라고.

숲에서 춤을 추는 요정처럼. 사랑하는 자를 구해냈던 정령들처럼.

자신에게만 허락된 노래를, 어디까지고.

이 노래를, 마법을, 전해주자.

"【엘프 링】."

마법명을 자아낸 것과 동시에 선황색 마법원이 비취색으로 변했다.

"레피야?!"

"어?!"

수렴되었던 마력에 티오나가 반응했다. 이에 따라 아이즈의 바람에 이를 곤두세웠던 몬스터들도 더욱 강한 마력의 원천 쪽으로 돌아보았다.

아이즈의 눈 또한 경악으로 활짝 뜨였다.

"【──종말의 전조여, 새하얀 눈이여. 황혼을 앞두고 바람을 일으켜라】."

영창이 이어진다.

완성되었어야 할 마법에 다시 영창을 더 얹어 또 다른 마법을 구축한다.

──마법은 습득 가능한 숫자의 상한이 존재한다.

【스테이터스】에 확보된 마법 슬롯은 최고 세 개. 다시 말

© Kiyotaka Haimura

해 재능 있는 자라 해도 세 종류 이상의 마법은 쓰지 못한다.

그중에서 레피야가 마지막에 습득한 마법은—— 소환 마법.

동포인 엘프들의 마법에 한해, 영창 및 효과를 완전히 파악한 것이라면 무엇이든 자신의 필살기로 행사할 수 있는 전대미문의 레어 매직. 신들의 표현을 빌자면—— 반칙 기술. 마법 두 개 분량의 영창시간과 마인드를 희생해 그녀는 온갖 엘프의 마법을 발동할 수 있다.

그 마법에 오라리오의 신들이 그녀에게 내린 별명은 '사우전드 엘프'.

"【닫혀버린 빛, 얼어붙은 대지】."

지금 소환하려는 것은 엘프의 왕녀, 리베리아 리요스 알브의 공격마법.

극한의 눈보라를 불러 일으켜 적의 움직임을, 시간마저도 얼어붙게 만드는 무자비한 눈보라.

영창이 이어지는 가운데 레피야의 옥음에 더해 한 가지더, 아름답고도 영롱한 목소리가 겹쳐졌다.

비취색 마법원이 눈부신 광채를 발했다.

『————————————!!』

식인꽃 몬스터 세 마리가 급속히 달려들었다.

깨진 종을 두드리는 것 같은 울음소리를 내며 아직까지도 드높아져 가는 마력을 향해 쇄도한다.

"옳지옳지~!"

"얌전히 있어!!"

"흐읍!"

『?!』

그러나 바람처럼 한순간에 따라잡은 티오나, 티오네, 아이즈가 몬스터들 앞을 가로막고는 주먹질 발길질로 튕겨 내 놈들의 돌격을 저지했다.

그녀들에게 보호받은 레피야는, 이어서 배를 감싸고 상반신을 앞으로 구부리듯 몸을 말았다.

지면에서 무수한 창살처럼 몬스터의 촉수가 솟아나왔다.

충격이 스치는 발, 어깨, 귓불.

피를 흘리기는 했지만 그래도 치명상을 피한 레피야는 감벽색 두 눈을 곤두세우며 단숨에 영창을 완성시켰다.

"【휘몰아쳐라, 세 차례의 엄동—— 나의 이름은 알브】!"

확대되는 마법원.

그리고 입술이 그 마법을 자아냈다.

"【윈 핌불베트르】!!"

세 줄기의 눈보라.

사선 위에서 아이즈를 비롯한 세 사람이 이탈하는 가운데 대기마저도 얼어붙게 만드는 순백색 얼음가루가 몬스터들에게 직격했다. 표피가, 꽃잎이, 절규마저 얼어붙었으며 이윽고 남김없이 서리와 얼음에 뒤엎인 세 마리의 식인꽃은 완벽하게 움직임을 멈추었다.

뻣뻣이 선 세 개의 얼음조각상. 몬스터들이 녹는 일 없는 빙결의 감옥에 갇힌 한편, 거리 전체 또한 얼음의 세계로, 희고 푸른 동토로 바뀌었다.

창공에 춤추는 얼음의 결정이 햇빛을 반사해 반짝였다.

"나이스, 레피야!"

"있는 대로 애를 먹였겠다, 이 썩을 놈의 꽃."

환호하는 티오나와 약간 화를 내는 티오네가 세 마리 중 두 마리의 바로 앞에 척 착지했다.

진한 푸른색 얼음조각상을 향해 두 사람은 매끄럽고 군더더기 없는, 미리 짠 것처럼 똑같은 움직임으로.

"하압!!"

"간다아아아아————!!"

일사불란한 혼신의 돌려차기.

갈색 맨발이 줄기 한복판에 작렬한 것과 동시에 요란한 균열이 새겨지더니, 식인꽃의 온몸은 말 그대로 분쇄되었다.

"아이즈~."

"……로키?"

아마조네스 자매가 두 마리의 몬스터를 산산이 박살내

고 있을 때, 아이즈는 자신을 부르는 목소리에 고개를 들었다.

반파된 상점 지붕에 내려선 두 개의 그림자. 흐느껴 우는 수인 소녀와, 그녀를 허리춤에 끌어안은 로키였다.

아이즈의 주신은 검을 휙 던져주었다.

"이건……."

"어, 저짜서 쌔빘다."

로키가 가리킨 방향은 몬스터에게 짓이겨진 노점 중 하나.

햇살을 반사하는 도검류의 빛을 드러낸, 무기 노점.

아침에 보고 돌아다녔을 때 발견했던 것과 같은 종류의 가게였다.

"그라모 부탁한데이~"

웃음을 짓는 로키에게, 어느 새 소녀와 함께 검을 챙겼느냐는 말은 꾹 삼키고 아이즈도 살짝 웃었다.

"……."

거리 그 자체가 얼어붙어 냉기에 휩싸인 가운데.

아이즈는 천천히, 남은 몬스터의 얼음조각상으로 다가갔다.

얼어붙은 식인꽃은 아무 말도 하지 않는다.

시간마저 정지해버린 푸른 조각을 향해, 아이즈는 칼집에서 뽑은 검을 휘둘렀다.

새겨지는 무수한 참격의 선.

마지막 일검을 날린 것과 동시에 슉, 검을 옆으로 뿌리친다.

엇갈려나가 떨어지는 얼음덩어리.

균형을 잃고, 다음 순간에는 시원하게 박살이 난다.

맑은 소리를 울리며, 얼음조각이 춤추며, 긴 금발이 푸른 반짝임과 함께 흩날렸다.

⊡

"레피야, 고마워! 정말 덕분에 살았어―!"

"티, 티오나 씨?!"

상처 입은 것도 아랑곳 않고 티오나가 레피야를 와락 끌어안았다.

얼굴을 새빨갛게 물들인 레피야는 몸이 욱신거려 눈을 찡그리는 한편, 그래도 별로 싫지는 않은 듯 뺨에서 힘을 풀었다.

어딘가 안도한 듯한 그 표정에 아이즈도 조용히 말했다.

"고마워, 레피야."

"아이즈 씨……."

"꼭 리베리아 같더라……. 굉장했어."

눈을 크게 뜬 그녀는 감격한 듯 멋쩍은 듯 복잡한 표정을 짓다가 고개를 숙이고 말았다. 티오나에게 안긴 채 사과처럼 새빨갛게 물들었다.

"자자, 일 아직 마이 남았데이~."

짝짝 손뼉을 치며 로키가 끼어들었다.

쳐다보니, 정말로 주위에서는 길드 직원들이 황급히 뛰어다니고 있었다. 아직 투기장에서 빠져나온 몬스터들을 전부 쓰러뜨린 것은 아니며, 섣불리 방심할 수 없는 상황은 여전히 이어졌다.

"티오나랑 티오네는 잠깐 지하 쪽에 가볼래? 아직도 뭐가 있을 것 같다."

"그래그래, 알았어."

"레피야는 갈 수 있겠나? 혹시 뭐하믄 길드 사람들한테 치료 받지?"

"아, 네. 알겠습니다."

주황색 눈이 다음으로는 아이즈를 보았다.

"아이즈는 남은 몬스터한테 가라. 내도 따라가께."

"알겠습니다."

로키가 지시를 다 내리자 아마조네스 자매와 헤어졌다.

"그라믄 가까."

"네."

이윽고 아이즈와 로키가 발을 뗀 직후.

멀리 떨어진 곳에서 환성과도 같은 고함이 귀에 들렸다.

소리가 들려온 곳은 투기장 방향이 아니라.

이곳보다도 동남쪽, 미궁가라는 별명을 가진 '다이달로스 거리'——.

태양이 서쪽으로 기울어 시벽 너머로 사라지려 했다.

도시가 저녁놀빛으로 물드는 가운데 아이즈는 티오나를 비롯한 세 사람과 함께 북쪽 메인 스트리트를 나아가고 있었다.

"하아~ 별별 일이 다 있어서 완전히 지쳤어."

티오나의 말에 레피야가 쓴웃음을 지었다.

"참 어처구니없는 하루였죠."

부상을 입은 그녀 자신도 치료를 받았으니 상처는 그렇다 쳐도, 너덜너덜해진 옷은 매우 처참한 몰골이었다.

이번 사건은 일단 수습이 되었다. 【가네샤 파밀리아】나 길드의 재빠른 대응 덕에 시민에게는 사상자가 전혀 나오지 않았으며 피해도 극히 미미한 범위에서 그쳤다고 한다. 다만 소란을 일으킨 범인만은 잡지 못해, 이 소동이 단순히 소란을 조장하려는 자의 소행이었는지, 모종의 의도가 있었는지 진상은 오리무중이었다.

"길드와 【가네샤 파밀리아】는 한동안 고개 못 들고 다니겠네. 안전이며 관리 책임을 추궁당해서."

"혹시 이번 소동도 그게 목적이었던 건……?"

"그럴지도 모르고."

티오네와 레피야의 대화에 귀를 기울이면서도 아이즈는 자신의 몸을 내려다본 채 입을 꾹 다물고 있었다.

그 모습을 알아차린 티오나가 밑에서 얼굴을 들여다보았다.

"왜 그래, 아이즈? 무슨 일 있어?"

"······티오나."

어딘가 미안한 듯 눈썹을 늘어뜨린 아이즈는 그녀에게 사과했다.

"미안해. 옷이, 이렇게 돼서······."

"······."

레피야의 것만큼 상하지는 않았지만, 아이즈의 옷도 끝자락은 틀어져 해지고 하얀 천은 완전히 때로 찌들었다.

던전 탐색을 위해 활동성이나 강도를 중시해 만든 전투 의상이 아니라 그야말로 단순한 평상복이었으니, 그렇게 요란하게 싸우면 너덜너덜해지는 것도 당연하다.

아이즈가 미안한 감정에 사로잡혀 있으려니 티오나는 싱긋 웃으며 말했다.

"다음에 다시 옷 사러 가자."

"······응."

꼭두서니색 빛을 받으며 예쁘게 웃는 티오나에게 아이즈도 미소로 대답할 수 있었다.

그녀의 뺨도 저녁놀처럼 붉게 물들었다.

"······."

티오나의 따뜻한 마음을 접하고 있으면 아이즈는 어딘가 그 백발 소년이 떠올랐다.

소년은 역시 몬스터 필리아에 왔었다.

티오나 일행과 헤어진 아이즈와 로키가 남은 몬스터들의 발자취를 추적하고 있을 때, 마지막 한 마리를 쓰러뜨렸던 것이 바로 그였다.

엇갈림이라고밖에는 표현할 수 없을 정도로 어렴풋한 찰나였지만 아이즈는 소년과 만날 수 있었다.

'벨…….'

기억에 남은 이름을 별 생각 없이 중얼거렸다.

사과하고 싶다는 마음이 명확해진 지금, 다시 한 번 만나야만 한다고 생각하는 반면.

신출내기였던 그가 훨씬 상위의 몬스터를 쓰러뜨렸다는 사실을 조금 기쁘게 생각하기도 했다.

재빨리 달려갔던 동쪽 메인 스트리트.

다이달로스 거리로 이어지는 길 앞에 몰려든 인파, 그리고 한 모험자의 귀환에 터져나오는 환성.

수많은 사람들이 기뻐하고 있었다.

소년 모험자가, 위험을 무릅쓰고 몬스터를 타도해주었다고.

그 주점에서의 사건을 알고 있으니 더더욱, 시민들이 그를 칭송하는 목소리에…… 아이즈는, 그랬다, 기뻤던 것이다.

여전히 희미한 표정으로, 그녀는 저녁놀에 물든 하늘을 보며 눈을 가늘게 떴다.

"그러고 보니 로키는?"

홈에 거의 도착했을 때 티오나가 새삼스레 질문했다. 그녀의 곁에 있던 티오네가 어깨를 으쓱하며 대답했다.

"급한 볼일이 생겼대. 늦어질 테니 저녁도 됐다고 그러던걸."

"또 술? 이런 일이 있었는데 기운도 좋아."

"혹시 신들끼리 만나야 할 일이 생겼는지도……."

해가 서서히 기울어갔다.

길을 걷는 네 명의 그림자가, 건물의 그림자가, 시벽의 그림자가 길게 뻗어나간다.

황혼이 조용히 도시를 뒤덮어갔다.

🔥

도시 남쪽, 마석등 빛이 범람하는 번화가.

한밤을 맞아 하늘이 빨려 들어갈 것 같은 검은색으로 물든 가운데, 그곳은 대낮과 마찬가지로 환하게 불을 밝히고 있었다. 종족을 불문한 수많은 이들이 가게를 연신 드나들었으며, 완전무장을 한 모험자는 물론 용모가 단정한 신들의 모습도 다수 보인다.

심야에도 북적거리는 그런 번화가 한 곳에 세워진 고급 주점.

귀족들의 방을 연상케 하는 넓은 개인실에 로키와 프레

이야는 테이블을 마주하고 앉아 있었다.

"아이 참, 이런 시간에 불러내고. 이번에는 무슨 일이야?"

"대충 눈치 깠으믄서 말은 잘한데이."

잔을 나누는 여신들은 양쪽 모두 웃음을 짓고 있었다.

프레이야는 눈을 깜빡이며 여유 있는 웃음을 짓고, 로키는 싱글싱글 비아냥거리는 웃음을.

"오늘 필리아 축제 소동, 니가 일으켰제?"

"어머, 증거라도 있는 걸까?"

"바보들이 상투적으로 쓰는 그딴 핑계는 집어치라. 상황이 상황 아이가. 니 말고 그딴 짓을 누가 하노."

값나가는 와인을 물처럼 들이켜며 로키는 말을 이었다.

"매료, 매료, 매료, 전부 매료였다. 가네샤네 아들도 길드 아들도 마카 넋나가삐게 만들어서 보초도 걍 통과했제?"

프레이야의 '미'는 만인을 '매료'시킨다.

이성이 감당할 수 없는 그 힘은 모든 생물의 본능을 뒤흔들고, 어떤 때는 황홀경에서 오는 허탈 상태를 의도적으로 일으키기도 하고, 또 어떤 때는 일방적으로 대상을 미의 포로로 삼아 초월존재인 신들 또한 유혹할 수 있는 여신의 '미'에 대항할 수 있는 아이들, 하계 사람은 전혀 없다 해도 과언이 아니다.

그리고 그것은 몬스터조차 마찬가지다.

"밖으로 나온 몬스터들은 아무도 안 해칬다. 그보다는 **뭔가**를 찾을라꼬 혈안이었제. 아마 뼛속까지 '매료'시키가

꼬 어떤 색골 여신 말고는 눈에 들어오도 안 했을 끼다."

사람을 한 번도 습격하려 들지 않았던 몬스터들의 기이한 행동을 지적하며 로키가 결론을 지었다.

"그런 대사건이 인났는데 죽은 사람 하나도 없다니, 그딴 짓을 니 말고 누가 하노. 니가 멀 할라 캤는지는 내사마 모르겠다만…… 사건의 범인은 니다. 확실하다."

"……후후, 그래. 대체로 네 말이 맞아."

"호오, 기특한 태도일세."

금세 자신의 추리를 인정하는 프레이야에게 로키는 싱글싱글 웃음을 지었다.

"길드에 꼰질러 주까~? 분명 페널티가 엄청날 끼구만~?"

감추려고도 하지 않고 위협을 가하는 로키에게 프레이야는 웃음을 무너뜨리지 않았다.

감았던 눈을 살며시 뜨더니, 다음 말을 입에 담았다.

"매의 깃털옷."

"머?"

"네게 빌려준 그 깃털옷, 아직 안 돌려줬잖아. 날 길드에 팔 거라면, 그 전에 갚아주지 않겠어?"

로키의 얼굴이 경악으로 물들었다.

"머, 머라꼬, 그기는, 천계에 있을 때 쌔빈, 어흠어흠, 비, 빌린 기다 아이가?! 이제는 시효도 지났을 거구만! 이제 와서 와 들먹이노?!"

"내가 알 바 아냐. 아, 물론 여신씩이나 되는 존재가 약

속을 어기겠다고는 하지 않겠지?"

입가를 틀어올린 채 눈빛에만 날카로움을 띤 프레이야의 웃음에 로키는 당황한 듯 목 메인 소리를 냈다.

"아니, 그래도 그기는…… 내가 좋아하는 기고, 인자 와서 돌라달라 카믄……."

"만일 오늘 일을 잠자코 있어준다면, 아니, 앞으로 내 행동에 눈을 감아주겠다면…… 그 깃털옷도 네게 줄 텐데, 그러면 어떨까?"

우뚝 움직임을 멈춘 로키는 프레이야가 하려는 말을 확실하게 이해하고, 뺨을 실룩거렸다.

"에잇, 젠장."

한 손으로 머리를 쥐어뜯으며 투덜거리는 로키.

"망할 가시나, 인자 와서 옛날 일을 끄집어내가꼬."

"협박하려고 했던 너도 어지간해."

키득키득 재미나다는 듯 어깨를 흔들며 웃는 프레이야에게 로키는 노골적으로 언짢은 표정을 지으며 의자 등받이에 체중을 실었다. 호화로운 소파가 그녀의 몸을 부드럽게 받아주었다.

"머 이래 앵꼽노. 우리 귀여운 아들은 추접시린 몬스터나 상대하게 만들고, 손해 보는 일만 떠맡은 거 아이가. 머 후련해지는 것도 없고, 몬 해먹겠네."

"……?"

어리둥절. 미의 여신에게는 어울리지 않는, 어딘가 애교 있는 표정을 짓는 프레이야에게 로키가 미간을 찡그렸다.

"머꼬, 그 표정. 시치미 뗄 끼가? 안 있었나, 열 번째 뱀 맨치로 꽃맨치로 생긴 징그러른 몬스터."

"……내가 풀어놓은 건 아홉 마리였는데?"

"……공갈 치지 마라."

"정말이야. 일찍 사태가 수습되지 않도록 너랑 가네샤 애들을 묶어놓을 만큼이면 됐는걸. 함부로 피해를 확산시킬 생각은 없었어. 소란을 일으켜놓고 이런 소리는 뭣하지만."

두 사람은 의아한 표정을 지었다.

그제야 그녀들은 옷의 단추를 잘못 여민 것처럼 이야기의 내용이 어긋나고 있었음을 깨달았다.

"……그라믄, 그 몬스터는 머였는데."

"글쎄? 난 네가 말한 그게 뭔지도 모르겠는걸."

말이 끊어졌다.

얼굴을 마주본 채, 로키와 프레이야 사이에는 기묘한 침묵이 내려앉았다.

구름이 걸린 달이 어렴풋이 빛나고 있었다.

주위에 흩어진 은모래 같은 별은 싸늘한 빛을 뿜어내고 있었다.

고요한 밤하늘이 내려다보는 가운데, 지붕이 무너져 떨어진 낡은 폐허.

다 쓰러져가는 건물은 벽도 곳곳이 파손되어 석재가 그대로 드러나 있었다. 밤낮을 막론하고 빛이 사라질 일이 없는 오라리오에서도 그 깊은 골목길 한곳에는 불빛이 닿지 않아 어둠이 도사리고 있었다.

그런 폐허 속에, 달을 올려다보는 그림자가 하나.

어둠에 섞이듯, 홀로 어둠 속에 선 자가 있었다.

"디오니소스 님."

갑자기 그 그림자를 향해 목소리가 들렸다.

발소리 하나 내지 않고, 어디서랄 것도 없이 모습을 나타낸 것은 한 여성이었다. 나뭇잎처럼 뾰족하고 가느다란 엘프의 귀가, 눈처럼 새하얀 피부와도 맞물려 뚜렷한 윤곽을 자아냈다.

이름을 불린 신물은 폐허의 어둠을 씻어내고 걸어나온 그녀를 천천히 돌아보았다.

구름이 갈라지고 크게 구멍이 뚫린 지붕에서 스며드는 푸른 달빛에 단아한 신의 용모가 뚜렷이 드러났다.

"길드보다 먼저 회수했나?"

"예, 여기 있나이다."

평소에 꾸미고 다니던 웃음을 지운 남신, 디오니소스는 그 여성 단원이 내민 것을 받아들었다.

손바닥 위에서 굴리기를 몇 차례.

긴 손가락으로 집어서는 밤하늘에 비춰보며, 두 눈을 가늘게 뜬다.

"귀찮은 일이 되었군……."

중심이 극채색으로 물든 마석이 달빛을 반사해 독살스럽게 빛나고 있었다.

에필로그

하늘 아래에서

투명한 창공이 펼쳐져 있었다.

맑디맑은 하늘은 한없이 이어졌으며 한없이 높다.

비늘 모양의 푸른 구름이 떠 있는 가운데, 조용한 햇살을 받으며 오늘도 아이즈는 던전으로 향했다.

여느 때와 다를 바 없이 북적거리는 시내의 대로.

점원들의 호객행위, 손님들의 목소리, 돌바닥을 박차는 수많은 신발 소리.

왕래하는 마차는 바퀴를 돌리고 말 울음소리를 주위에 울린다. 대로는 수많은 웃음과 활기로 넘쳐났다.

아이즈는 인파 속에 섞이면서 수많은 데미휴먼과 엇갈려 지나갔다.

길을 나아가면서, 무장한 모험자들의 시선이 자연스레 그녀에게 모여들었다. 한껏 낮춘 목소리가 그녀의 귀에까지 들려왔다.

이르기를, 최강의 여성모험자.

이르기를, 불사신 검사.

이르기를, 못하는 일이 없다.

과도한 평가.

외경이 외경을 낳고, 명성만이 혼자 활개를 친다.

자기들 멋대로 떠들어대는 내용에 괘념치 않으려 하며 걷고 있으려니, 문득 아이즈의 시야에 스쳐 지나간 광경이 있었다.

눈가에 눈물을 머금은 어린 휴먼 소녀.

인파에서 떨어져나와 혼자 길가에 선 그녀에게 다가가려는 사람은 아무도 없었다.

걸음을 멈춘 그녀는 한동안 고민한 끝에 소녀에게 다가갔다.

"왜 그러니……?"

"……흐에에에엥."

조용히 말을 걸자, 그 순간 소녀는 눈을 촉촉하게 적시더니 봇물이 터진 것처럼 울음을 터뜨렸다.

여기에 놀란 아이즈는 어떻게든 울음을 그치게 해주려 했지만 무어라 말을 걸어야 좋을지 알 수 없었다.

구슬픈 오열만을 터뜨리니 그녀 자신도 난감해져서 가만히 서있기만 했다.

어찌 보면 우스운 광경이었다.

혼자 돌아다니는 명성이 비웃을 것 같았다.

이 자리에 늠름한 【검희】의 모습은 온데간데없었다. 뚜껑을 열고 보면 아이즈 발렌슈타인은 이처럼 하찮은 일에도 당황하는 것이다.

최강이라 해도, 몬스터를 아무리 쓰러뜨려도, 무엇이든 할 수 있는 것은 아니다.

오히려 하지 못하는 일이 더 많다.

"……잠깐만, 기다리렴."

주위에 짜랑짜랑 퍼지는 울음소리에서 마치 도망치듯 아이즈는 잠시 그 자리를 떴다.

소녀가 미아가 된 것이 아닐까 하고 간신히 눈치를 챈 그녀는 근처를 순찰하는 길드 직원을 찾으러 갔다.

잠시 후 직원을 데리고 아이즈가 서둘러 원래 있던 곳으로 돌아오니.

소녀는 그 자리에서 홀연히 자취를 감추고 없었다.

"……!"

당황하는 길드 직원의 시선이 옆에서 쏠리는 가운데, 아이즈는 미궁탐색을 내팽개치고 소녀의 행방을 추적했다.

고개를 돌려 대로를 구석구석 둘러보았다.

상점, 광장, 골목길 입구.

소녀가 들를 만한 곳을 둘러보고 확인했으며, 도중에 몇 사람과 어깨를 부딪칠 뻔했다.

이윽고 광장에 선 시계탑 바늘이 반 바퀴 돌았을 무렵.

겨우 발견했다.

어머니로 보이는 인물에게 웃으며 안겨 있던 소녀의 모습.

"아, 언니!"

안도하고 있으려니 소녀가 먼저 아이즈를 알아보았다.

조금 전 엉엉 울던 모습이 거짓말이었던 것 같은 환한 웃음에 아이즈도 미소로 대답했다.

"엄마가 찾으러 와줬구나."

아이즈가 묻자 소녀는 아니라며 고개를 가로저었다.

그리고 이런 대답이 돌아왔다.

"머리 하얀 오빠가 도와줬어!"

눈을 크게 떴다.

한순간 움직임을 멈춘 아이즈는 시간을 두고 다시 한 번 물었다.

"하얀 머리에, 눈이 빨간?"

"응, 토끼 같았어!"

소녀는 활짝 웃으며 고개를 끄덕였다.

"……그렇구나."

조용히 중얼거린 아이즈는 이윽고 그녀들과 헤어졌다.

고개를 숙이는 어머니와 손을 흔드는 소녀를 지켜보며, 그 자리에서 가만히 하늘을 올려다보았다.

하늘을 가로지르는 순백색 구름.

자유로이 흐르는 그 유려한 흰구름에 의식을 실었다.

자신은 할 수 없는 일을 쉽게 해낸 사람에게, 신비한 감정을 느낀 것과 동시에, 마음이 투명해져갔다.

가만히 선 아이즈를 내버려둔 채 흘러가는 인파.

아무것도 모르는, 엇갈려 지나가는 발소리 하나가 그녀에게서 멀어져갔다.

맑은 바람에 흰 구름이 흩날린다.

오라리오의 하늘은 오늘도 푸르다.

Kiyotaka Haimura

Гэта казка іншага свм'і.

아이즈 발렌슈타인

소속	로키 파밀리아
종족	휴먼
직업	모험자
도달계층	58계층
무기	세검
소지금	7,700,000발리스

SKILL		Lv.5	
힘	D555	내구	D547
기교	A825	민첩	B822
마력	A899	수렵자	G
내성	G	검사	I

마법	에어리얼

·인챈트(부여마법)
·바람 속성.
·영창식【눈을 뜨라, 폭풍.】

스킬	???

세검	데스퍼러트

·뒤랑달(불괴속성)
·【고브뉴 파밀리아】제작. 99,000,000발리스.
·파손되지 않는 수페리오르즈(특수무장). 아이즈
 의 검기를 견뎌낼 수 있는 얼마 안 되는 검.
·형상은 사브르. 공격력 자체는 다른 일급품 장비
 에 비해 낮다.